新 潮 文 庫

13時間前の未来

上　巻

リチャード・ドイッチ
佐 藤 耕 士 訳

9132

一番の友人、バージニアに捧《ささ》ぐ。
心からきみを愛している。

永遠を傷つけずに、時間を殺すことはできない。

——ヘンリー・デイヴィッド・ソロー

一瞬の時間が得られるなら、わたしの所有物すべてと引き換えにしてもいい。

——クイーン・エリザベス

私は時計屋になるべきだった。

——アルバート・アインシュタイン

13時間前の未来

上巻

主要登場人物

ニック・クイン………………ビジネスマン
ジュリア………………………ニックの妻。弁護士
マーカス・ベネット…………　〃　隣人で親友
ベン・テイラー………………マーカスの友人。元軍人
ジェイソン・セレタ…………　〃　部下
イーサン・ダンス……………バイラムヒルズ警察の刑事
ロバート・シャノン…………　〃　刑事
ホレース・ランドール………　〃　警官。ダンスの先輩
キャサリン……………………ノースイースト航空502便の乗客
シェイマス・ヘニコット……美術品コレクター
ポール・ドレイファス………警備会社 DSG の創設者
サム……………………………ポールの弟
ニール・マクマナス…………ニューヨーク州兵。二等兵
ゲシュトフ・ルカジュ………東欧系犯罪組織のボス

著者メモ

つぎのページをめくってそこに第十二章とあるのを発見しても、あなたの見まちがいではない。

本書の章立ては逆順になっていて、その順番どおりに読んでもらうようになっている。理由は、読み進めるうちに明らかになるだろう。

第十二章

七月二十八日
午後九時二十二分

黒髪の男は、カスタムメイドの珍しいコルト・ピースメーカーを、テーブルの上に滑らせた。艶《つや》のあるブロンズ製フレームには何ヵ所か金があしらわれ、握り部分の象《ぞう》牙《げ》には宝石がちりばめられていて、とても十九世紀に製作されたようには見えない。時間に埋もれ、歴史に忘れられて、コレクターのあいだで伝説として語り継がれてきた、一八七二年作の六連発リボルバーだ。

今日の精緻《せいち》をきわめた多くの拳銃《けんじゅう》と同じく、ストックと十九センチの銃身には、複雑なエッチングが施されている。しかし、この銃のエッチングはきわめてユニークだ。

キリスト教の聖書、イスラム教のコーラン、ユダヤ教の聖典から引用された聖句が、英語、ラテン語、アラビア語の優雅な字体で巧みに彫られている。〝滅びに至る門は大きく、その道は広い〟。〝地獄に落ちるがいい〟。〝汝《なんじ》らはまたしても大いなる怒りを招く〟。〝闇《やみ》がその手に触れるほどに〟。〝暴力には暴力の報復を〟。まるでこの銃が、罪人を撃ち殺すために作られた神の武器であるかのようだ。

オスマントルコ帝国の第三十三代君主《スルタン》ムラト五世のために作られたこの銃は、ムラト五世が正気を失ったとして在位九十三日で退位させられた一八七六年八月に、忽然《こつぜん》と消えたことになっていた。

「コルト・ピースメーカーといえば、ふつうはシングルアクションだろう。だがこれはデュアルアクションだ」男はそういって、ラテックスゴム製の手袋をはめた手でその銃をテーブルから取りあげた。「めったに見るもんじゃない。というより、デュアルアクションのピースメーカーは二つとないといってもいい」

その男イーサン・ダンスは、まるで生まれたての赤ん坊に触るかのように、その銃を丁重に扱った。充血した眠そうな目が、複雑な銃の模様をざっとながめる。手袋に包まれた指は、コルト拳銃の職人技を愛《め》でるように、砲金《ほうきん》や金の造形をなぞっている。ダンスはようやくその銃を置くと、皺《しわ》になった青いジャケットのポケットに手を突っこんだ。

「銃弾にも同じ宗教的な言葉が刻まれてたようだな」ダンスはテーブルに、四五口径の銀の銃弾を置いた。薬莢《やっきょう》にも、流麗なアラビア文字が刻まれている。「シリンダーのなかに五発残っていた。どれも銀でできている。どうしてかはわからないが、一八七六年のイスタンブールに狼男《おおかみおとこ》がうろついていたとは思えない。とはいえ、頭のいかれたやつのために作られたのは確かだ」

ダンスの向かいに座っていたニコラス・クインは、黙ってその銃を見ていた。各部に新しいオイルの臭《にお》いがし、弾倉にはかすかに硫黄の臭いもする。

「こういうものはいくらするんだ？　五万ドルか、十万か？」ダンスはまた銃を取りあげ、シリンダーをはずして、西部劇に出てくるシェリフのように回転させた。「この銃はただの噂《うわさ》にすぎなかった。百三十年のあいだ、所有者の記録もなかった。こんなものをどこで見つけたんだ？　骨董《こっとう》市場か、ブラックマーケットか、それとも個人間の内緒の取引か？」

ニックは黙って座っていたが、頭のなかは混乱していた。

するとドアが開いて、青いスーツを着た白髪の男が顔を突き出した。

「ダンス、ちょっと来てくれ」

ダンスは呆《あき》れたように両手を上にあげた。

「いま取りこみ中なんだがな」

「しょうがないだろ」白髪の男はいった。「あの飛行機墜落事故のせいで、署にはおれたち二人以外にシャノンとマンツしかいないんだ。だからあのサリバンフィールドに戻って女子どものバラバラ死体を選り分けたくなかったら、さっさとそのケツをあげてそこから出てこい」

ダンスは銃のシリンダーを叩《たた》きこむと、もう一度回転させて、架空の標的に狙《ねら》いをつけるように照星照門を見つめた。

それから銃をニックの前に戻すと、ちらっとニックを見て、銀の銃弾をつかんだ。

「逃げるんじゃないぞ」ダンスはそういい残して部屋を出ると、鋼鉄のドアを閉めた。

ニコラス・クインは、ようやく大きく息を吸った。ここ三時間ではじめて息を吸っているかのようだ。感情を抑えるためにできることはすべてやって、その事実を頭の奥の片隅に押しこんだ。そのことを考えれば、自分が内側から食い尽くされてしまうのはわかっている。

着ているのは、二週間前の三十二回めの誕生日に妻ジュリアからプレゼントされた、たったいま仕立て屋から届いたかのようにきれいにプレスされたブルーとグレーの

〈ゼニア〉のジャケットで、その下にはライトグリーンのポロシャツと、ジーンズ。金曜日のカジュアルな制服のようなものだ。ダークブロンドの髪は長めで、そろそろカットする必要があり、ジュリアにはここ三週間、切りに行くよと約束してきた。力強い顔立ちはハンサムで、他人には表情が読めない。この特徴は、仕事とポーカーの両方で大いに役立つことがわかった。ニックの目を見て、本心を見通すことができるのは、ジュリア以外にだれもいない。ジュリアはいつも、唇の曲がり具合を見ただけで、ニックの心が読めるのだ。

ニックは小さな狭い部屋をぐるりと見まわした。明らかに不安を生じさせる目的で作られた空間だ。スチール製のテーブルがひとつ。そのライムグリーンのフォーマイカの天板にある、宝石がちりばめられた装飾的な銃。極端に座り心地の悪い分厚いスチール製の椅子《いす》四脚。十五分座っていただけで、尻《しり》の感覚がなくなりかけている。ドアの横にかかっている、白い金網でおおわれた時計。時刻は九時半になろうとしていた。壁にはほとんどなにもなく、あるのはそばの壁にかかった巨大なホワイトボードと、その隅にぼろぼろの靴紐《くつひも》でぶらさがっている三色のマーカーだけだ。ニックの向かいにはマジックミラーがあって、向こう側に立っている人物からの観察を許すだけでなく、こちら側に座っている人間を、病的なほど疑り深くさせる。いったい向こう側で何人が観察し、評価し、まだ罪状認否もはじまらないうちに有罪と決めつけているのだろう。

激しい苦悩が、ニックの胸を締めつけはじめる。ニックの世界はすべて停止していた。ここに来る前の二時間で、涙は絞りつくされ、乾いてしまった。頭のなかにはひたすら疑問と困惑が渦巻いている。

一瞬ニックは、ジュリアの匂《にお》いがするように思った。まるでそれが、なぜか身体《からだ》にいつまでも染《し》みついているかのようだ。

＊

ニックは南西部をまわる四日間の慌《あわただ》しい出張を終えて、午前三時に帰宅した。へとへとに疲れていて、ベッドにもぐりこんだことも覚えていない。だが起きたときのことは覚えている。

うっすら目が覚めてきたころ、まっすぐ前に、愛にあふれたジュリアの青い瞳《ひとみ》があった。ジュリアはそっとキスして、なかなか覚めない夢の世界からニックをすくいあげ、現実世界へとやさしく引き戻してくれた。

ジュリアはエリック・クラプトンのTシャツしか身に着けておらず、そのTシャツもほんの三秒後には脱いで床に放り投げられ、ジュリアの完璧《かんぺき》な裸体があらわれた。三十一歳にして、十六歳のころのように健康的な身体をしている。乳房は張りがあり、お腹《なか》は引き締まって、ほんの少ししか出ていない。長い脚は小麦色に日焼けして、しなやかだ。スペイン系、アイルランド系、スコットランド系の血が混じっていて、その顔立ちや高い頰骨、厚めの唇には古典的な美しさがあり、ジュリアがどこかの部屋に入っていくと、男たちのほとんどは振り返る。肌が金色に輝き、鼻筋にかすかなそばかすができる夏になると、大きな青い瞳はますます魅力的になる。

ジュリアはニックにまたがり、顔を近づけて、ニックの唇にそっとおはようのキスをした。長いブロンドの髪が顔にかかってきて、ジュリアのラベンダーの香水の香りと、身体が発する自然な匂いが、鼻腔《びこう》から頭に突き抜ける。少し前の夢が、現実のものとなってきた。

二人は初恋のころと変わらない熱情と興奮に包まれながら愛を交わし、たがいの腕のなかに抱かれ、身体をまさぐりあい、熱い吐息とキスをたがいの肌に這《は》わせた。十六年たったいまでさえ、二人の情熱が萎《な》えることはめったになかった。それに身体だけのセックスではなく、たがいに激しく求めあっているにもかかわらず、いつも相手を思いやって充足の瞬間を遅らせ、自分の喜びよりも相手の喜びを優先的に考える。いつも心でも、愛を交わしあっているのだ。

いつのまにかシーツが足もとでくしゃくしゃに丸まっていて、二人は身体を絡《から》めあいながら、終わったあとの余韻に浸っていた。時間の感覚や場所の感覚、今日これからのことも忘れて、たがいの腕のなかの安らぎに包まれていた。

白い枕《まくら》の上に朝の日射《ひざ》しが踊るころ、ニックはようやくベッドから起きあがって伸びをし、引き締まった身体を目覚めさせた。そのとき、ベランダのデッキに小さなテーブルが出ているのがふと目に留まった。

職場で何時間も仕事をして自分も寝不足のはずなのに、ジュリアは先に起きて二階の居間のベランダに錬鉄製のテーブルを出して、朝食を用意してくれたのだ。ベーコン、卵、絞りたてのオレンジジュース、スキレット・ケーキ。それがみんな、ニックがまだ眠っているあいだにキッチンからそっと運び出され、テーブルに並べられていた。

朝日が夏空をのぼりはじめるなか、二人は下着とTシャツだけという格好で食べはじめた。

「今日はなにか特別な日だったっけ？」並んだ料理をそれとなく差して、ニックはいった。

「あなたの帰りを祝うだけじゃだめ？」

ニックは笑った。

「あの最初のコースのあとなら、ベーグル一個でも充分すぎるくらいのお祝いだったよ」

ジュリアは微笑《ほほえ》み返した。温かくて思いやりにあふれた笑顔だが、その目にはためらいがあった。

「なにをしでかしたんだい？」ニックは笑いながら訊《き》いてみた。

「なんにも」だがジュリアの口ぶりと頬の小さなえくぼは、なにかあったことをうかがわせた。

「ジュリア……？」

「今夜は〈ヴァルハラ〉でミューラー夫妻と食事よ」ジュリアはさえぎるようにいった。

ニックは食べるのをやめて、顔をあげた。

「おいおい、今夜はうちにいることにしたんじゃなかったのかい」

「あの二人、それほどひどくないわ」ジュリアはなだめるように微笑んだ。「わたしフランのこと、ほんとに好きよ。それにトムだって、そんなに悪い人じゃないし」

「あいつが自分のことばっかりしゃべるのをやめればね。あいつがどれくらい金を稼いだか、最近どんな車を買ったかっていう自慢話を一言でもしたら――」

「彼はただそういうことをしゃべってないと不安なだけ。お世辞のひとつと考えればいいでしょ」

「いったいどう考えればあいつのおしゃべりがお世辞になるんだい？」

「彼はあなたを感心させようとしてるの。あなたの意見が気になるからよ」

「あいつが気にしてるのは自分のことだけさ」ニックは皿の料理をきれいに食べると、立ちあがって、その皿を大きなトレイに置いた。ジュリアも立ちあがって残りの皿を取り、ニックが置いた皿の上に重ねた。

「予定は二人で立てるもんだと思ってたけどね。一人が勝手に決めるんじゃなくて」

「ニック」ジュリアは顔をしかめた。「やっと九時に予約が取れたの」

そこで会話が途切れ、二人のあいだで緊張が高まった。

ジュリアはトレイを持って、ドアのほうへ行った。

「わたしは出かけたいのよ。せっかく金曜の夜なんだから」

そしてニックをベランダに一人残して、家のなかに戻っていった。

ニックもなかに戻った。居間を抜け、バスルームに入ってドアを閉め、シャワーを出す。シャワーヘッドの下に入って、この不機嫌な気分を冷たい水で洗い流せたらと思った。表面的なつきあいだけの友人と無駄な時間を過ごしたくない。あの夫婦には、メニュー表なみの薄っぺらな考えしかないのだ。

十五分後、ニックはお気に入りのリーヴァイスのジーンズとポロシャツを着て、居間に戻った。ジュリアはセクシーな妻から、黒いスカートに〈トリーバーチ〉の靴、白いシルクブラウス姿のビジネスウーマンへがらりと変身し、ドアに向かっていた。ハンドバッグを取って肩にかけ、出て行く前にニックを振り返った。

「キャンセルしたほうがいいと思う」ニックは懇願するような声で、穏やかに切り出した。「家にいたいんだ」

「でも、昼間はずっと家にいるんでしょ」

「ああ、書斎で仕事だ。報告書を書きあげなくちゃならないからね」ニックは少し早口すぎる感じで答えた。

「身体を動かしたら？　ジョギングをするとか。そのストレスを少し発散させるといいわ。わたし、今夜はほんとに出かけたいの。ほんの二時間程度よ。デザートを抜きにしてもいいし」

「デザートを抜きにしたって、耐えられないことに変わりはないよ」ニックのそっけない口ぶりは、食ってかかるように聞こえた。

「いいからわたしのためにそうして」ジュリアはドアに向かった。「わからないわよ、予想外に楽しいディナーになったりしてね」

「ぼくの気持ちはどうなる？　今度の出張でうんざりするほど飛行機に乗ってきたんだ。ぼくがどれだけ飛行機嫌いか、きみだってわかってるだろ。やっと帰ってきてゆっくりできると思ったのに」

「九時よ」

「行きたくない」

「九時」声に怒りを滲《にじ》ませて、ジュリアは廊下へ出た。「もう行くわ、仕事に遅れるから」

「ああ、行けよ」ニックの怒りは爆発した。その声は居間じゅうに響き渡り、廊下にまで轟《とどろ》いた。

それに対してジュリアは、十秒後に裏口のドアを強く閉める音で返してきた。その音は、家全体を震わせるほどだった。

こんな最悪の朝を迎えたのは何ヵ月ぶりだろう。朝はいつも希望と楽観ではじまるもので、試練と辛苦によって奈落《ならく》に引きずりこまれるのは、仕事に出かけてからのはずだ。

たちまちニックは、怒ってしまったことを後悔した。ディナーデートなんてちっぽけなことで喧嘩《けんか》別れしたことを後悔した。いつだって明日があるし、日曜日だってあるのだ。ニックはジュリアの携帯電話に電話をかけたが、応答はなかった。応答がないのも無理はなかった。

＊

取調室の蛍光灯がちかちかと明滅し、窓のない空間が真っ暗闇《くらやみ》へと行きつ戻りつしたあと、頭上の蛍光灯は、ぼんやりした青白い光を取り戻した。

「すまないな」ダンスはいった。「発電機も九時間以上作動してるんだ。ガタが来たって当たり前なくらい古いやつだからな」

ダンスは椅子《いす》に寄りかかって、首を傾《かし》げた。

「あんた、ヤンキースのファンか、それともメッツか？」

ニックはダンスを、ただじっとにらみつけた。いろいろと大変なことが起こっているというのに、ふつうそんな質問をするだろうか。

「ジーターが九回裏で満塁ホームランを打って、レッドソックスに六対五で勝ったとさ」ニックには興味がないとわかって、ダンスは首を振り、ポケットに手を突っこんだ。

取調室にはもう一人の刑事、ロバート・シャノンが加わっていたが、まだ一言も発していない。シャノンが顔にかかった髪を払いのけるたび、椅子の背もたれが壁に当たった。シャノンは不運なほど類型的な刑事で、筋肉質の身体を二サイズは小さい黒の半袖《はんそで》シャツに包み、腕と胸を強調している。アイルランド系らしい黒髪は後ろに撫《な》でつけられ、顎《あご》には小さな傷痕《きずあと》がある。瞳の灰色がかった青は、怒りと非難の色だ。古いタイプの警棒を持って、小さな野球のバットのように前後に振りまわしている。さながら一九五〇年代のニューヨークのパトロール警官だ。この刑事は、すでに自分の有罪を確信しているにちがいない。ニックはそう思わざるをえなかった。

ダンスは小さなディクタフォンをポケットから取り出すと、それを前に出して、再生ボタンを押した。

「911です」女のオペレーターが出た。

「わたしはジュリア・クイン」ジュリアが小声でいった。「住所はバイラムヒルズのタウンゼンド通り五番地よ。急いでちょうだい、夫と――」

そこで通話が途切れた。

「もしもし？」オペレーターの声。「もしもし？ 奥さん？」

ダンスはそこでディクタフォンを切った。

「彼女がこの電話をかけたのは午後六時四十二分。そのときあんたはどこにいたんだ？」

ニックは押し黙っていた。自分を守るためじゃない。しゃべり出したとたん泣き出してしまいそうな気がしたからだ。いまジュリアの声を聞いただけで、痛みで胸が張り裂けそうになった。

午後六時四十二分に自分がどこにいたか、はっきりとわかっている。書斎でまだ仕事をしていた。オレオとコーラを取りに何度かキッチンに行く以外、一日の大半を書斎で過ごしていたのだ。

そうして仕事に没頭しているところへ、いきなり銃声が鳴り響いてびっくりし、とたんに聴覚が鋭くなって、弾《はじ》けるように椅子から立ちあがった。走り出して居間を抜け、キッチンを抜けて、汚れた履き物を脱ぐためのマッドルームに行く。すると、マッドルームからガレージに出るドアが大きく開いていた。

なぜジュリアがそのドアをまた開けっ放しにしたのか、理解できなかった。ふつうならコート掛け用のフックにかかっているはずのジュリアのハンドバッグがそばの床に転がっていて、中身が散らばっている。それを拾おうとしゃがんだとき、ようやく白い壁板に赤い血が滴《したた》り落ちているのが目に入った。その血を視線でたどると、ジュリアの黒いスカート、長い脚、黄色い〈トリーバーチ〉の靴が、階段の横に突き出しているのが見えた。ジュリアの上半身と顔は、階段の下のほうに隠れて見えなかった。

その瞬間、肺のなかの空気が一気に押し出されて、ニックは床に崩れ落ちた。身体の慄《ふる》えを抑えることができないまま、ニックはジュリアに声をかけ、脚をさすり、ささやくように名前を呼んだ。返事が二度と返ってこないことを知りながら。

一分後、心が死んだようになった状態でようやく顔をあげると、隣家に住む親友のマーカスが、涙を流しながら、二人を見おろして立っていた。ニックはジュリアの脚を離して立ちあがった。するとマーカスは、ニックの肩を両手で押さえつけ、ジュリアの上半身を見ようとするニックを制止した。そして、かつて筋肉質だった百キロの身体の全体重をかけて、ニックの瞼《まぶた》に死ぬまで焼きつくことになる光景を見せないよう、押さえ続けた。

　ニックは少しでもジュリアに近づこうと親友マーカスと争ううち、とうとうたまらなくなって悲しみの悲鳴をあげた。それは小さなマッドルームに響き渡り、やがては嗚咽《おえつ》に変わって、沈黙の涙になった。まわりの音がだんだん遠のいて消えていき、この瞬間の現実がいやおうなく押し寄せてきた。

　二人は隣のマーカスの家で待った。黙りこんだまま、玄関前の階段に一時間以上座っていると、近所に恐ろしい知らせを告げるサイレンの音が聞こえてきた。そのサイレンの音は、永遠に自分につきまとうだろう。なぜならそれは、愛する妻の惨《むご》たらしい死のサウンドトラックであり、そのあとはじまる警察の取調べという、思いもよらない悪夢の序章だったからだ。

　白髪の男が、ふたたび取調室に顔を突っこんできた。

「弁護士が来たぞ」

「ずいぶん早かったな」ダンスがいった。

「金持ちは待たなくてすむのさ」シャノンがはじめて言葉を発し、椅子を前に傾けて立ちあがった。ニックをにらみつけながら、ドアに向かう。

「行くぞ」白髪の男は手を振って、二人の刑事を外へ出した。

　刑事たちは出て行き、ドアがガチャンと閉まったが、三十秒もしないうちにそのドアが開いた。ニックは心臓の鼓動を静める時間もなかった。

男は我が物顔で取調室に入ってきた。背が高くて品があり、しかも英知と穏やかさが感じられて、ここ数時間ニックにおおい被《かぶ》さっていた恐怖感がふと和らいだ。男の髪は黒く、ところどころ白いものが混じって、こめかみあたりは銀色になっている。男の目つきは射抜くように鋭い。人生の風雪に耐えてきた顔で、目もとと額の日焼けした肌には皺《しわ》が刻まれている。ダブルの青いブレザーに糊《のり》のきいたズボン、黄色いシルクタイ、水色のシャツという服装で、そのどれもが洗練された風流人であることを示している。金持ちの匂《にお》いさえした。

「刑事たちはもう、きみの所持品をほとんど押収したんだろう？」男は深みのあるヨーロッパ系の訛《なま》りでそういうと、スチール製の椅子を引いて、ニックの向かいに座った。

ニックは困惑した目で男を見つめた。

「きみの財布、鍵《かぎ》、携帯電話、腕時計まで」男はそういって、ニックの手首に残る青白い腕時計の跡に目をやった。「彼らはそうやってゆっくりと、きみからきみらしさを奪っていく。それから心を奪うんだ。最終的には魂までも奪って、やがてきみは、彼らがきみにしゃべらせたいことをなんでもしゃべるようになる」

「あんたは何者だ?」ニックは訊《き》いた。壁に囲まれたこの狭い部屋のなかで、ニックが口にした最初の言葉だ。「ミッチがあんたを寄こしたのか?」

「いいや」男は間をおいて取調室をぐるりと見渡し、この部屋とニックを同時に品定めした。「警察がきみにかけた容疑だと、弁護士を呼んだところでなんの役にも立たないだろう。彼らは時間六百ドルを請求して、最終的に五十万ドルの請求書を送りつけてくるだけだ。きみは弁護士に借りができたような気分のまま、刑務所の監房に座って二十五年から終身の刑を務めるのがオチだよ」

ニックはますます混乱して、その上品な男をにらみつけた。

「ミッチが来てくれることになってるんだ。あんたにいうことはなにもない」

男は穏やかにうなずくと、両肘《りょうひじ》をテーブルについて身を乗り出した。

「きみは身を切られるほどの深い悲しみを感じているはずだ。なのに警察は、死者を悼《いた》む時間すら与えずにきみを自白へと誘導しようとしている。あんまりだ」男はそこで間をおいて、続けた。「いつから正義が勝ち負けや、対立構造になりさがったのか。正義というのは、隠れた真実を明らかにすることだろう?」

ニックは男をしげしげとながめまわした。

「警察が持っているきみのファイルを見たかね?」男はいった。「じつに事細かに調べてある。あれじゃきみに司法取引を持ちかけることもないだろうな」

「ぼくは妻を殺してなんかいない」ニックはようやく断言した。

「わかっている。だが警察はそうは見ていない。動機もあるし凶器もあると見ているんだ」男はそういって、テーブルの真ん中にある銃に目をやった。「向こうは余計な書類仕事を避けたくて、自白を期待してるんだよ」

「どうして知ってるんだ？」

「彼らは十二時間かけてゆっくりときみを衰弱させ、自白に追いこむつもりだ。何ヵ月にも及ぶ裁判の準備で、何週間も地方検事の顔を見なくちゃならないのはごめんだからさ」男はさらにその先を続けた。「きみは有罪となって余生を刑務所で過ごし、妻の死を悼みながら、いつまでも考えるんだ。本当はいったいなにが起こったんだろうと」

「それじゃ、あんたは弁護士じゃないんなら、どうしてここにいるんだ？」

男は温かい目でニックを見つめたまま、深々と息を吸った。その胸がふくらんで、ようやく息を吐き出す。

「きみはまだ、奥さんを救うことができる」

なんのことかさっぱりわからず、ニックは男をじっと見つめ返した。はっきり聞こうとして、前に身を乗り出す。

「なんだって？」

「きみがここから出られるとしたら、奥さんを救うことができるとしたら、どうする？」

「ジュリアは死んだんだ」ニックはすっかり混乱していた。この男はその事実を知らないのだろうか？

「確かかね？」男はそういって、ニックをまじまじと見た。「物事は、いつも見かけどおりとはかぎらない」

「ジュリアが生きているというのか？」ニックは思わずかすれ声になった。「どうしてだ？　ぼくは見たんだぞ――」

男は〈ラルフ・ローレン〉のブレザーの内側にある胸ポケットに手を入れて、封印された手紙を取り出すと、それをテーブルに滑らせ、ニックに差し出した。

ニックはマジックミラーに目をやった。

「心配は無用」男はにっこり笑った。「だれも見ていない」

「どうしてわかるんだ？」

「彼らはあの墜落事故で忙しい。二百十二人が命を落としたからな。この街はきみの人生と同じで、ずっと混乱したままだ」

ニックは目眩《めまい》がしてきた。まるで夜明け前の夢と現《うつつ》の狭間《はざま》にいて、頭のなかに入り混じった不条理な情景や考えから、一貫性のある概念を必死に作り出そうとしているかのようだ。

ニックはその封筒を見おろし、折り返しの下に指を差し入れようとした。

「いまはそれを開けるんじゃない」男はニックの手を押さえた。

「どうして？」

「ここを出るまで待つんだ」男は手を戻して、背もたれに寄りかかった。

「ここを出る？」

「きみには十二時間ある」

ニックは壁の時計を見た。九時五十一分。

「十二時間？　なんのための？」

男はブレザーの内側から金の懐中時計を取り出すと、ぱちんと蓋《ふた》を開けた。古めかしい文字盤が姿をあらわした。

「時間は無駄にするものじゃない。きみにはとくに当てはまる言葉だ」男は懐中時計の蓋を閉じると、ニックにそれを渡した。「時計を押収されたことと、いまの切迫した状況を見ると、きみはそれを持っているべきだ。その短針には気をつけてるんだぞ」

「あんたは何者だ?」

「きみが知るべきことはすべてその手紙に書いてある。だが私がいったように、ここを出るまではその封筒を開けるんじゃない」

ニックは取調室をぐるりと見渡して、その目をマジックミラーにやり、古びた鋼鉄製のドアに視線を移した。

「いったいどうやってここから出ろというんだ?」

「ここにいるかぎりは、奥さんの命を救うことはできない」

「いったいなにをいってるのかさっぱりわからない。ジュリアはどこにいるんだ?」

男は壁の時計を見ながら立ちあがった。

「どうやってここを出るか考えはじめたほうがいい。あと九分しかないぞ」

「待ってくれ――」

「幸運を祈る」男はドアを二度ノックした。「その懐中時計をよく見ているんだ。きみには十二時間ある。十三時間めにはもう時間切れとなって、奥さんの運命もきみの運命もそこで封印されるだろう。そして奥さんは、きみがすでにわかっているよりももっとひどい死に方をしていたことになるかもしれない」

そこでドアが開いて、男はニックを一人残し、取調室を出ていった。ニックは封筒をじっと見つめて、それを開けたい衝動に駆られた。だがすばやくジャケットの内ポケットにしまい、金の懐中時計もしまった。刑事たちに見つかってしまえば、あの男のいっていたことが永遠にわからなくなるからだ。

男はほかになんの情報も教えてくれなかった。名前も告げなければ、どうしてジュリアが生きていられるのかの説明もなかった。

ニックはジュリアの死体を見たが、ジュリアの死に顔は見ていない。銃弾によって命を奪われる前のジュリアの姿や美しさを守ろうとするマーカスに、制止されたからだ。だがニックはジュリアの脚をたしかにつかんだし、あの服も、今朝ジュリアが仕事に出かけたときに着ていた服だ。

あれがジュリアだったのはまちがいない。ジュリアは帰宅したときに玄関から声をかけてきたが、ニックの仕事の邪魔をしないように、書斎には入ってこなかった。ニックがこの四日間の出張をもとにした大型案件の分析報告書を書きあげようとしているのを知っていたからだ。ニックがディナーに出かける前にその仕事を片づけられなければ、この週末は仕事だけで終わってしまうことを知っていたからだ。

帰宅したときのジュリアの声が、まだ耳に残っている。ジュリアがニックの名前を呼んだのは、あれが最後だった。とたんに罪の意識がのしかかってきた。ニックはジュリアの声を無視したのだ。仕事に専念していただけじゃない。ディナーに出かけなくちゃならないことにまだ腹を立てていたからだ。

ニックは内ポケットに手を入れて封筒を取り出しかけたが、警告の言葉が頭に谺《こだま》した。すぐにその手紙をしまい、男の目を思い出した。信念と誠実さと、意志に満ちた目。

この世の希望の灯火が消されてしまったというのに、あの男はふたたびそこに火をつけてくれた。どうしてジュリアが生きていられるのか想像もできなかったが、もし希望がかすかにでもあるなら、ジュリアの命を救えるチャンスが少しでもあるのなら——

この鍵のかかった取調室と警察署からなんとしても逃げ出さなければならない。悲しみと混乱が、可能性と目的意識に取って代わった。警察署の取調室から逃げ出すなんて思いも寄らないことだし、いかにも無理そうで、無謀としかいいようがないが——

不可能じゃない。

ニックはドアを見た。厚さ五センチで、錠は頑丈なデッドボルト錠。ほかにドアはないし、窓もない。つぎにホワイトボードを見て、壁の時計に目をやる。もうすぐ十時だ。それから忌《い》まわしいマジックミラーに目が留まった。蒸し暑くて殺風景な取調室のなかで、座り心地の悪いスチール製の椅子に一人座っている自分の姿を、じっと見つめる。テーブルの真ん中には、凶器として使われたコルト・ピースメーカーがあった。ニックの口もとに笑みが浮かんだ。

あのマジックミラーは、ガラスでできている。

＊

イーサン・ダンスが取調室に戻ってきた。三十八歳の刑事の年中眠たそうな目でニックをにらみつけながら、ダンスはテーブルの上にファイルを放り投げた。白い〈JCペニー〉のシャツがなかばズボンからはみ出ていて、ホルスターに収まった銃のふくらみが、既製品の青いジャケットの型を崩している。

「シャノンが戻ってくる前に、いったいなにがあったかおれに話したくないか？　つまり――」ダンスはラテックスゴム製の手袋をはめた手でテーブルの上のファイルを開き、なかを見た。ニックからは見えないようにして、写真を見ている。「なんでこんなことをしでかしたんだ？　金か？」

「金だって？」ニックは呆《あき》れて思わず訊き返した。「よくもそんなことを」

「へえ、ちゃんと声が出るじゃないか、よかったよ」

ニックはダンスをにらみつけ、ジャケットのふくらみにふと目を留めた。突き出した銃の握りが見える。

「残念だったな」ダンスは同情した口ぶりでいった。「奥さんは美人だった。最後に話したのはいつだった？」

「今朝、口喧嘩《くちげんか》したんだ」ニックはそういって、壁の時計にちらっと目をやった。

「なんのことで？」

「妻の友人夫妻との食事のことで」

「ほう、想像がつくよ。あんたがその食事の席に座ってて、奥さんと友だちがおしゃべりに夢中になってる。あんたはなんの共通点もない向こうの亭主と取り残される。おれも元カノから、ある週末、ジャージーショアにある彼女の友だちの家に連れていかれたことがあった。ところがずっと雨に降られて、元カノたちが買物に出かけてるあいだ、家のなかでアホと一緒に閉じこめられてさ、そいつはおれに、そいつの退屈な人生の話を聞かせるんだ。逮捕したくなったよ。それ以来、ジャージーショアが嫌いになった」

ダンスは同情と共感でニックの気を引こうとしていたが、その手に乗るほど浅はかなニックじゃなかった。

「そのあとは口をきいたか?」ダンスは質問を続けた。

「いいや。一日じゅう忙しかったんだ。電話での打ち合わせや書類仕事でくたくたに疲れていた。それに、彼女がいろんな案件に追われてるのはわかってたから」

「奥さんは弁護士だったな?」

「知ってることをどうして訊くんだ?」

「すまない、癖でね」ダンスはファイルを閉じて、テーブルの上のコルト・ピースメーカーの隣に置いた。「奥さんは一日じゅう法律事務所にいたのか?」

「さあ、どうかな」ニックはぶっきらぼうに答えた。

「話をしなかったのか?」

「妻からは何度か電話があったけど、無視したんだ」

ダンスは黙ってニックを見た。

「子どもっぽいのはわかってる」ニックはいった。「でも――くそ、なんでこんな話なんかしてるんだ？　だれかが妻を殺したんだぞ。ぼくじゃないだれかが！」

ニックの声が取調室に響き渡って、しばらく鳴りやまないかと思われたころ、会話の方向が変わった。

「ここにはこう書いてある――」ダンスはファイルを指先でトンと叩《たた》いた。「あんたが９ミリのシグザウエルの許可証を持ってる、とな」

「ああ」

「それはどこにある？」

「金庫のなかだ。ここ半年ずっとそこにあるよ。ジュリアは銃が嫌いだから」だが皮肉なことに、ジュリアはその銃に殺されてしまった。

「ということは、銃の撃ち方を知ってるわけだな？」

「運転免許を持ってなかったら車は買わないだろう。それと同じさ」

「知ったふうな口をきくのはよせ」

「そっちこそぼくを間抜け扱いするのはやめろよ。さっきから妻殺しの犯人扱いじゃないか」

「おれはあんたの力になろうとしてるんだ」

「もしぼくの力になろうっていうんなら、妻を殺した真犯人を探しに行けよ」

「いいとも。だがもしやってないんなら、おれになにもかも話してもらおう。おれたちに犯人を捕まえる期待が持てるんならな」

「ということは、ぼくじゃないと信じてくれるのか？」ニックは思わず声に希望をにじませた。

「ところが、こいつが問題でね」ダンスはそういうと、金と真鍮《しんちゅう》の板がはめこまれたコルト・ピースメーカーを引き寄せた。「この銃に指紋がついてるんだ」

「でも、だれもぼくの指紋を採取してないじゃないか」ニックはなにがなんだかわけがわからず、両手を前に投げ出した。

「じつは、あんたの財布と携帯電話から採取させてもらってあるんだ。おれが自分でやった」ダンスはそこで間をおいた。「そしたらどんぴしゃで一致したんだ。だからあんたは、どうしてこの銃にあんたの指紋があったのか、ほかの人間の指紋がなかったのか、ちゃんと説明する必要がある」

ニックは座ったまま、目眩を感じていた。こんな銃は見たことがないし、もちろん触ったこともない。自分の銃だって、親友のマーカス・ベネットと一緒に彼の友人が経営している射撃場で半年前に使って以来、ずっと触っていない。人間の手に信じられない力を与えてしまう銃が、ニックは好きじゃなかった。だれでも引き金を引くことさえできれば、指先ひとつで人の生死を決められるのだ。

「しかも――」ダンスは続けた。「弾道検査はまだ戻ってないが――みんなあの飛行機墜落事故にかかりきりだから数日は戻ってこないだろう――あんたの腕時計には火薬反応があった。銃弾についていた火薬だ。だからあんたの話が事実なら、ちゃんとおれに話してくれ。作り話をするつもりなら、そろそろ本気でうまく話を作ったほうがいい」

するとシャノン刑事が取調室に入ってきて、ドアに鍵《かぎ》をかけた。

「おれだったら、本気で話をうまく作るほうを勧めるがな」その大声からして、シャノンがマジックミラーの向こう側で取調べのやりとりを全部見ていたことがわかる。「それに、鏡の真ん中を好きなだけ見ていいぞ。そこにはカメラがある。陪審員の情に訴えかけるには、カメラを見たほうがうんと効果的だからな」

ニックはまたどうしたらいいかわからなくなった。ダンスのなかに見えたと思った束《つか》の間《ま》の希望の火は、シャノンが入ってきたことで消えてしまった。壁の時計を見あげる。九時五十六分。

憤《いきどお》りをぶつけるかのように、シャノンは警棒をテーブルに打ちつけた。それにはニックばかりかダンスまでびっくりした。

「この冷血な殺人鬼め」シャノンはいった。「こっちはわかってるんだ。おまえは一言も話さなくていい。証拠はあのファイルに全部入ってる。おまえをただちに有罪に持ちこむのに必要なもの全部がな」

「休憩にしよう」ダンスがシャノンをなだめようと割って入った。背もたれに寄りかかって、椅子《いす》の前の脚二本を浮かせている。

「いいや、だめだ。女が一人死んでるんだ」シャノンは怒鳴った。「彼女が死ぬ前に休憩したか？　おまえの妻だろうとなんだろうとおれにはどうでもいいことだ。質問に答えろ。彼女がほかのだれかとファックしてて、おまえがそのことを知ったのか？それともおまえがほかのだれかとファックしてて、彼女にばれたのか？」

ニックは怒りで大きく目を剝《む》いた。

「ほほう、怒りが込みあげてきたか。遠慮するなよ、ほら、やってみろ」シャノンはあざけってみせた。「奥さんにぶつけたのと同じ怒りをぶつけてみろ。そのしゃれたイタリア製の服や外車、郊外の高級住宅、どれもみんな、おまえの後ろ暗い心を隠すためのごまかしにすぎない。おまえは裏路地で売春婦の腹をかっさばくろくでなしと変わらないのさ」

ニックの筋肉はこわばり、全身に血が駆けめぐった。自分を抑えるために、できることをすべてやっていた。

「奥さんはほかの男とファックしていたから、おまえは彼女を殺したんだ」シャノンはまたいきなりテーブルに警棒を叩きつけ、すさまじい音を響かせた。

ところが今度はダンスがその音に驚いて、前の脚を浮かせていた椅子のバランスを崩し、テーブルの端につかまろうとしながらも、後ろに倒れていった。

シャノンの憤慨ぶり、叩きつけられた警棒の激しい音に、ニックもとうとう堪忍袋《かんにんぶくろ》の緒が切れた。愛するジュリアが殺されて、その濡《ぬ》れ衣《ぎぬ》を着せられようとしているのに、このシャノン刑事は、ニックとジュリアの名誉までも傷つけたのだ。

ダンスは慌《あわ》てながら、スローモーションで後ろに倒れ続けている。ジャケットが後ろにめくれ、ショルダーホルスターのグロックが、握りを突き出してその姿をあらわした。とっさにニックは引き返せない一線を飛び越え、ダンスのホルスターから瞬時に銃を奪い取った。

グロックの安全装置を親指で解除しながら、引き金に指をかける。筋肉の記憶は反射的に甦《よみがえ》ってきた。銃が嫌いだからといって、その使い方を忘れたわけじゃない。ニックはバランスを失って転びかけているダンスの首に腕をまわして抱えこみ、その頭に銃口を押しつけた。

ダンスはすっかり動転して、手袋をした手で必死にニックの前腕をつかんだ。

とたんに先の見えない状況になった。

「銃を捨てろ」シャノンは怒鳴って自分の銃を抜き、片膝《かたひざ》をついてニックの頭にまっすぐ狙《ねら》いをつけた。

「あんたたちは二人ともわかっちゃいない。ジュリアは生きてるんだ」ニックは無我夢中で叫んで、シャノンと時計を交互に見やった。「妻は生きてるんだ」

シャノンとダンスは、すばやく目配せした。

「いいか」ダンスは頭に銃を突きつけられているにもかかわらず、落ち着いた口ぶりでいった。「その銃を降ろせ。おれにはわかってるんだ。あんたがいまどんな気持ちでいるか――」

「ばかいえ」ニックはダンスに怒鳴った。「ぼくの気持ちなんかわかるもんか」

「――奥さんを亡《な》くしたんだからな。あんたの話を聞かせてくれ。ほかのだれかが奥さんを殺したんなら、そいつを捕まえさせてくれ。こんなことをしたって、あんたが死体置き場に行くだけだ。妻殺しに死刑はないが、警官殺しとなれば、極刑に値する罪だ。あんた、死刑になるぞ」

「いいや、あんたはなにもわかっちゃいない。妻は生きてる。ぼくははめられたんだ。

ここから出なくちゃならないんだ」ニックはダンスを、後ろのマジックミラーのほうへ引きずった。

「銃を降ろせ」ニックはシャノンに叫んだ。

「降ろすものか」シャノンは怒鳴り返した。

ニックは時計を見た。九時五十八分。親指でグロックの撃鉄を起こす。ダンスはそのカチッという音にすくみあがった。

「ボブ」ダンスはシャノンを見て怒鳴った。「いうとおりにしろ」

「だめだ」

「いうとおりにするんだ」ダンスは怒鳴った。「張りあうのはよせ。おれの命がかかってるんだぞ」

シャノンは反抗的な目をしたが、結局は従った。

ニックはすぐに背後のマジックミラーに銃で狙いをつけ、引き金を引いた。銃声が大砲のように轟《とどろ》き、ガラスが粉々に砕け散って、なかの小さな暗い部屋があらわれた。真ん中には取調室に向けられたビデオカメラが設置してある。ニックは腕を前に戻して、ダンスの顎《あご》に銃口を押しつけた。熱くなった銃身で、肌が焦《こ》げる臭《にお》いがした。

「頭がおかしくなったのか?」ダンスが悲鳴をあげた。

シャノンはまた片膝をついて、銃をかまえ、まっすぐニックに狙いをつけた。

「こっちを見ろ」シャノンの声には不気味な穏やかさがあった。銃でニックに狙いをつけながらファイルを取ると、縦二十五センチ横二十センチの写真をテーブルの上に落とした。

「これが見えるか？」嚙《か》みしめた歯のあいだから忌々《いまいま》しげにいいながら、シャノンはその写真を一枚ずつ取りあげ、ニックの顔のすぐ前に突き出した。

さまざまな角度から撮ったフルカラーの写真が、全部で二十枚あった。血はどす黒くて、そこまで黒いとはニックは予想していなかった。テレビや映画に出てくる血とはちがう。ああいう血もたしかに不快だが、それがハリウッド一流の技術にすぎないことはわかっているから、腹の底では落ち着いていられる。だがこの写真に写っているのは本物で、ニックは思わず見入ってしまった。どんなに見まいとしても、その写真の一枚一枚に目が行った。そこに写った床、ジュリアの服、最後に見たときにはいていた黒いスカート、左手の薬指、聖パトリック教会でその指にはめてやった結婚指輪、そして最後に、ジュリアの顔。というより、ジュリアの顔として残っていた部分。

顔の左側はなくなっていて、左目もない。こめかみと額も吹き飛んでいる。だが右側は……その青い瞳《ひとみ》、ブロンドの眉《まゆ》の下に点々と散らばる金褐色のそばかすを見ただけで、ニックは確信した。写真のなかから自分を見あげている死んだ女は、まちがいなく妻のジュリアだ。

その瞬間、どうしようもない混乱に陥った。頭のなかに悲鳴が響き渡り、荒涼とした現実があらわれた。ジュリアは死んだのだ。

「いまから三つ数える」シャノンがいった。「おまえがダンスを撃とうがどうしようがおれの知ったことじゃない。この場でおまえを殺してやる。おれの行動を完全に正当化してくれるビデオテープがまわってる前でな」

ニックはダンスの顎に、さらに強く銃を押しつけた。ニックの前腕をつかんでいるダンスの手が、緊張でこわばった。そのときニックは、ダンスの右の薬指が欠けていることに気づいた。ラテックスゴム製の手袋の薬指部分が、風に揺れる髪の毛のようにひらひらしている。

壁の時計に目をやった。秒針が刻々と十二の位置に近づいている。

「一」シャノンは抑えた小声で数えはじめた。

「こんなはずないんだ」ニックは必死に訴えながら、もう一度写真に目を戻した。これが夢であってほしい、ほかのだれかになって、この空《うつ》ろな死んだ心から逃れたい、そう思った。顔の左半分が欠けた状態で、ジュリアがじっとこっちを見つめている。

心の痛みはとうてい耐えられるものじゃなかった。思わず目をそらそうとしたそのとき——

「二」シャノンの声が今度は大きくなった。脅しは本物だ。

「ここから出る必要がある」不思議なほど穏やかな気分になって、ニックはいった。

「あんたにはわからないが、ぼくはジュリアを救えるんだ」とはいえ、ジュリアの死も、このありえない状況も、なにもかもわけがわからなかった。もしジュリアがすでに死んでいるのなら、どうやって彼女の命を救えるというのか？　だがニックの耳には、あの男の口ぶりがまだくっきりと残っていた。〝きみには十二時間ある〟。

「三」

そのときニックは、シャノンのグロックの撃鉄がゆっくりと起こされるのを見ていた。

しかし、銅の薬莢《やっきょう》に入った銃弾の尻《しり》を撃鉄が叩《たた》き、銃弾が銃身から飛び出す前に——

世界は真っ暗になった。

第十一章　午後八時十二分

六十インチの大画面テレビは、黒く焼け焦《こ》げた大地をいっぱいに映し出していた。芝生の公園にはあちこちに白い破片が飛び散り、カメラがアップになると、二百十二名の焼け焦げたばらばら死体の残骸《ざんがい》をおおうシーツが見えてくる。ＡＳ３００機は、午前十一時五十分にニューヨーク州のウェストチェスター郡空港を飛び立って、その二分後、青く澄んだ朝の空から落下し、裕福な街バイラムヒルズの広々としたスポーツ公園に墜落した。

上空からの映像では、残骸は四百メートルの範囲で散らばっている。まるで悪魔が空から手を伸ばして、大地を引っ搔《か》いたかのようだ。まっすぐ立っている無傷の白い尾翼部分がなければ、小さな残骸の数々は、ボストンに向かっていた現代的な航空機のものだとはとても思えないだろう。

「生存者はいません」派手なブロンドの女性ニュースリポーターがいった。女の黒い目には、このような大惨事を短い言葉で凝縮しなければならない悲しみが滲《にじ》んでいる。「国家運輸安全委員会は数時間前から現場で事故調査を続けていて、ノースイースト航空502便の、激しく損傷したブラックボックスを回収しました。記者会見は午後九時に行われる予定です」

今日のそれ以前に撮影された映像が、繰り返し流れはじめた。墜落現場で燃えさかる炎を懸命に鎮《しず》めようとする何百人もの消防士たち、休むことのない救出活動、地面に散乱する乗客の荷物、疲労困憊《こんぱい》した消防士たちの、煤《すす》だらけの顔でうなだれる姿。そして悲劇に見舞われた人々の所持品を映した、胸を締めつけるような映像。地面のあちこちに散らばるラップトップパソコン、アイポッド、無傷の芝生に落ちているきれいなヤンキースの野球帽、子どもの片方の靴、バックパック、ブリーフケース。どれもみな、命のはかなさを痛切に思い出させるものだ。

そのフラットパネルのテレビは、古風な書斎のマホガニーの棚に収まっていた。本棚にはシェイクスピアから自動車修理本、デュマから骨董本《こっとうぼん》まで、ありとあらゆる書籍が並んでいる。暖炉のマントルピースの上には、威厳に満ちたライオンを描いたジャン＝レオン・ジェロームの油絵が一点、カウチの上の壁には、第二次大戦から帰還して家族を抱きしめる兵士を描いたノーマン・ロックウェルの絵が二点ある。火の入っていない暖炉の前には大きな革のクラブチェアがあり、全体に一九四〇年代の紳士の書斎といった雰囲気の仕上げともいえるのが、土のような色あいに青い斑模様《まだらもよう》が入ったペルシャ絨毯《じゅうたん》だ。

　ニックはその部屋の真ん中に立っていた。頭のなかは支離滅裂で、脚はがくがくし、低く鈍い音が耳のなかで鳴っている。チェスターフィールドソファの肘《ひじ》かけにつかまって倒れるように座りこみ、茶色い革のクッションに身体《からだ》を沈めた。

　まるで悪夢から目覚めたような気分だった。口のなかに奇妙な味がする。苦くて金属的な味だ。息を吸おうと喘《あえ》いだせいで、唇が乾いている。その瞬間は金色に包まれ、まるで目のなかに目映《まばゆ》い光の乱反射が焼きついたかのようだった。さながら記憶の底に埋もれたぎらつく日射《ひざ》しだ。自分の状況を懸命に把握しようと室内を見まわしながら、両手は無意識のうちに、見えないふいごに空気を入れるように動いていた。負荷のかかりすぎた感覚に頭がついていけず、茫然《ぼうぜん》自失し、状況も見失っていたが、なかでもとりわけ、時間の感覚を失っていた。

　あらためて室内を見渡す。すべてがようやく馴染《なじ》みのあるものに見えてきて、意識のなかにもすっと入ってきた。低く鈍い音の正体は発電機だ。街が停電したときに、この家に電気を供給するのだ。

するとと、頭にその名前が浮かんできた。マーカス・ベネット。ニックの親友であり、隣人だ。ここはマーカスの家、彼の書斎だ。ニックは一時間前にここにいて、マーカスに慰めと悔やみの言葉を――

とたんに現実が、大きな岩のように落ちてきた。

ジュリアが、死んだ。

目を閉じると、瞼《まぶた》の裏に浮かんでくる。ジュリアの清らかな唇、きれいな肌、自然な美しさ。その声は、いま自分に話しかけているかのようにはっきり聞こえるし、肌のかすかなラベンダーの香りもする。それらが鮮烈に甦《よみがえ》ってきて、ニックは頭がおかしくなりそうだった。深い悲しみにとらえられ、放りこまれた先は、あるとは思わなかった暗闇《くらやみ》であり、その暗闇がニックの心をわしづかみにして、すさまじい握力で締めあげてくる。

ニックはようやくテレビに顔をあげた。ばらばらになった機体の残骸。捨てられたがらくたのように散らばっている乗客たちの遺体。ニックは死に取り囲まれていた。多くの人にとって、今日という日は人生が天国から地獄に一変した日だが、目の前の出来事がどんなに悲劇的だろうと、ニックには自分の悲しみ、自分の悲劇、無念さしか見えなかった。

テレビのリモコンを取る。テレビを消すボタンを指で探り当てたとき、ニックは機体の残骸が燃えている映像を最後にもう一度見て、下のほうにテロップが流れているのに気づいた。最新の見出しが人目を引きながら移動し、画面の外へ消えていくが、つぎのテロップがどんどん流れてくる。ニックは下隅にあるテレビ局のロゴマークをじっと見つめ、あるものが見えた瞬間、とうとうパニックに襲われた。

それにはいままで一度も注意を払ったことがなかった。考えられない死と破壊の映像と、情報の多すぎるテロップ、混乱した頭で、いままでまったく気づかなかった。右下の隅に表示されている、明るく白いフォント。そのありえない情報に、思わず頭がくらくらした。背景をバックに、明るく輝いているその時刻。ニックはさらに二度見た。まるで自分の目の錯覚か、テレビ局側の手ちがいであるかのように。もう一度時刻を読む。午後八時十五分。

ニックの目は手首に飛んだ。だがいつも腕時計があるところには、腕時計の形をした白い肌しかない。そこでニックは思い出した。

ポケットのなかに手をいれ、封筒を取り出す。色はクリーム色で、サテンの感触がある。左隅には手の込んだ青い紋章があり、殺されたドラゴンの上にライオンの首が乗っていて、ドラゴンの喉《のど》は装飾的な剣で刺し貫かれているという図柄だ。それがどこかの社交クラブやプレップスクール、あるいはこの封筒を渡してくれた見知らぬヨーロッパ系の男個人の紋章なのかはわからない。

ニックはまたポケットに手を入れて、男が渡してくれた金の懐中時計を取り出し、ビクトリア朝時代の伊達男《だておとこ》のようにパチンと蓋《ふた》を開けた。蓋の内側は鏡面仕上げの銀で、その高価な金属面に、筆記体でラテン語の言葉が彫られている。フギト・インレ《Fugit inre-》パラビレ・テンプス《parabile tempus》——〝時は逃げて二度と取り返せない〟。

ニックはようやく文字盤に目をやった。古英語風のローマ数字が記され、針はかっきり八時十五分を差している。それを見て、また混乱の波が襲ってきた。

警察署の取調室で尋問がはじまったのは、九時二十分だ。その後取調室の壁の時計の針が十時に向かって進んでいったのをはっきり覚えている。刑事たちの質問を聞き、装飾の凝ったコルト・ピースメーカーを見ているうち、場の緊張感が一気に高まって、ダンスの9ミリグロックを奪い取るに至り、死の瞬間が目前に迫っていたはずだ。

つぎにニックは、マーカスと一緒に一時間ほどこの部屋に座っていたことを思い出した。ジュリアの死に胸を引き裂かれた悲しみを少しでも紛らわせようと、スコッチをすすっていた。二人は深い悲しみと混乱のなかにあった。そのあたりは、さながらゆっくり巻き取られる映画フィルムのように覚えている。マーカスが向かいに座って、なにもかもだいじょうぶだと慰めてくれていたそのとき、書斎の黒いドアがゆっくりと開いて、二人の刑事が戸口に立っていた。二人ともいかめしい顔つきをして、シャノンの手はホルスターの銃にかかっていた。

この部屋で、ニックは逮捕されたのだ。この部屋で九時に手錠をかけられ、連行されたのだ。

記憶の前後が引っくり返ったようになって、出来事が順番どおりになったりでたらめな順序になったりした。記憶の最後にあるのは、取調室にいた自分だ。死んだジュリアの写真を見たのを覚えている。シャノン刑事が顔の前に突き出して、ニックがあやうく正気を失いそうになった写真だ。ダンス刑事の銃を奪い取ったものの、手詰りに陥ったのも覚えている。

だがシャノンが引き金を引くのを見ていた瞬間から先は、覚えていない。

ニックは首を振って懐中時計の蓋を閉じると、ポケットのなかにしまった。

また封筒を見る。頭のなかを駆けめぐる山ほどの疑問に、その封筒の中身が答えてくれることを祈りながら。ニックは開封して、二枚のオフホワイトの紙を引き出し、読みはじめた。

親愛なるニックへ

きみの頭のなかから霧が晴れることを願っているが、その霧は、いま起こっていることに対するさらなる混乱に取って代わるにちがいない……

ニックはその手紙を三回読んだ。どう解釈していいかわからないまま、たたんで胸ポケットにしまった。自分が愚かに思えた。不可能な希望が胸のなかに湧《わ》き起こるのを許し、しかもその考えを楽しんでいるなんて。

どういうわけか、頭が自分に悪さをしようとしている。

シャノン刑事によって目の前に突きつけられたジュリアの死体写真はたしかに本物であり、そのせいで頭と心が激しく傷ついたため、自分はいまきっと正気を失いかけていて、なんらかの夢想、願望に走っているんじゃないだろうか。たぶんここは夢のなかなのだ。目をさましたい、ニックはそう思った。

ポケットに手を入れ、手紙に書いてあった懐中時計を取り出す。あのヨーロッパ人が取調室でくれたものだ。ぱちんと蓋を開けて、そのローマ数字をじっと見つめる。

頭のなかを駆けめぐる疑問や、ありえない状況とはうらはらに、自分がこの瞬間この場所に立っていることには疑いの余地がないし、その文字盤に表示された時刻についても疑いの余地はない。

ニックは少し前にこの部屋に座っていて、マーカスと一緒にスコッチをすすりながら、ジュリアの死を悲しんでいた。あれは想像力の作った絵空事でも、白昼夢でもない。涙は本物だったし、心の痛みも本物だった。マーカスの慰めの言葉も、いまだに耳に残っている。

それにバイラムヒルズ警察署の取調室も、そこに座ってダンス刑事の尋問にじっと耐えていたことも、自分からジュリアを奪った凶器の銃をじっと見つめていたことも、シャノン刑事が午後九時五十八分に目の前に突き出した残酷な現実、ジュリアの死体写真も、すべて本物だった。時刻に関してもまちがえようがない。金網のなかに収まった壁の時計には、十時までの九分間、ずっと意識を集中させていた。

それでもいまここに立っていて、百年以上も前に作られたように見える懐中時計の、小さな二本の針を見つめている。完璧《かんぺき》に作動しているらしく、時刻は八時十五分を指している。

ニックは年代ものの両袖机《りょうそでづくえ》からリモコンを取って、テレビに向けた。画面には、さらなる死と大惨事の映像が、まるでホラー映画のように浮かびあがった。

目の前の悲劇の大きさは疑いようがない。すべての人が話題にし、この国全体を何日も釘《くぎ》づけにするほどの悲劇だ。世界のほとんどがノースイースト航空５０２便の乗客たちの死を嘆き悲しんでいるのはわかっている。ただニックだけは、ジュリアへの思いだけで泣いていた。

だから不合理なのは承知の上で、手紙に書かれた内容の可能性を徐々に受け入れながら、ニックは思った。もしそうだとしたら？ どのみち失うものはないし、うまくすれば望むものが得られるのだ。手紙に書かれたことを真実として受け入れ、いまの時刻が八時十五分だと受け入れるなら、ひょっとして――

それがどれほど不可能に思えようと、自分の頭がどんなにおかしくなっていようと、ニックにはわかっていた。この手紙に書かれたことが真実であり、この懐中時計の示す時刻が真実であるなら、ジュリアを救えるかもしれない。

＊

ドアが急に開いて、マーカス・ベネットの大きな図体が戸口をふさいだ。グレーのピンストライプ柄のズボン、青いエルメスのネクタイ、まくりあげられた白いシャツの袖。木こりのような頑強な身体を包みこむ典型的な格好だ。大きな両手にそれぞれクリスタルのグラスを持って、書斎に入ってきた。

隣人同士となった六年間で、マーカスとニックは、車で通りすぎるときに手を振って挨拶《あいさつ》する友人以上の存在になっていた。二人ともアイスホッケーが大好きで、ニックに誘われただのマーカスに誘われただのといってたがいを口実にし、レンジャーズのホームゲームを九割がた見に行っている。熱烈なアイスホッケーファンで、二人ともハイスクール時代にはプレーしていたが、自信過剰なわりには思ったほどのレベルには達しなかった。実現しなかった憧《あこが》れを埋めあわせるため、その夢を長引かせて、青春の浮かれ騒ぎを延長するために、二人は毎週水曜日の夜、男子リーグでプレーした。ニックはゴールキーパーで、マーカスはいつもディフェンスだ。

マーカスは三十九歳で、ニックより七つ年が上だ。大学出の弁護士ながら、法律の世界から企業のM&Aの分野へと転身した。それが大成功を収め、三十二になるころには一財産を築きあげていたが、それ以後は度重なる離婚と終わりのない養育費支払いの結果、財産は減る一方だが、それでももっとも裕福な男の一人であることに変わりはない。しかし、脆弱《ぜいじゃく》な企業を買収して利益をあげることに対するマーカスの専門的洞察力も、残念ながら良き伴侶《はんりょ》選びには生かされていなかった。情欲や外見上の美しさに目が眩《くら》んでしまうのかどうかわからないが、マーカスの女性に対する洞察力がビジネスの洞察力より見劣りするのは確かだ。この六年で、三度の結婚と三度の離婚をしている。

マーカスは結婚に失敗するたび、仕事に打ちこんで、女を断ってやると宣言した。自分からまともな理性を奪ってしまう女たちを一時的に嫌悪《けんお》するあまり、酔った勢いで牧師になるとまでいったほどだ。だが一時の衝動的な嫌悪はかならずといっていいほど消えていき、新しい衝動的な愛に取って代わった。

度重なる傷心の結果、マーカスはニックだけでなく、ジュリアとも親しくなった。ジュリアは理性の声であり、慰めの声だった。妹のいないマーカスにとって妹のような存在であり、心の旅路を手助けしてくれる存在だった。ジュリアが見守るなか、マーカスは感情のジェットコースターに乗って、悲しみから怒り、完全な混迷へと目まぐるしく突っ走った。マーカスにとって永遠に続くと思える愛は、いつも最新のベントレーのリースより早く、燃え尽きた。

最近マーカスには、企業のキャンペーンモデルをやっていたことがあるシーラという新しい彼女ができた。彼女がどんな企業のキャンペーンをしていたのかだれも知らないし、実際にその名前で本当にモデルをやっていたのかも知らない。黒い髪と深い栗色《くりいろ》の瞳《ひとみ》で、びっくりするほど美しく、三番めの妻だった赤髪のブライズとは見た目が正反対だった。ブライズは顔色の悪い美人で、裕福な結婚生活に一年半しがみついたあと、一千万ドルの慰謝料を手にして出て行った。

若白髪《わかしらが》の生え際《ぎわ》が後退し、アイスリンク上で三度折って少し歪《ゆが》んだ鼻をしているマーカスは、ハンサムとはほど遠い。顔立ちのよさで知られたことは一度もなく、群衆のなかに紛れればほとんどの人の記憶に残らない、ありがちな風貌《ふうぼう》だ。だが彼の財布と温かい誠実な笑顔が、いつも恋の争奪戦にマーカスを巻きこみ、多くの女が引きつけられて、前の結婚の失敗で懲《こ》りた経験を克服するよう手助けしてくれるのだ。

マーカスは黙ってニックにグラスを手渡した。二人とも言葉は交わさなかった。悲しみがあまりにつらくのしかかってきて、マーカスの茶色の瞳には悲痛の色がありありだった。

ニックは黙ってグラスを見つめた。スコッチの琥珀色《こはくいろ》と香りに、一瞬われを忘れた。

「おまえが酒を飲まないのはわかってる」マーカスは深い声で命じるようにいった。

「だがいまは、習慣だのなんだのといってる場合じゃないぞ」

ニックはグラスを持ちあげて、ごくごくと飲んだ。

マーカスは片手を前に突き出して、手のひらを広げた。ザナックスが二錠乗っている。

「シーラのだ。あいつはこの薬の瓶を三つも持ってるんだ。ヴァリアムのほうがよかったら、そっちもあるぞ」

ニックは首を振って、この悪夢を終わらせるために薬一瓶分を飲んでしまうという考えを振り払った。

「検視官が二人の刑事と一緒に来てる。彼らはなにもかも調べるつもりだ。犯行現場全体の指紋を取り、ざっと調べて、写真を撮ったあと——」マーカスはなかなかその先を続けられなかった。「遺体を運び出すそうだ」

ニックはそのすべてを知っていた。この一時間がどういう展開になるのか、正確にわかっていた。五分後に白髪の検視官が先導して、黒い死体袋がストレッチャーで運び出されるのを知っていた。刑事たちの名前も知っていた。シャノンとダンスで、二人はじきにこの書斎にやってくる。それに、弁護士ミッチ・シュロフのこともすべてわかっていた。

「ミッチを覚えてるか？」マーカスが訊《き》いてきた。まるでニックの心を読んだかのようだ。「去年おれたちと一緒に、レッドウィングズがレンジャーズを叩《たた》き潰《つぶ》すのを見たやつだよ」

覚えていた。ミッチは決して口を閉じない嫌なやつで、いつも正しくあることに取りつかれていたし、しかも悪いことに、たいてい正しかった。

「やつの腕は最高だ。それにどのみちおれはあいつに電話するところだったんだ。ゆうべあいつはヤンキースが負けるほうに賭《か》けて、おれに千ドル負けたからな。やつはボストン・レッドソックスのファンなんだ、悪く思うなよ」

それは前にマーカスがいったことであり、ニックが覚えていたとおりの言葉だった。

「にもかかわらず、やつはニューヨークで一番腕利《うでき》きの刑事弁護士だ」マーカスは続けた。「いまのおまえにはあいつみたいな男が必要だ。ばかげたことを切り崩して、根拠のない告発を打ち破るには」

ニックはミッチが警察署にあらわれなかったことも覚えていた。

「だがいっておくが、やつの欠点はあんまり時間に正確じゃないことだ。ここへ来させよう。問題が起こるからじゃなくて、警官たちに話をしなくてすむようにだ。あいつらぎりぎりの普通教育しか受けてないし、ビールのコマーシャルと『アメリカンアイドル』以外に世間を見ちゃいないからな」

マーカスは、天板の上に革を張った大きな机のほうへ歩いていって、受話器を取った。

ニックはマーカスがダイヤルするのを見ながら、なにをいうべきか悩み、マーカスをささやかな神経衰弱に陥らせていいものかどうか迷った。

「その電話をする前に」ニックはマーカスを制止した。

マーカスは手を止めて、ゆっくりと受話器を置いた。

「どういっていいかわからないけど――」ニックは言葉に詰まり、そのせいでマーカスが不安を感じている気がした。「ぼくはこんなことをした犯人を探し出さなくちゃならない」

マーカスは机の前に出てきて、机の縁に腰かけた。

「警察がやってくれるさ。そして犯人のやつは報いを受けるんだ」

「いや、ぼくがいいたいのは……犯人にやめさせなくちゃいけないってことなんだ」

「なにをやめさせるって？」マーカスの顔に困惑の色が浮かんだ。

「とにかく犯人を見つけなくちゃならないんだ」

マーカスは聞きながらじっと見つめて、どういっていいか言葉を探していた。

「おまわりたちにやらせればいい。犯人はこんなことをした以上、危険きわまりないやつだからな」

「ジュリアは、死んでない」その言葉が、ニックの口から出し抜けに飛び出した。

マーカスは息を吐いて、気持ちを落ち着かせた。

「おまえの悲しみを思うと、どんな言葉をかけていいかわからない。彼女は……ジュリアは最高だった。嘘《うそ》じゃない、もし最高という言葉に意味があるなら、それはジュリアだった」

ニックはスコッチのグラスを脇《わき》のテーブルに置くと、両手でゆっくり顔をさすりながら意識を集中させ、心の病いの奈落《ならく》へと足を踏み出すかどうか決断しようとした。

「ぼくはジュリアを救うことができるんだ」ニックは不合理の世界へと、一気に足を踏み出した。

マーカスは机に腰かけたまま、親友の精神がおかしくなっていく様子に辛抱強く耳を傾け、見守っていた。

「説明はできない。やり方もわからない。けどぼくは、ジュリアを救えるんだ」

マーカスは、じっとニックを見つめていた。怒りも非難もなく、ただ痛みと悲しみに打ちひしがれた目だった。ニックとジュリアの愛の深さは、いくら想像しようとしてもできないが、それほど深い愛であるだけに、失った痛みの大きさも計り知れないにちがいない、マーカスはそう思っていた。

「ぼくには未来がわかるといったとしたら、どうする？」

「今年ヤンキースがワールド・シリーズで優勝するとか？」マーカスは、ニックがなにをいおうとしているのかさっぱりわからなかった。

ニックは暖炉をじっと見つめて、どう説明したらいいか考えた。

「すまない」マーカスはいった。「冗談をいうつもりはなかったんだ――」

「いや、いいんだよ」ニックは振り返って、マーカスをじっと見つめた。「頭がおかしいと思われても当然さ。でも最後まで聞いてくれ。もう少ししたら、警察はぼくを逮捕して署に連行するだろう。そしてぼくを犯人扱いして自白させようとするんだ。ぼくが見たこともない銃を見せて」

マーカスは心配そうな目をした。

「マーカス、ぼくはジュリアを殺してなんかいない。ぼくはジュリアを自分の命以上に愛してるんだ。ジュリアはぼくが朝目覚めたときに肺を満たしてくれる空気であり、ぼくがうれしいときに感じる温かさそのものだ。ジュリアと代われるものなら、いますぐなんでも差し出すだろう。ジュリアを取り戻すためなら、この命と引き換えにしてもいい」

「おまえがやってないのはわかってるさ」マーカスは心から同情していた。「いまは頭が混乱してるんだ。気にするな」

二人は黙って座っていた。

マーカスはようやく振り返って、電話を取った。

「いまからミッチに電話する。おまえはやつに相談したほうがいい」

「彼は間にあわない」

「間にあわないって、なにに？」

「警察はぼくを逮捕しに来る――」ニックはポケットに手を入れて、金の懐中時計を取り出すと、ぱちんと蓋《ふた》を開けた。

「どこでそれを――」

「十三分後に」ニックは懐中時計の蓋を閉じて、ポケットにしまった。

「なんだって？　そんなばかな」マーカスは信じられないといいたげに首を振った。

「警察はおまえを逮捕したりしない」

「シャノンとダンスだ」

「なに？」

「シャノン刑事とダンス刑事だよ。いまぼくの家にいる二人の刑事が、ぼくを逮捕しに来るんだ」

マーカスは、二人の刑事が車寄せに入ってきたときに出迎えて自己紹介し、ジュリアの死体まで二人を案内した。刑事たちはマーカスに、捜査が終わるまであんたは自宅にいたほうがいい、といった。それからニックのことを質問し、初動捜査が終わったらニックと話をする必要がある、といった。警察はマーカスが玄関ドアに向かうとき、ようやく名前を告げた。シャノン刑事とダンス刑事だった。

「二人を知ってるのか？」マーカスは混乱していた。

「会ったことはないよ。というか、会ったことがなかった。二人がぼくに手錠をかけにここに来るまで」

マーカスは食い入るように見つめた。

「なにが起こるかわかるといってるのか？」

ニックはうなずいた。

「そうか」マーカスは黙りこんだ。それから電話を置いて、ニックの隣の革製ウィングバックチェアに座った。その目の同情の色が、十倍濃くなった。「だが二人がどんな服装をしてるかまではいえないだろう？」

「ダンスは青い安物のジャケットを着てる」ニックは二人の刑事の格好を、すらすらと話しはじめた。「それと白いシャツ、皺《しわ》だらけの茶色いズボン。シャノンはむかつくやつで、ステロイドで太くした腕を小さすぎる女ものサイズの黒いポロシャツから突き出して、色あせたジーンズという格好だ」

マーカスは小首を傾《かし》げ、深く息を吸いながら、ニックがいったことをよく嚙《か》みしめた。そして椅子《いす》から立ちあがると、窓辺に歩いていって、木製の雨戸の隙間《すきま》からニックの家のほうを見た。刑事たちの車、その車があるニックの車寄せが完全に見える。ニックにも警察が到着したときに簡単に見えただろうが、マーカスはいまの精神状態にある親友の言葉に逆らいたくなかった。

「聞いてくれ」ニックは熱のこもった言葉でいった。「ぼくは頭がいかれてなんかいない。ヤンキースは――」

「なんでヤンキースの話なんかする？」マーカスは不安になった。

「いま試合が行われていて、ヤンキースが九回裏で、勝つんだ……」自分のいっていることがどんなにばかげているかわかって、ニックは話が尻切《しりき》れとんぼになり、敗北感でうなだれた。

二人の友人はどういってみようもなく、黙りこんだ。

けれどもつぎの瞬間、ニックはふと思い出して顔をあげた。

「彼の薬指は……ダンスの右手の薬指は、第二関節から欠けている」

マーカスはじっと黙ったままだった。

「この家の窓からそこまで見えるはずがないのは、きみだってわかるだろ」ニックはマーカスの疑心をそれとなくいい当てた。「それにダンスに訊いてみてくれ。彼がジャージーショアでどんなに退屈な思いをしたか」

＊

自宅横のドアから、マーカスは遅い夏の日射《ひざ》しのなかへ出た。友人夫妻のことを思うと、心は痛んだ。人生でだれよりも親しい友人がジュリアだった。つらいときの気持ちをわかってくれ、何度も慰めてくれたし、マーカスの考え方も、すぐ結論に飛びついてしまいがちなのもわかっていた。マーカスの過《あやま》ちや自信のなさ、弱さや悩みを受け入れ、顔を背けたことは一度もなかった。

強い絆《きずな》と愛情で結ばれていたジュリアとニックは、マーカスの理想だった。結婚するたびに内心あの二人を手本としていたのだが、自分たちの〝死が二人を分かつまで〟の愛の約束が、クイン夫妻の絆の強さにとうてい及びそうにないのは、「誓います」の言葉をいう以前に気づかされていた。二人は一心同体で、いつもジュリアとニック、ニックとジュリアであって、個別に名前が出てくることはめったになかった。

暇さえあれば二人で一緒に過ごし、いつもたがいに相手のことを第一に考えていた。ジュリアがあれほど残酷かつ暴力的に命を奪われたのを見て、どうにも理解できなかった。あんなことをだれがやれるのだろう？ どんな人間が、無実の人間の命を奪えるのか？ 夫から唯一《ゆいいつ》の生きがいを奪えるのか？

ジュリアが無残にも凶弾に倒れた一方で、まるでニックもその凶弾を受けたかのようだ。ニックの精神はすっかり崩壊して事実の否定に走り、自分は過去を変えられる、ジュリアを救えるんだと思いこんでいる。心に深手を負い、正気を失った精神の、哀れな妄想だ。

マーカスがその銃声を聞いたのは、ガレージで車のトランクルームにあるファイルボックスのなかを探していたときだった。それがクイン夫妻の家から聞こえてきたことがわかったとたん、背筋に悪寒《おかん》が走った。全速力でニックの家に向かい、開いたガレージ扉のなかに飛びこんで、ドアが開いたマッドルームのなかに入ると、階段にもたれて横たわっているジュリアの姿が見えた。顔の半分は吹き飛んでいた。悲しみと衝撃に打ちのめされながらも、吐きたいのを必死にこらえた。ようやく死体に近づいたとき、ニックがジュリアのそばの床に座りこんで、死の現実を理解できない子どものように、ジュリアの脚をさすっているのが見えた。

マーカスは自宅横の広い芝生を横切り、ニックの家に近づいていったが、今度はもう走る理由はなかった。なにをしても、ジュリアはこの世に戻ってこないのだ。

検視官のトラック一台と、警察のトーラスとマスタングが、車寄せに駐《と》まっている。ふつうなら、二十五年も殺人事件が起こらなかった街で殺人事件が起こったからには、警察署の人員の半数が投入されて当然だが、あいにくほかの人員は、警官から事務方、秘書、受付係まで、飛行機墜落現場に駆り出されている。街じゅうの消防士や救急救命士、議員、医者も、現場で活動中だ。バイラムヒルズでも、このウェストチェスター郡でも、飛行機事故ははじめてだが、この裕福な街は、まるで災害が専門であるかのように反応した。可能な人員はすべて墜落現場に出て、国家運輸安全委員会に各自のできる範囲で協力している。それが死亡した乗客の遺族の力になることだとしても、バイラムヒルズの住民は、わずか五キロ先の悲劇の現場に大挙して出払っているのだ。その結果、ジュリアの殺人事件を扱うことができる警官は二人しかいなかった。

*

ニックとジュリアの家の敷地面積は三エーカーで、分筆されなかった数少ない土地のひとつである。家自体の建築は一八九〇年代にまでさかのぼり、一九二七年と一九九七年、二〇〇七年に増改築が行われた。かつてはまわりに農地が広がっていたこの家は、床面積が四百六十平方メートルとゆったりしていて、まさに家と呼ぶにふさわしい。どの部屋にも写真や思い出の品がいっぱいに飾られていて、持ち主の人となりをよくあらわしている。大きな家はたいてい美術館の展示場なみになるものだが、この家はあくまでも家族のために造られた家であり、いつか子どもたちの賑《にぎ》やかな声が響き渡るだろうと、マーカスは思っていた。しかしいまマーカスは、周囲に張られた警察の黄色い立ち入り禁止テープをくぐり抜け、横の勝手口のドアを開けて広々した白いキッチンに入りながら思った。この家の壁に子どもたちの声が響くことは、もうないだろう。おそらくニックも、この家には戻ってこないにちがいない。

マーカスはダイニングルームを抜けるとき、玄関ホールから刑事たちの話し声が聞こえてきて、ふと立ちどまった。そして見えない力に引っぱられるかのように、一瞬あとずさった。もう一度ジュリアの死体を見るのはつらかったが、死体が横たわるマッドルームのほうに首を伸ばした。

白髪の検視官が黒い死体袋にかがみこんでジッパーをあげ、黒いマジックを取り出して、死体袋の札に記入するのが見えた。そこには感情というものが感じられず、まるで食料品の買物リストでも書きこむかのようだ。頭の白髪とは対照的に、黒い眉毛《まゆげ》がくっきりと立っている。曲がった背中と皺だらけの肌からして、どう見ても七十五はくだらないだろう。今日はとうに現役を引退した医師や検視官が少なからず駆り出されて、バイラムヒルズのすべての死体を扱っているにちがいない。

黒いビニール袋を通して、ジュリアの身体《からだ》の輪郭がくっきりと見えた。マーカスはやり切れない気分で思った。葬儀屋は、生前のジュリアの顔を復元できるだろうか。ニックに最後にもう一度妻の顔を見せてやり、最後のさよならをいわせてやれるだろうか。

床はいまだに血溜《ちだ》まりが広がっていて、奥の壁には飛び散った肉片や骨片が付着し、髪の毛数本が、見えない風に揺れている。飛行機墜落現場の状況からすると、ここにはあと数日は、なんの罪もないジュリアに下された暴力の悲しい痕跡《こんせき》を、掃除に来る人はいないだろう。それじゃだめだ。電話をかけまくって、街のだれかの尻を叩《たた》いてやる。その一方で、気の滅入《めい》る葬式の手配に取りかかろう。いまの痛ましさしかないニックには、そんなことを考える余裕などないだろうから。

「おい！」その声に驚いて、マーカスはわれに返った。

「なにやってるんだ?」シャノン刑事だった。「捜査が終わるまで女の亭主と一緒に隣の家にいろといったはずだ」

「もう――」マーカスは周囲を見渡した。「捜査は終わったと思って」

「ここは犯行現場で、警察はおれたち二人しかいない。おれたち二人だけで指紋採取だのなんだのとやらなきゃならないんだ。おれが終わったといわないかぎり終わりじゃない」

「すまなかった」マーカスは勝手口のドアへ戻った。「じゃあ隣にいるから」

「クインはどこだ? てっきりあんたと一緒だと思ってたが」とたんにシャノンは慌《あわ》てて出した。「くそ、やつは逃げるタイプか?」

「逃げるって? なにから逃げるんだ? 愛する妻が死んだんだぞ。立っているのもおぼつかないくらいだってのに」

「じゃあ――」シャノンは人差し指を立てていった。「せっかく来たんだ。話を聞かせてもらおう」

シャノンはくるりと背を向けると、わが物顔で居間のほうへ歩いていき、マーカスについてくるよう指図した。

「長くはかからない」

マーカスはうなずいた。

「こんなことをしたやつを捕まえるためなら、いくらかかってもいい」マーカスはもう一人の刑事が背後からやってくるのを感じたが、振り返らないことにした。

「さっきあんたは、死んだ女とその亭主とは親しいつきあいをしていたといったな。どれくらい親しかったんだ？」

「親友さ。夫も、妻のほうも」マーカスはいった。

「どっちかが不倫していたか？」

「そりゃいいすぎってもんだろう」マーカスは、そんなばかなことを訊《き》くシャノンの首を絞めてやりたかった。

「いちおう訊いておかなくちゃならないんだが――」背後からダンス刑事がいった。

「ミセス・クインが撃たれたとき、あんたはどこにいた？」

「さっきもいったように、うちのガレージにいて、食事に出かけるところだった。銃声が聞こえたんで、駆けつけたんだ」

「あんたと一緒にだれかいたか？」

「いない。だがガールフレンドと電話をしてるところだった。この週末はカリフォルニアに行ってるんだ。確認してもいい」

「ニコラス・クインは死んだ女とうまくいってたのか?」シャノンが質問してきた。

「ジュリアって名前があるんだ」マーカスはそういい放ってから、怒りを抑えようとした。「二人ともこれ以上ないってくらい仲がよかった。結婚したその日よりいまのほうが、ずっと愛しあってる感じだった」

「どっちかが感情的になりやすかったとか?」

「そんなことはない。むしろ二人とも、性格はじつに穏やかだ」マーカスはどうしてもジュリアのことを過去形でいえなかった。二度とジュリアの声を聞くことができないという事実に、頭がついていけないのだ。

「だとしたら、なんで亭主が女房を殺すんだ?」

マーカスは答えなかった。質問を聞きまちがえたかと思ったからだ。

「どうして亭主がそんなことを?」シャノンはなおも詰め寄った。「なにか理由は考えられないか? 金銭問題とか、嫉妬《しっと》とか」

「絶対にありえない、ニックがジュリアを殺すなんて」マーカスは断言した。「ニックは手をあげることだってないんだ。銃で撃つはずないだろう」

「ところが、その反証となるものがいくつかあるんだ」ダンスはそういって、大きな透明のビニール袋を掲げて見せた。袋のなかには、信じられないほど優雅な大型の銃があった。どこかの王様か族長《シーク》が持っていそうな銃だ。ストックの片側には打出し細工の金のプレートがはめこまれ、象牙《ぞうげ》でできた握りの部分には、宝石がちりばめられている。「亭主が車のトランクルームにこんな高価な銃をしまってあるのは、どうしてだ？」

マーカスは唖然《あぜん》として、その銃に釘《くぎ》づけになった。ニックはそんな銃を持つような人間じゃない。

「それがニックの銃だなんて、ありえない」

ダンスはなにもいわずに、ビニール袋に入った銃を箱にしまい、マーカスに顔を戻した。

「あんたはちがうと思ってるだろうが――」シャノンはいった。「おれはやつがやったと思ってる。やつに弁護士がいるんなら、あんたのほうからその弁護士に電話してやったほうがいい。なぜならおれは、やつが自白するまで尋問するからだ。ついでにいっておくが、今日はさんざんな一日で、こっちは嘘《うそ》八百に耳を傾けてやれるほど暇じゃない」

マーカスはじっとにらみつけてやったが、ふと、なぜここへ来たか思い出した。その刑事の小さすぎるシャツとジーンズ姿を見て、アホかと思った。その刑事の右手も見たが、指は五本ともある。

「あんたはダンス刑事か?」マーカスは訊いた。

「いや、おれはロバート・シャノン。ダンスはそっちだ」シャノンは相棒を指さして、三人でキッチンに向かった。

「失礼だが」マーカスはダンスのほうに振り返った。「あんたとはジャージーショアで会わなかったか?」

「いいや」ダンスは首を振って、疑るような目でマーカスをぎろりとにらみつけた。

「どうしてだ?」

「いや、ひょっとしたらと思って――」

「おれはジャージーショアが大嫌いなんだ」ダンスはぴしゃりというと、マッドルームに入っていった。

　マーカスは、ダンスが死体袋に入ったジュリアのほうへ行くのをじっと見ていた。ダンスはラテックスゴム製の手袋をはずしてかがみこむと、シャノンと白髪の検視官が死体袋を持ちあげてストレッチャーに乗せるのを手伝った。

　マーカスはもう一度、シャノンとダンスの服装を見た。二人ともニックが指摘したとおりの格好だったが、もしかするとニックは、窓から二人の姿を見ていながら、見たことを忘れているのかもしれない。いつ崩壊してもおかしくない精神状態にあって、彼が自分自身の現実に逃げこもうとしていないと、だれがいい切れるだろう？

マーカスは黒い死体袋をじっと見つめながらも、ジュリアが死んだという事実をいまだに受け入れられず、自分のなかに激しい混乱が駆けめぐるのを感じていた。だがマーカスがはっと息を呑《の》んで、いままで以上に驚愕《きょうがく》したのは、自分の目が、開いたドアに向かってストレッチャーを押しているダンスに戻った瞬間だった。思わず視線が吸い寄せられた。

　ダンスの右手に、右手の薬指に。

　その指は、第二関節から先がなかった。

*

　ニックは、マーカスの書斎のカウチに座ったままだった。あの手紙を三回繰り返して読んだ。頭のなかは混乱するばかりで、わけがわからなかった。あのヨーロッパ人の男の手紙には合理性がまったく欠落しているように思えたが、ニック自身の頭のなかも、同じように合理性が欠落していた。自分はどうやってここに来たのか？　どうすればこんなことが可能なのか？　自分は現実的な人間だ。超常現象、神話や伝説、UFO、そういったものは信じないほうだし、ラッキーペニーやウサギの足、割れた鏡といった迷信は信じていない。けれどもいまは喜んですべてを受け入れ、それぞれの長所を説いてまわってもいいと思う。そうすることで、ジュリアをこの世に生き返らせることができるものなら。

ニックは立ちあがって、なかば夢うつつの状態で書斎を歩きまわり、棚の写真を見た。マーカスの過去には、安定も一貫性もなかった。いまの恋人シーラの写真が入った額がいくつかある。もっと古い数枚の写真には明らかにハサミが入れられ、元妻が写った部分を切り取ってあった。まったく写真が入っていない額も二つある。ニックの目はとうとう、中央の棚の目立つところに飾ってある写真に留まった。自分とジュリアが腕を組んで、満面に笑みを浮かべている写真だ。その写真を撮ったのが、マーカスの元妻のブライズだったかダナだったか思い出せなかったが、そんなことはどうでもよかった。殺人と飛行機墜落事故が起こるなんて思いも寄らないころの楽しいひとときを写した写真で、このときは、幸せが永遠に続くように思えた。

ニックはまた悲しみに呑まれてしまうのが怖くて、写真から目を離し、その目を窓の外にやった。しかし、シャノン刑事とダンス刑事が、ストレッチャーを押す白髪の検視官を手伝いながら自分の家から出てきて、黒い死体袋をトラックに積みこむのが見えたとたん、悲しみに呑みこまれそうな怖さが、あらためて込みあげてきた。

マーカスは車寄せに立っていて、ジュリアがトラックに積みこまれ、ドアが閉じられるあいだ、悲しみにうなだれていた。二人の刑事はマーカスのほうを振り向いて、それを合図に三人はゆっくりと、家の横の広い庭を歩いてこっちへ来はじめた。

ニックは逃げることを考えたが、どこへ逃げればいいかわからなかったし、どれだけ速く、どれだけ遠くへ逃げても、自分の運命は避けられないんじゃないかと思った。ポケットから懐中時計を取り出して、蓋《ふた》を開け、時刻を確かめる。八時五十五分。その懐中時計につかのま見入った。

もう一度ポケットからあの手紙を取り出すと、不可能としか思えない言葉をふたたび読みはじめ、聖書でも読むかのように、一言一言をゆっくりと慎重に咀嚼《そしやく》していった。

親愛なるニックへ

きみの頭のなかから霧が晴れることを願っているが、その霧は、いま起こっていることに対するさらなる混乱に取って代わるにちがいない。きみはいま、今夜八時にいた場所に戻っているからだ。

人生には、理解することも慣れることもできない瞬間がある。たとえば、罪もない人の理不尽な死。愛する人を失ったときの、言葉にできない苦悩と動揺。どうしようもない運命の残酷さ。

ニックは思わず窓の外に目をやって、黒く冷たい袋に入ったジュリアの死体がある検視官のトラックを見た。

単純で利己的な行動ひとつが、時間と人生のなかで谺《こだま》し、あげくに見も知らぬ人間の命を奪うことがある。愛する人が、まったく知らなかったり理解できなかったりする瞬間や出来事の反響のせいで、死を迎えることもある。しかしながら、もしその瞬間が起こらなければ、あるいはその瞬間を発見してもとに戻すことができれば、その瞬間によって狂わされた人生を修正できるはずだし、失われた命も救えるはずだ。

いまきみはある部屋に立っているが、一瞬それは、きみの記憶の一部を再現しているかのように思えるだろう。なにかの魔法にかかったか、それとも見えざる神の手が介入してきたかと自分を疑うだろうが、そのどちらでもないことは私が保証しよう。

きみはいま、今夜八時にいた部屋にいて、その一時間をもう一度生きている。ただしその一時間は単なる再現ではなく、自分のやりたいことを自由にやれる一時間だ。前は右に曲がったところで左に曲がることができるし、前はノーといったところでイエスということもできる。だれもそのちがいがわからないし、きみ以外にこの現象を経験する人間はほかにいないだろう。きみは自分の裁量で正しいと思う方向を選び、きみが経験した未来を変えることができるのだ。

ニック、きみは贈り物を与えられたのだ。きみの人生の十二時間を、もう一度生きることができるという贈り物だ。

ただし、細心の注意を払わなければならない。時間は短いからだ。

一時間ごとに――つまり、金の懐中時計の分針がまわって12の文字に到達するたびに――きみは百二十分前に時間を逆戻りして、自分の人生の一時間をもう一度生きることになる。

一歩進んで二歩下がる、というわけだ。

それが十一回起こる。それより多くもなければ、少なくもない。そして一時間ずつ時間をさかのぼって、今朝十時まできみを連れ戻す。

きみが一時間ずつ時間を戻りながら行動を起こすことで、奥さんを見つけて命を救うチャンスが手に入るのだ。

詳しい説明や専門的用語できみをうんざりさせるつもりはない。要は懐中時計の分針が12を指した瞬間、きみは二時間前にいた場所へと時間的にも空間的にも引き戻され、それからの一時間を新たに生きる、ということだ。

だが気をつけなければならないのは、ふつうの人生と同じく、それぞれの選択には、選んだ瞬間には思いもよらなかった結果がついてくる場合がある。いまのきみにはジュリアの命を救う能力があるし、きみの世界を安定した状態に戻す能力があるが、きみがこれから進もうとしている道はきわめて不確かなものだということを、くれぐれも承知していてほしい。熟慮に熟慮を重ねて、きみの選択が、きみやほかの人の命を危険にさらすことのないようにしてくれ。

きみがなぜこの贈り物をあたえられたか、私が何者か、どうしてこんなことが起こっているかについては、いまの段階では重要ではないが、安心してほしい。やがてはすべて明らかになるだろう。

成功を祈る。時は逃げていく《テンプス・フギト》。

Zより

追伸――この手紙と懐中時計はなくさないようにしてくれ。そしてくれぐれもいっておくが、懐中時計はかならず身に着けていて、絶対に手放してはいけない。もし手放したり壊したりしてしまうと、きみはその時間の世界につかまって抜け出せないまま、時間が前にしか進まなくなり、ジュリアの命を救うことは叶《かな》わなくなるからだ。

未来が真っ暗なときにありえない可能性を差し出されると、人は合理性を放棄して、信仰や祈り、神秘的なものに頼り、なにか崇高な力が自分の味方をしてくれるだろうと思いこむことが多い。それは、たとえば仕事で行き詰っているときや、戦争中に敵と対峙《たいじ》しているときでも起こることだ。兵士は勝利を求めて神に祈るが、敵もまた解

放を求めて祈っていて、おたがいまったく同じ神に似たような祈りを捧《ささ》げていることにはあまり気づかない。人は愛を求めて星に願い事をし、宝くじで当たりますようにと井戸に一ペニー硬貨を投げ、自分の贔屓《ひいき》のチームがスーパーボウルで勝利するようにウサギの足をさする。

同じようにニックも、手のなかの懐中時計や、見知らぬ男からもらった手紙の言葉を——もっとも、手紙の一番最後にあるのがどこの言語なのかは見当もつかなかったが——信じはじめていた。もし全力で戦えば、ジュリアを殺した犯人を阻止し、ジュリアの命を救うことができる、ニックはそう信じた。九時まで辛抱できれば、その希望が空《むな》しいものかどうか、そんなことを信じるのが見当ちがいかどうか、ふたたびあの取調室の惨《みじ》めな体験を繰り返す運命にあるのかどうか、おのずとわかるだろう。まるっきりばかげていて、ありえないことのように思えるが、すがれるものはそれしかない。

ニックはそこではっとわれに返って書斎を飛び出し、吹き抜けになった大理石の玄関ホールを抜けて、玄関ドアに駆けつけた。すぐにデッドボルト錠をかけると、今度は裏の板石張りのテラスに通じるリビングルームとダイニングルームのフレンチドアへと急いで、立て続けに鍵《かぎ》をかけた。建物横のドアやガレージドアにも鍵をかけて、急いで書斎に戻り、重厚なマホガニーのドアを閉め、しっかりと鍵をかける。マーカスが書斎のドアにデッドボルト錠を設置していてくれたことを感謝した。室内ドアにデッドボルト錠はめずらしいけれど、ジェローム一点とノーマン・ロックウェル二点の絵画があることを考えれば、変わっているようには思えない。

ふたたび懐中時計に目をやる。八時五十八分。

そのとき、刑事たちがやって来た。鍵のかかった玄関ドアを叩《たた》いている。

ニックは出窓のところへ行くと、羽根板式の雨戸を閉めて羽根板をたたみ、外から書斎のなかが一切見えないようにした。

玄関ドアが蹴《け》り開けられる地響きのような音がしたかと思うと、洞窟《どうくつ》にも似た大理石の玄関ホールに、いきなりマーカスの怒声が轟《とどろ》いた。玄関ドアを壊されたことやこの状況に憤然としているのは明らかだ。

書斎のドアにノックの音がした。

「ニック」マーカスのくぐもった声が、ドアの向こう側から聞こえた。「おれだ。ミッチに電話した。やつは警察署でおまえに面会することになる。だがこの刑事たちは、おまえに一緒に来てほしいそうだ。それもいますぐ」

ニックは黙ったまま、じっと室内を見つめ、手のひらの懐中時計に見入った。八時五十九分。

「おれもすぐあとから行く」マーカスはいった。深い思いやりがこもった声だ。「約束だ。おれたちでこの問題をきっと解決しよう」

ニックは懐中時計に意識を集中させていた。

「ニック」マーカスがまたドアの向こうから呼びかけてきた。「なにがどうなってるのかわからないが、おれはおまえを信じてる。おまえが――」

「もうたくさんだ」シャノンの声がさえぎった。「クイン、いますぐこのドアを開けろ」

ニックは椅子《いす》に座ったまま、懐中時計をじっと見つめていた。文字盤の上をまわる秒針が、ありえないほど遅く感じられる。三十秒が過ぎて、残り三十秒。

「ニック、頼む、おれは鍵を持ってない。こいつら二人はもう玄関のドアを壊しやがったんだ」

ニックは懐中時計を見つめ続けた。まるでそれが、この瞬間から自分を助け出してくれるかのように。まるでそれが神聖なもので、これから起こる真実を見せてくれるかのように。

「そこをどけ」シャノンがマーカスに怒鳴った。「クイン、あと五秒だけやる」

ニックが静かに時を刻む懐中時計を見つめ続けていると、いきなりドアが蹴り開けられ、爪楊枝《つまようじ》ほどの木片が飛び散った。シャノンが錠とマホガニーの両方を、強烈な蹴りで破壊したのだ。シャノンは銃を抜いて前に突き出しながら、書斎に飛びこんできた。同じく銃を持ったダンスが、すぐ後ろからやってくる。

「床に伏せろ」シャノンは大声を張りあげた。

ニックは懐中時計をポケットにしまうと、肩をつかまれ、床のペルシャ絨毯《じゅうたん》に押し倒された。

「なにするんだ」マーカスは怒鳴ってシャノンの肩につかみかかり、ニックから引き離した。「ニックに手を出すんじゃない」

シャノンは振り返りざまにパンチを繰り出し、それがマーカスの顎《あご》に命中した。マーカスは少しも怯《ひる》むことなく、百キロの体重を拳《こぶし》に乗せて、シャノンの鼻に叩きこんだ。たちまちシャノンの鼻は、真っ赤な血に塗《まみ》れた。

だがニックには、刑事たちもマーカスも眼中になかった。意識はポケットのなかの懐中時計だけに集中し、頭のなかでは九時までのカウントダウンをしている。

そしてすぐそばで騒ぎが続き、マーカスが叫び声をあげながらシャノンを叩きのめす一方で、ニックは数え続けていた。

三……

二……

一……

第十章　午後七時二分

今度はニックは、自分のいる場所がかなり速くわかった。このありえない現象を受け入れはじめているからだろう。口のなかに金属的な味はするが、前回ほど強くはない。肌の寒気はあいかわらずだが、全体的に身体《からだ》の調子はよかった。

ニックはマーカスの家の、玄関前の階段に座っていた。玄関ドアは壊れておらず、暖かい夏の夜に向かって大きく開いている。マーカスはそこから出てきて、板石張りのテラスを歩き、ニックの隣に座った。顔は血の気が失《う》せて、両手はショックで震えている。

「いま警察がこっちに向かってるが、あの飛行機事故で……」マーカスは言葉を出すのがやっとだった。「みんな墜落現場に出払ってて、二人しか来れないそうだ。殺害現場には一切手を触れちゃいけないし、おまえはおれと一緒にいたほうがいいとさ」

ニックはうなずいた。目はジュリアの死体が横たわっている自宅をじっと見つめている。

ニックはポケットに手を入れて、金の懐中時計を取り出した。パチンと蓋《ふた》を開ける。予想はしていたものの、時刻が七時二分であることにあらためて衝撃を受けた。秒針が九時ちょうどまで進むのを数えていたあの瞬間から二時間前だ。刑事たちはまだ家に来ていない。現場にも到着していない。ジュリアの死体を見たばかりのマーカスは、その陰惨さを目《ま》の当たりにしたことで、すっかり動転している。

ニックはそこで気づいた。起こったことは記憶のなかにあるけれど、それはすべて未来のことなのだ。マーカスはニックが結局は逮捕されることも、刑事たちの名前も、マーカスの家のドア二つが蹴破《けやぶ》られることも知らない。おかげでこのゲームのルールがはっきりわかってきた。

この試練を一貫して体験している人間は、自分以外にだれもいない。だから一時間ごとに自分の目標を達成していかなければならないのだ。二時間前の時間と場所に引き戻されて、この一時間で力になってくれる人の助けを失う前に。

今日が金曜日であることに、ニックは感謝した。金曜日はいつも在宅で仕事をする日で、今日も一日じゅう家に閉じこもって仕事をし、四日間の出張から得た分析結果の報告書を、週末がやってくる前に完成させようとしていたのだ。お昼を食べに外へ出なかったのは運がよかった。というのも、時間を過去へワープするたびに自宅に戻ることで、自分なりに調べてジュリアの命を救うことに、継続して集中できるからだ。

懐中時計の蓋を閉じて頭から物思いを振り払うと、ニックは立ちあがった。

「どこへ行く?」マーカスが訊《き》いてきた。

「戻らなくちゃいけない」自宅をじっと見つめながら、ニックは答えた。

「戻るって、おまえの家にか?」マーカスはびっくりしたようにいった。「やめとけ、よしたほうがいい」

「わかってる。でもいったいなにがどうなってるのか突きとめなくちゃならないし、刑事たちが捜査しはじめてからじゃ遅いんだ」

「警察は一切手を触れるなと――」

「マーカス、ぼくの妻が殺されたんだ」ニックはマーカスにというよりも、状況に対していった。「ぼくには答えが必要だし、だれがやったのかを知る必要がある。それに現場はぼくの家だ。ぼくはなかに戻る」

「わかった」マーカスはしぶしぶといった感じでうなずいた。「だがおれも一緒に行く」

ニックは歩き出しながら、首を振った。

「これはぼく一人でやらなくちゃならないんだ」

前の一時間――いまを基準にすれば未来の一時間――の大半をかけて、マーカスに自分の置かれた状況を説明し、自分の千里眼を証明するためにダンス刑事を見に行かせた。マーカスかだれかの力を借りるつもりなら、五分かそれ以下でタイムスリップを説明してわかってもらう方法を見つけなければならない。そうしないと、ジュリアの命を救うための限られた十二時間から、無駄に失われる時間が多すぎることになる。

マーカスは玄関前のポーチに座ったまま、背中に声をかけてきた。

「なにをするにしても、頼むからジュリアだけは見ないでくれ。あれはもう、ジュリアじゃない」

マーカスの声が小さくなっていくなか、ニックはいろんな感情と戦いながら、広い芝生の上を歩いていた。自分は贈り物を与えられた。とうてい理解できるものじゃないが、理解できないことを考えて時間を無駄にするつもりはない。どうやって、どんな理由でそんなことになるのかという押し問答は自分のなかで一生続くかもしれないが、残された時間はもう十二時間を切ったのだ。

しかし、自分がもう一度チャンスを与えられ、ジュリアもチャンスを与えられたことに高揚感を覚えているにもかかわらず、これから入ろうとしている場所には足がすくむ思いだった。

変わり果てたジュリアの姿に呆然《ぼうぜん》となるのはわかっていても、ジュリアの命を救い、殺した犯人を見つけたければ、その姿を進んで見ようとしなければならない。犯人を阻止するためには、どんなに細かい情報だろうと手がかりだろうと、掻《か》き集めなければならない。ジュリアがどんなふうに死んだのかも含めて。

ニックは頭のなかからジュリアの死を追いやろうとした。苦悶《くもん》、痛み、深い悲しみは利己的な行動にすぎず、真実への到達を妨げることにしかならない。これからの仕事は困難をきわめるだろうが、これもすべてジュリアを運命から救い出すため、過去を捻《ね》じ曲げてジュリアの未来を救うためなのだと、頭のなかで自分にいい聞かせた。

ニックは車寄せを横切って、白い大きな自宅の玄関に行き、百十年前からある玄関ドアを開けて、なかに入った。

玄関ホールは真っ暗だ。飛行機墜落事故による停電で、照明がすべて消えている。ニックはそばのクローゼットを開けて大きめの懐中電灯を取り出し、スイッチを入れて、眩《まぶ》しいほどの明かりをつけた。太陽はまだ地平線上にあるが、夕暮れの光はあっという間に薄れていって、必要な明るさを提供してくれないだろう。

マーカスのように発電機の購入を考えたこともあるが、そのときは、年に一度、一時間ほど停電するくらいで二万ドルはもったいないと思った。しかし、ジュリアが殺害された理由に通じる手がかりを探して家のなかを歩きながら、ニックは思っていた。いまスイッチを入れて照明がつくなら、喜んで倍は払うだろう、と。

*

今度の九月で結婚八年になるが、ニックとジュリアは、結婚生活では二つのことしか意識していなかった。仕事と、おたがいのことだ。たくさん貯金をして、子どもを作ると決めるまでに、ローンなしで一戸建てを手に入れようと、二人で決めてあった。きちんと計画を立ててスケジュールを決め、予算を組んでそれを守り、スーパーボウルの作戦ノートなみに、紙の上に人生設計を記していった。休暇旅行にかける費用は最小限に抑えたし、ヨーロッパ旅行やアジア旅行、世界一周旅行は、だいぶあとになるまで控えた。車で行けるところへは、なるべく車で行った。キャンプや美術館めぐり、海辺の一泊旅行は、質素で安あがりな気晴らしであるだけでなく、楽しいものでもあった。本当の休暇は目的地にあるのではなく、心の行き先にあることを、二人ともわかっていた。二人が一緒にいさえすれば、休暇旅行は、パリやモナコなどの異国情緒あふれる土地に行かなくても、はるかにすばらしいものになった。だから棚やテーブルは、メイン州のあちこちの湖で釣りをしたり、ハンティントンビーチでサーフィンをしたり、グランドキャニオンでハイキングをしたり、ワイオミングのごつごつした岩山にのぼったりする二人の写真がたくさん飾られていた。二人ともアウトドア派で、自然が与えてくれる純粋な心地よさを愛し、自宅に戻るときはいつも生き返ったような気分になって、それぞれの順調な仕事にふたたび取り組むのだった。

結婚してからはまだ八年でしかないが、高校大学を通してつきあっていた期間を入れれば、十六年になる。恋に落ちたのは十五のときだが、将来きっと結婚することになるというと、友人たちも親たちも笑った。しかし、二人が五月下旬のあの日に聖パトリック教会で「誓います」といったときには、その笑いは消えていた。あれだけ否定していた人々に対して、二人とも、だからいったじゃないかとはいわなかった。自分たちの心が正しいと信じていることに、家族や友人たちの賛成や信任投票は必要なかったのだ。

二人の出会いは水泳大会だった。ニックは競泳チームのスター選手で、十年生のときにはもう、長距離と短距離の両方で学校や郡の記録をたくさん持っていた。一方ジュリアは、四人で二百メートルずつ泳ぐリレーで、土壇場《どたんば》になって駆り出された控え選手だった。まだ競泳歴が浅く、もっと短い距離でしか競ったことがなかったため、アンカーで二百メートル泳ぐだけの準備はまだできていなかった。緊張しているといったのでは、控えめすぎる言い方だっただろう。だからコーチはジュリアをニックのもとにやった。学校で一番若いキャプテンだったニックは、静かな自信の持ち主で、周囲のみんなにもその自信を伝染させることができたのだ。

ジュリアが来て横に座ると、ニックは微笑《ほほえ》みかけて、心配いらないよといい、大事なのはペースだ、体力を温存しておいて、蓄えていた力を最後の五十メートルで出し切るんだ、と説明した。

もちろんジュリアは、飛びこんだとたん全力で泳ぎ出し、最後の五十メートルを泳ぐころには、ほとんど溺《おぼ》れそうなほどだった。終わったあとジュリアは、じつはニックのアドバイスをちっとも聞いていなくて、ニックのいったことが一言も耳に入らなかったことを、ニックにもいわなかったし、ほかのだれにもいわなかった。それほどニックの青い瞳《ひとみ》に心を奪われ、水泳競技の戦略以上に惹《ひ》かれてしまったのだ。

そしてビリでゴールにタッチし、目の前に星がちらついて、息も絶え絶えになっているとき、ニックが上から手を差し伸べ、ジュリアの疲れ切った身体をプールから引きあげてくれた。ニックはジュリアを片手で軽々と引きあげ、タオルをかけてくれて、観覧席まで連れていってくれた。夕方が夜に変わり、三時間かけてバスで家に帰るあいだ、二人は、おたがいそれまで味わったことのないほどくつろいだおしゃべりに夢中になっていた。

ニックは、どうしてぼくのアドバイスを聞かなかったんだいとは一度も訊かず、水泳以外のいろんなことを話した。

二人ともキャンプ、レッド・ツェッペリン、ニューヨーク・ジャイアンツ、デトロイト・レッドウィングズが大好きで、スペアリブやフライドチキン、オレオとコカコーラに目がないこともわかった。ジュリアはダンスが得意で、ニックは自分の知らない世界の話に魅せられた。ニックの趣味はスキーと音楽で、ジュリアはそのことをもっと聞きたがった。

ありていにいえば、二人は意気投合したのだ。完全にうまがあった。そして歳月がたつにつれ、二人とも異なった方向に旅立っていったが――ジュリアはプリンストン大学に、ニックはボストン大学に――二人の愛がしぼむことは決してなかった。というより、大学卒業後も、結婚してからも、毎年それは続いていた。

だからといって、喧嘩《けんか》しなかったわけじゃない。ごくまれにだが、喧嘩するときは激しくやりあった。相手を思う気持ちが、自分が正しいと思う気持ちと同じくらい強いからだ。しかしそういう喧嘩も、原因はふつうのパンにするか全粒粉のパンにするか、バラにするかチューリップにするかとかで、あとに引きずることはなく、最後は激しく愛を交わすことで決着するのだった。

＊

天井の高い居間から、ニックは窓の外を見た。先週友人たちを呼んでパーティをしたときの跡が残っている。プールのまわりに点々と置かれたデッキチェア、散らかったままのテーブルとグリル、先週の日曜日に捨てるはずだったゴミ袋三つ。それらの混沌《こんとん》に囲まれて、プールはあくまでもひっそりとし、水面は穏やかで波ひとつ立っていない。ニックのいまの感情とは対照的だ。

居間はいつものように整然としていた。掃除も行き届いているが、ジュリアに壁にかけると約束しながら半年前から突き当たりの壁に立てかけてある一枚の絵画はそのままだし、オットマンにはまだ読んでいない新聞や雑誌が積みあげてある。ダイニングルームにいつもと変わったところはないし、食卓も、いつでもディナーパーティが開けるようになっている。

家のなかを見渡しながら、ここが行きずりの殺人現場だとはとても想像できなかった。たしかにどこかの楽観的な犯罪者が、街の混乱に便乗して荒稼ぎするために選んだという可能性もあるかもしれない。だれもが飛行機墜落事故に気を取られ、街全体がそっちにかかりきりで、警察も手薄になっているからだ。しかし行きずりの犯行にしては……なにか目に見えない事実が隠されているにちがいない。それがジュリアの死の謎《なぞ》を解き明かし、同時にジュリアの救いへとつながる鍵《かぎ》だ。

ニックは新鮮な目で家のなかを見て、ふだんとちがうもの、なにか場ちがいなもの、なくなっているもの、ジュリアが殺害された理由の手がかりになりそうなものを探した。

書斎の引き戸を開けて、懐中電灯でなかを照らす。マーカスの書斎よりも小さくて、どちらかというと隠れ家的だが、そこにはニックがジュリアと過ごした人生の証《あか》しが詰まっていた。もしこの部屋だけが核爆発の爆風をまぬがれていまから五百年後に無傷で発見されたなら、考古学者たちはニック・クインとジュリア・クインの人生の軌跡を、驚くほど正確に描き出せるだろう。二人の歴史は、鍵のかかったキャビネットによって明らかにされるからだ。キャビネットのなかには、水泳やアイスホッケー、ラクロスのトロフィーやメダルがしまってある。部屋に飾るのは恥ずかしいが、捨てるには思い出がありすぎるものだ。それに絵や記念品、卒業記念パーティや卒業式、結婚式の写真が並んだ棚がある。写真のなかの二人は、ヘアスタイルこそ劇的に変化しているが、笑顔は変わらない。旅行の写真や休暇の写真もある。だがほとんどはばかげた写真やふざけて撮った写真、雪合戦のはちゃめちゃな写真、カーニバルのお祭りのときにコイン式の写真ボックスで撮ったおどけた写真、顔じゅうアイスクリームだらけにして、気取らずに一番自然な顔をしているときの二人の写真だ。

ニックはマホガニーの机まで行き、手紙やファイルを片側に積みあげてどかすと、私用の携帯電話を見つけた。まだ充電器に接続したままだ。それを取りあげ、ポケットに入れる。ふだんから携帯電話は二台持つことにしていた。一台は私用、もう一台は仕事用にして、二つの世界を使い分けるためだ。今日はずっと自宅で仕事をしていて、私用の携帯電話を充電器につないでおいたことを感謝した。警察は、ジュリア殺害容疑でニックを連行するとき、財布と腕時計のほかに仕事用の携帯電話も押収したからだ。

かがんで机の後ろのキャビネットを開け、本の後ろの小さな緑色の金庫を懐中電灯で照らす。傷ひとつなく、こじ開けられた形跡もない。

書斎を出て、懐中電灯で前を照らしながら、地下へ続く階段を降りていった。コンクリート打ちっぱなしの地下室は、この家でお気に入りの場所だ。ランニングマシン、エリプティカル・トレーナー、エアロバイクが並び、フリーウェイト・トレーニングの棚もある簡単なジムで、ここは二人が身体《からだ》を鍛えるための場所であるだけでなく、精神を鍛錬する場所でもある。サンドバッグやスピードバッグを叩《たた》いたり、バーベルをあげたりするだけでストレスが発散できる、いわば究極のデトックス部屋だ。懐中電灯の光が壁に立てかけてある古い全身鏡に反射して、その光が、壁に備えつけてあるダンス用のレッスンバーと、床のマットを照らした。ジュリアが最後に運動したときのかすかな香水の香りが、いまも残っている。

洞窟《どうくつ》のようなコンクリート空間のほかの部分は、いつか子どものプレイルームになるか、あるいはホームシアターになるかもしれないが、それはまだ何年も先のことだ。それまでのあいだここは、クリスマスの飾り物が入った箱や忘れられた結婚式の贈り物、未整理のがらくたが灰色の壁に並ぶ、保管室のままだろう。

地下室の階段をあがり、そのまま二階まで階段をあがっていく。いつか子ども部屋になる部屋と、使っていない三つの寝室の前を通りすぎ、自分とジュリアの寝室に入った。

飾り天井のあるクリーム色の部屋には、四本柱のついた巨大なベッドがあり、夏にはたくさんの切花が飾られる火のない暖炉に面している。ジュリアのサイドテーブルの上や小さな引き出しを確かめてみるが、ふだんとちがうようなものはなにひとつないし、なにかを慌《あわ》てて動かした様子もなければ、場ちがいなものもない。ジュリアのウォークインクローゼットのなか、自分のウォークインクローゼットのなかも確かめて、ネクタイラックの後ろに隠してあるキャビネットのなかも確かめたが、荒らされた気配はなかった。バスルームは朝シャワーを浴びて出てきたときのままだし、二人のタオルも歯ブラシもトイレ用品もそのままだ。使ってないシッティングルームには埃《ほこり》と暖炉の切花の花粉がかすかに積もっていて、侵入者の痕跡《こんせき》はない。小さなベランダに出るフレンチドアには鍵がかかっていて、今朝ジュリアが朝食を作って驚かせてくれたあとに出てきたときのままだ。

ニックは部屋から部屋へ移動して、ジュリアを殺した犯人へと導いてくれそうなものを探しながら、なんて完璧《かんぺき》な家なんだろうと、あらためて思った。しかし、たくさんの人が羨《うらや》ましがるくらいどの部屋も金をかけてきれいに仕上げてあるものの、一番重要なものが欠けている。二人とも仕事に打ちこみ、お金を稼いで、快適な生活やなにかを手に入れるために時間を費やしてきたが、もっとも大切な部分が後まわしになっていた。それは、自分たちの築いた家庭にまだ子どもがいないことである。子ども用の寝室は用意してあったが、来年になったら子どもを作ろうと、毎年のように先延ばしにしてきた。このごろニックは、二人ともその来年が天から授けられるのをずっと期待していることに気づきはじめていたが、来年が来るかどうかなんて、本当はだれにもわからない。実際、あれだけ計画して、あれだけお金をかけてきたのに、いまとなっては……。

ニックが一番大切だと思っていることを、二人はずっと見合わせてきて、それがいまや手遅れとなってしまった。もっとも、ジュリア殺害の手がかりをなんとか見つけて、事件が起こる前に阻止できれば、話はちがってくる。

ニックは最後にもう一度寝室を見た。二階で二人が使っていたのはこの部屋だけだ。物色された形跡も、荒らされた様子もない。ジュリアを殺した何者かがなにかを探しにきたのだとすれば、ここじゃない。

ふたたび下に降り、玄関ドアを開けて外へ出る。開いたガレージ扉の前を通りかかって、自分の8シリンダーのアウディを見やったが、そのまま玉石敷きの車寄せへと歩いていった。ジュリアのレクサスSUVは、彼女が駐《と》めたところにあった。すばやくレクサスを確かめる。いくつかドアが開けっぱなしで、イグニションにはキーが挿されたままだ。つまりこれは、行きずりの犯行でも単なる物取りでもない、ということになる。どんなに頭の弱い泥棒でも、五万ドルはするレクサスを置いていったりはしないからだ。

ニックは車寄せの端まで行き、エントランスの二本の石柱のあいだに立って、ジュリアを殺した犯人が車寄せから逃げたときのタイヤ痕を見おろした。自分の優秀な頭脳があれば、なんとかジュリア殺害事件の全容を解明し、ジュリアを救うのに間にあうだろうと思っていたが、やはり熟練した刑事のようなわけにはいかない。ゴムのタイヤ痕の幅は、ニックにはなんの意味もなかった。車のタイプも運転していた人間のタイプもわからないし、テレビドラマみたいに「そうか、わかったぞ！」という閃《ひらめ》きも湧《わ》いてこなかった。

ニックは袋小路になったわが家の敷地を見渡して、その目を通りにやった。裕福なバイラムヒルズのなかでもとくに高級な一角で、通りには百万ドルのミニ豪邸がずらりと建ち並び、その完璧な芝生や花壇は、ニックとジュリアの家以外は、どこも大勢の庭師が世話をしている。ニックは自分の家の芝生を刈り、自分で花を植え、庭の土を耕した。トラクターに乗ったり芝刈りをしたり、穴掘りをしたりするのが好きなのだ。二人の家は、じつはジュリアが子どものころから気に入っていた家で、よく自転車で通りすぎたという。彼女にとっては憧《あこが》れの家であり、ニックは彼女の憧れの実現を手伝ったのだ。

車寄せへと戻り、家をながめながら、自分でやった改築、友人たちの力を借りてやった増築、週末にジュリアと二人でやったペンキ塗りを思い出した。いままでで一番の思い出のいくつかは、自宅を一緒に増改築しているときのものだ。下手くそな仕上がりや失敗を笑いあったり、ふざけてペンキを塗りあったり、指をハンマーで叩いたりした。ありふれたことかもしれないが、だれに気兼ねするでもなく、二人きりで床に腰を降ろしてピザをほおばる、そんな平和なひとときが、ニックはたまらなく好きだった。

ガレージに入って、自分の汚れたアウディを見る。洗車はまめにするほうじゃない。少し汚いくらいのほうが、市街地に停めておくときに、ぴかぴかのBMWやメルセデスのあいだで目立たず、自動車強盗の目に留まらなくて、盗まれる心配が少ないからだ。ニックのこだわりのひとつであり、ジュリアはいやがっていたが、これまでのところうまくいっていたので、この習慣を変えるつもりはなかった。だからダークブルーのメタリックなボディには埃や花粉が積もっていて、トランクルームの蓋《ふた》についた掌紋《しょうもん》もくっきりと残っていた。それが自分の掌紋でもジュリアの掌紋でもないことは疑いようがない。もっと大きな肉厚の手で、ここにあるはずのないものだ。

ニックはポケットからキーを取り出してボタンを押し、手を触れずにトランクルームのハッチを開けた。蓋があがるにつれて、いつもの散らかったトランクルーム内が見えてきた。いままでで最高のレインコートである、ワイオミングで買った黒いダスターコート、ブースターケーブル、工具、二本のロープ、どれも緊急時のものだ。アイスホッケー用のスケート靴と、マーカスと一緒にプレーしているアイスホッケー・リーグの防具、ゴルフボール二箱、傘が一本、そして——そこにしまったはずのないもの。バイラムヒルズ警察署の取調室で見たものだ。ダンス刑事がそれを取り出して、いろいろと問いつめてきた。

目の前にあるのは、殺人に使われた銃だった。百三十四年前に作られた風変わりなコルト・ピースメーカー。ジュリアの命を奪った、コレクター垂涎《すいぜん》の的。

いまや疑いの余地はない。前からわかっていたことだが、いままでは確信がなかった。自分ははめられたのだ。

銃を見ながら、ニックは思った。やれることはなにもない。どこかに隠してもきっと見つかってしまうだろう。それに手に取りたくなかった。刑事たちはこの銃にニックの指紋があるといったが、指紋を照合する時間も人員もなかったはずだから、自分を自白させるためのはったりだと思っていた。いまこの銃にわざわざ指紋をつけて、刑事たちを満足させるつもりはない。

布切れを取って手を包み、トランクルームを閉める。銃が見つかるかどうかは関係ない。ジュリアの命を救う方法さえ見つければ、告発されることもないし、殺人捜査もない。それこそが大事だ。それにもしジュリアを救うことができなければ、自分の身になにが起ころうとかまわない。

ニックはつぎの五分をかけて、心の準備をした。これからしようとすることは、永遠に夢のなかにあらわれるだろう。みずから進んでジュリアの死体を見に行くのだ。その変わり果てた姿を正視しなければならないのが、怖かった。

＊

マーカスは、自宅の玄関前の階段に座って、心を痛めながら、ニックの家のほうを見ていた。親友が三十分以上自宅にいて出てきたあと、車寄せをうろうろしている。目的もなくさまよい歩いて、ジュリアを殺した犯人が見つかるわけでもないのに近所に目を走らせている姿は、さながら幽霊を追いかけているかのようだ。

警察へ通報したあと、この階段で一緒に座っていたとき、マーカスはニックの目の表情に不思議な違和感をおぼえた。つらく悲しそうな目ではあるものの、ジュリアの死体のそばにいたときのような、いまにも血の涙を流しそうな無念さがないのだ。ニックがジュリアの死体に身を寄せているのを見たとき、その顔には、見る者の胸を引き裂かんばかりの悲しみがあったし、声には人間と思えないほどの悲痛な叫びがこもっていた。あの光景は、とても頭から振り払えるものじゃない。この世を去るときまで、ずっと記憶に焼きついているだろう。

しかしニックが、解決の見込みもないのにジュリア殺害事件を調べるといいはって自分の家に向かったとき、親友を心配するマーカスの気持ちは変わった。

ニックの目にはなにかがある。正体こそわからないが、それは希望といってもいいものに見えた。愛する女が生者たちのなかから暴力的に奪われ、自分の未来が失われた瞬間とは、まったく対照的な感情だ。

マーカスにとって、それを説明する理由はひとつしかない。ニックの目からすべての苦悶《くもん》を消し去る、唯一《ゆいいつ》の理由。

ニックがガレージに入って、そのままジュリアの損壊した死体のほうへ行くのを見たとき、マーカスは、親友がもはや正常な判断力を持っていないのがわかった。
ニックの精神は、誤った現実に陥っている。
ニックの正気は失われてしまった。

*

ニックはガレージ内のドアを抜けて、マッドルームに入った。白い水性塗料を塗った羽目板が壁をおおい、床は赤土色のスペイン風テラコッタタイルを張ってある。このマッドルームは靴置き場やコート掛け、クローゼット用の小部屋として造られ、これから増えていく家族を待っていた。ニックとジュリアは、恋に落ちたその日からずっと、家族の人数について話しあってきた。ニックは男の子二人と女の子一人がよかったし、ジュリアのほうは男の子と女の子が三人ずつといって、コメディ・ドラマの『ゆかいなブレディ家』なみの家族をほしがった。
人生設計の一部として、二人とも一年前に医者に診てもらってあった。いざ子どもを作るとなったときに、ジュリアの妊娠に見えないハードルがないことを確認するためだ。医者は人生に対する二人の几帳面《きちょうめん》さを笑って、心配することはないよ、きみたちの生殖機能は正常だといい、いよいよとなったときにちゃんとやり方を知っていて練習も充分してあれば、たちどころに妊娠するだろうと、太鼓判を押してくれた。

角を曲がると、奥の階段の下に、ジュリアの〈トリーバーチ〉の靴が突き出しているのが見えた。ゆっくり近づいていき、ジュリアの長くてしなやかな脚へと視線をあげ、ジュリアが今朝仕事に行くときにはいていた黒いスカートに目を走らせる。もっと近づいて、視線をゆっくり上体へあげると、白かったはずのブラウスが、もう白くはなかった。前のほうは小さな赤い染《し》みが点々とついていて、まるで血の暴風雨にでも打たれたかのようだ。シルクのブラウスは血溜《ちだ》まりの血を吸いあげて、両肩が真紅に染まっている。ジュリアのまわりに赤く広がる血を、ニックはじっと見つめた。人間の身体《からだ》にこんなにたくさんの血があるなんて、想像もしていなかった。

けれどもニックの目は、ジュリアの肩で止まった。ありがたいことに、階段の最下段が視野に入ってきたのだ。ジュリアの顔を見るのは避けた。愛する妻の半分しか残っていない顔は、見るに耐えなかったのだ。浅いといわれればそれまでだが、顔を損壊することはその人自身を損壊することであり、その人からその人らしさ、その人の本当の姿を奪うことになる、そう思わずにいられなかった。うつむいてジュリアの顔から目をそらしながら、床の上になにかないか、この戦慄《せんりつ》の犯行をやってのけた残虐《ざんぎゃく》きわまりない犯人の手がかりを与えてくれるものはないかと、目を走らせる。ニックはさまざまな感情と戦って、なんとかこの瞬間に流されないようにし、精神の崩壊を防いで、マッドルームを、〝死体〟を、分析的な目で見ようとした。

ジュリアのハンドバッグは、ジュリアのそばの床に口を開けて落ちていて、中身はテラコッタタイルの上に散らばっている。そのハンドバッグは、ジュリアが毎日仕事から帰ってきたら、いつものコート掛けにかかっているのがふつうだ。ジュリアは癖で物の置き場所がいい加減だったりするため、ニックはやさしく説得して、毎日同じ場所にハンドバッグをかけさせるようにした。おかげでジュリアはもう一年以上も、ハンドバッグを決まって同じコート掛けにかけるようになった。

ニックはペンを取り出し、それを使って、ハンドバッグの中身を調べはじめた。アイライナー、ハニーローズ色のリップスティック、中華レストラン〈デビッド・チェン〉のメニュー表、ギフトショップ〈ザ・ライト・シング〉のバースデーカード、ラミネート加工された勤務先のIDカード。鍵束《かぎたば》、依頼人宅の認証カード。しかし、決してなくなるはずのないものが三つ、明らかにない。ふつうの人と同じようにジュリアがしょっちゅう利用するもの、すなわち財布、携帯電話、携帯情報端末《PDA》のパームパイロットだ。PDAは、電子メールやアドレス帳、メモ帳の機能を持つだけでなく、文書ファイルやデータファイル、写真ファイルも保存できる記憶デバイスだ。小さな携帯型コンピューターといってもよく、ジュリアにとっては仕事と私生活の電子的ライフラインでもある。

そのときだった。あれほど避けていたのに、ジュリアの死に顔が目に飛びこんできたのだ。かつてはその美しい寝顔によく見入ったものだし、その目は、抱きしめるとこっちをじっとのぞきこみ、深い愛情を垣間見《かいまみ》せてくれた。それがいまは、顔の左半分が銃弾によって吹き飛ばされ、なくなってしまっている。ジュリアの目は、奥の白い壁を見あげていた。頭蓋骨《ずがいこつ》の破片が銃弾と一緒に壊れた羽目板にめりこんで、血の筋が滝のように流れ落ちているところだ。

ふと喉《のど》に胆汁がこみあげてきて、頭がくらくらしたかと思うと、激しく嘔吐《おうと》したが、心の痛みにくらべればなんでもなかった。胸が引き裂かれるようだった。息ができず、まともに考えることももうできない。

胸の奥から魂の悲鳴が湧きあがり、傷心の絶叫となって吐き出された。その声はマッドルームを震わせ、家じゅうを震わせた。それは本能の解放であり、世界に轟《とどろ》く苦悶の声、天国への叫び、愛する妻をこの世から奪った邪悪なものに対して怒りの鉄槌《てっつい》を下す神への叫びだった。

ニックはようやく自分を抑えて、つぎにしなければならないことに移った。それは、悲嘆に暮れる人間には決して耐えられないことだ。ニックは自分を嫌悪《けんお》しながら、ポケットに手を入れて携帯電話を取り出した。携帯電話を開いて、カメラに切りかえるボタンを親指で押す。涙をぽろぽろこぼしながら、まだ震えている神経を押さえつけるため、両手でしっかりと携帯を持った。ジュリアの命のない死体にレンズを向け、シャッターボタンを押す。

悲しみに打ちひしがれるあまり立っていることができず、膝《ひざ》からくずれ落ちて、震える身体を壁にもたせかけた。疑心がふたたび湧き出してくる。自分は不可能なことをしようとしているのではないか。見知らぬ男の手紙と懐中時計に、ばかげた希望を抱いているのではないか。ジュリアはもう死んだのだ。そのことはまちがいない。頭を吹き飛ばされ、命を吹き飛ばされて、目の前に横たわっている。奇跡など起こらないし、さっと手を振ってジュリアを生き返らせてくれる神もいないのだ。なのに、目の前にジュリアの死体という事実があるにもかかわらず、ジュリアを失って彼女の向かいに無力にへたりこみ、自分ではどうすることもできないまま、不可能な夢を追いかけている。

どれくらいそうして座っていただろう。心の痛みに打ちひしがれ、目眩《めまい》がしたが、なんとか自分を立て直し、生きる理由を見つけようとしたとき、突然目の前に、マーカスが立っていた。どこから来たんだろうと当惑したまま、ニックは遠い目をしてマーカスを見あげた。マーカスは大きな手を差し伸べて、立ちあがるのを手伝ってくれた。その瞬間——。

*

それは、シャベルで顔を殴られるよりも強烈な瞬間だった。世界がいきなり暗転した。肺のなかのわずかな空気が、まるで氷山のように感じられる。なにもない静寂が耳を満たした。

すると突然ニックは、キッチンの冷蔵庫の前で、冷えたコーラの缶を手に持って立っていた。

立ちあがったことも、キッチンに入ってきたことも記憶にないが、マーカスがかがみこみ、心から同情して手を差し伸べてくれたのは覚えている。

息は重く、激しい喘《あえ》ぎとなって出てきた。肌はちくちくし、床に横たわったジュリアの死体、吹き飛ばされた顔を見たことで、まだ頭がふらふらしている。

そこへいきなり、いったいどういうわけか、彼女がキッチンに入ってきた。
激しく動揺するニックを見て、彼女は目に戸惑いの色を浮かべた。
「ねえ、どうしたの?」ジュリアは小声で訊《き》いてきた。

第九章

午後六時一分

ニックは息ができず、言葉を失ったまま、キッチンに立ち尽くした。

ジュリアが近づいてきた。ブロンドの髪はどこも乱れていないし、目は明るく輝き、生命と愛と思いやりにあふれ、身体《からだ》はしゃんと立って自信に満ちている。まるでありえない夢から飛び出してきたかのようだ。ここ数時間見失っていた愛と喜びが、一気に甦《よみがえ》ってきた。

「ニック？」

ニックはなにもいわずにジュリアの手をつかみ、身体を引き寄せて抱きしめた。抱きしめていないと、またこの手から逃げていきそうな気がした。永遠に奪われてしまう前に、愛していると伝えるわずかな時間を与えられたかのようだ。

「ねえ、なにかあったの？」ジュリアのほうもニックを抱き返しながら、訊《き》いてきた。

ニックはまだ言葉が出てこなかった。

そのとき、ジュリアに涙を見られた。ともにすごした何年ものあいだ、ジュリアに泣くところを見られたのは二度しかない。十五のときに水泳で全国大会への出場資格を得られなかったときと、三年前に両親を同時に亡《な》くした際の葬式のときだ。

「いやだ、どうしちゃったのよ」ジュリアは目に不安と思いやりの涙を浮かべた。ニックを抱きしめ、落ち着かせようとしている。「話を聞かせて」

けれどもニックは、なんといっていいかわからなかった。目の前にジュリアがいるだけで、とにかく胸がいっぱいだった。ありえない願いが叶《かな》えられたのだ。それになにが起こったかなんて――いや、なにが起こるかなんて、ジュリアにいえるはずがない。

「愛してるよ」両手でジュリアの顔を挟んで、ニックはいった。「心の底から愛してる。今朝はごめん。あんなことといってしまって」

「そんなこと？　ミューラー夫妻と食事に行きたくないって話？」ジュリアのすすり泣きの声が震えたかと思うと、笑い声が混じってきた。「脅かさないでよ、てっきり――」ジュリアは息を継いで、続けた。「てっきりだれかが死んだのかと思った」

ニックはますます強く抱きしめた。自分がどれほどつらい思いをすることになるかなんて、ジュリアにはいえない。ニックはキスをした。ジュリアを吸いこんでしまいかねないほど、強く激しく、愛《いとお》しげに。ジュリアもニックの背中をそっと撫《な》でながら、情熱的なキスを返してきた。

そして、いつしか二人は床に横たわっていた。服を脱ぐのももどかしかった。おたがい意地の張りあいで喧嘩《けんか》してしまったことに対する後悔と、許す気持ちとで、愛しさに拍車がかかった。ニックは思いのたけをこめて、やさしく強く、まるで神から返してもらった贈り物に感謝するかのように、ジュリアを愛した。

＊

ジュリアは笑いながら、ニックの目の前で服を着た。ニックはキッチンカウンターに腰かけて足をぶらぶらさせながら、ジュリアの動きのひとつひとつに見入った。ジュリアは黒いスカートをはこうとしてジッパーに足を引っかけ、縫い目を破いた。あやうく転びそうになり、アイランドカウンターにつかまって踏んばると、いきなり噴き出してこういった。

「夕方の情熱って、好きよ」

「それ、ごめん」ニックは微笑《ほほえ》み返しながら、黒いスカートの破れたところに目配せした。

「なんだったら、もう一度全部剝《は》ぎ取ってくれてもいいけど」

ニックは思わず笑ったが、おかしさはすぐに消えた。ジュリアの死体を見たときの恐怖が甦ってきたからだ。ニックはカウンターから飛び降りてポケットに手を突っこみ、金の懐中時計を取り出した。

「いい時計ね」ジュリアはブラウスのボタンを留めながら、懐中時計を見て驚いていた。「ガールフレンドからのプレゼント？」

「信じてもらえないかもしれないけど――」ニックは懐中時計の蓋《ふた》をパチンと開けて、時刻を確かめた。六時十五分。「きみ一人の面倒をみるだけで手いっぱいだよ」

「今夜、停電から復旧すると思う？　べつに復旧しなくてもいいんだけど」

ニックはその言葉を無視して、なにも説明せずにキッチンを飛び出した。ダイニングルームに行き、裏手の板石張りのテラスに通じるフレンチドアの鍵《かぎ》をかけ、カーテンをしっかり閉める。居間も同じようにした。すべての部屋の窓をチェックし、鍵をかけ、玄関ホールに行って、最後に玄関ドアのデッドボルト錠がかかっているのを確認する。

「ねえ、今度はなにしてるの？」

くるりと振り返ると、栗色《くりいろ》のカーペットを敷きつめた主階段の三段めに、ジュリアが座っていた。

「またわたしを脅かす気？」

「戸締まりを確認してるだけさ」ニックはいったが、見え透いた嘘《うそ》だった。人生の半分をともに過ごしてきて、顔の表情は、ニックの下手くそな字よりも読まれやすかった。

「今日はあれだけのことがあったんだし――」ジュリアはいった。「運命的にはわたしたち、かなり安全だと思うけど」

ジュリアがなんのことをいっているのかわからなかったが、その言葉を訂正するつもりはなかったし、それがどれほど考えちがいなことか、説明するつもりもなかった。

ニックは化粧室に入り、換気扇が壊れてからずっと少しだけ開けっ放しになっていた窓をきちんと閉め、鍵をかけた。

「で、ぼくらの運命が順調なのはなんのおかげかというと……」ニックは玄関ホールに戻って、ジュリアの隣に腰かけた。

ジュリアの顔にたちまち困惑の色が広がった。

「順調？　冗談でしょ？　わたしはまだあのせいで生きた心地がしないのよ」

ジュリアがなんのことをいっているのか、ニックは見当もつかなかった。

「自分が生きているのがまだ信じられないわ」まるで五十回も同じことをいってきたかのような口ぶりだ。

ニックは反射的にジュリアを見た。

「いまなんていった？」

「自分が生きてるのがまだ信じられないって」

ニックは面食らって、じっと見つめることしかできなかった。

「ほら、あの墜落した飛行機よ……」ジュリアはわかりきったことをいうかのように、間をおいた。「わたしはあれに乗るはずだったの」

「なんだって？」

「一日じゅうあなたにメールを送ってたのよ。てっきり仕事に没頭してるんだとばかり思ってた。わたしのメッセージ、読んでないの？」ジュリアは医者が診断するときのような目をして、ニックの目をのぞきこんだ。

「きみが……このバイラムヒルズに墜落した飛行機に乗るはずだったって？　今日？」

「さっきあんなに動揺していたのはそのためだと思ってた。どういうわけか神さまの計らいによって、あなたの妻は死をまぬがれたのよ」

「ごめん」ニックは正直にいった。呼吸が速まっている。「なにがなんだか、さっぱりわけがわからない」

「今日はなにがあったの？」ジュリアはニックの脚に手を置いて、ニックが怪我《けが》でもしているかのようにそっと撫でた。「いつものあなたじゃないわよ」

「聞かせてくれ、飛行機のことを」

「わたしは急に依頼人に会わなくちゃいけないことになって、ボストンへ向かうところだったの。せいぜい一時間くらいしたら帰りの便に乗って帰ってくるつもりで──あなたがメールをチェックしてないなんて信じられない」

「どうしてその飛行機に乗らなかったんだい？」

そのとき電話が鳴って、二人ともびっくりした。キッチンの電話は壁に備えつけてある古いタイプで、受話器が長い螺旋《らせん》状のコードでつながっている。停電している街の電力とはシステムが異なる電話回線は、まだ生きているのだ。

ジュリアのほうが速く駆けつけて、キッチンの壁から受話器を取った。

「もしもし」ジュリアは電話に出た。「ええ、そうよ。電話してくれてうれしいわ」

ジュリアは送話口を手で押さえた。「二分で終わるから」

ニックはうなずいて、マッドルームへ行った。とたんに寒気が走るのを感じながら、小さな空間を調べた。奥の階段を見あげて、地下室への裏からの入り口を開け、すばやく閉めて鍵をかける。ようやくフックにかかったジュリアのハンドバッグに目をやって、フックから取り、なかを確かめた。財布、携帯電話、携帯情報端末のパームパイロットがちゃんと入っている。ニックはもう一度、無菌室を思わせる空間を見た。隅には埃《ほこり》ひとつなく、床には血の痕《あと》もないし、暴力の痕跡《こんせき》も、死体もない——いまのところは。

ニックは悪夢を頭から振り払うと、ハンドバッグをフックにかけて、隣のガレージに行った。ポケットに手を入れ、キーを出してボタンを押し、車のトランクルームを開ける。トランクルームが開くと、ニックはなかを見て、荷物をすべて動かし、アイスホッケーのバッグの下、修理キットの後ろを探してみたが、どこにもなかった。銃はここには仕込まれていない——いまのところは。

ニックは蓋をつかんで、トランクルームを閉めた。ガレージを一時間前と同じように——この時間からは一時間未来だ——ぐるりと見まわす。

頭がこんがらがらないようにするのは骨が折れた。時間はもはや連続した直線ではなく、現実離れしたぶつ切りの一時間ずつとなり、それぞれが謎《なぞ》を形成していて、その謎に細心の注意を払っていかなければならない。前に進んでは後ろに下がり、未来を記憶にとどめて、過去へとさかのぼりながら。

まともに考えるのはむずかしかったが、頭をしっかり働かせた。もしジュリアを殺した犯人を阻止するなら、感情に引きずられることなく、謎を整理していかなければならない。

すると考えの前面に、あの飛行機事故が踊り出てきた。ジュリアはせっかく墜落による事故死をまぬがれたのに、その数時間後、別の死に直面することになるのか？そもそもなぜあの飛行機に乗らなかったのだろう？　今朝ジュリアが仕事に出たとき、まさかボストンに行くつもりだとは思っていなかった。べつにめずらしいことだというわけじゃない。二人ともアメリカンドリームを追い求め、仕事から仕事に飛んで、各地の空港や機内で過ごす時間が多すぎるほどだ。ニックは飛行機が嫌いだった。飛行機の事故件数を見れば根拠がないことはわかっているが、自分かジュリアが飛行機に乗るたびに、ニックは恐怖にも似た不安にさいなまれた。

飛行機事故で死ぬことほど、恐ろしい死はない。不運な乗客たちの絶叫が耳に鳴り響くなか、空からなすすべもなく落下し、地面との激しい衝突によっていっせいに死を迎えるのだ。自分自身は仕事のためと思って恐怖感を抑えつけ、耐えられるようになったが、ジュリアが飛行機に乗るたびにその怖さがあらたに甦ってきて、夜は眠れず、昼間は不安に駆られてしまう。一度ジュリアに、天気予報と胸騒ぎを理由にして、どうしても飛行機に乗らないでくれと頼んだことさえある。聞き入れてもらえたのは、いまのところその一度だけだ。

けれども今回は、どんな幸運がジュリアを救ったのだろう？　そのことはまだ聞いていないし、ジュリアは説明する時間もないまま、電話に出ている。

ニックはガレージから外に出て、もう一度ジュリアの車を見た。キーがイグニションに挿さったままなのが、やけに気にかかる。まるで車を盗んでくださいといわんばかりだ。「いいですよ、ご自由に。わたしを楽しいドライブに連れて行ってください。一番高く買ってくれる解体屋に部品を売ってください」という具合に。

ジュリアを連れてできるだけ遠くへ逃げることも考えてみた。だがそんなことをしても、避けられない事態を遅らせるだけなのではないか？　ジュリアを殺そうとする人間は、かならずジュリアを追いかけ、明日か日曜日には居場所を突きとめてしまうんじゃないか？　そして結局ジュリアは殺されてしまうんじゃないか——ニックが手も足も出せず、ジュリアを救うことができないときに。

金の懐中時計を取り出して、時間を確かめる。六時三十五分。刑事はジュリアが七時前に撃たれたといっていた。また過去の時間へ引き戻されるまで二十五分を切っている。ジュリアを殺した犯人を阻止するならいましかない。犯人がだれなのかを突きとめて、その犯人が暗闇《くらやみ》から手を伸ばし、ふたたびジュリアをこの世から奪うことができないようにしなければ。

家、車、庭、ジュリアと二人で苦労して手に入れたものすべてを振り返っても、なんの意味もなかった。ニックは携帯電話を取り出し、生き返ったジュリアを自分の腕のなかに抱きしめた瞬間からかけようと思っていたところへ、電話をかけた。

「バイラムヒルズ警察の、マンツ巡査部長です」相手の声が答えた。

「もしもし、ニック・クインですが」

「どんな御用でしょう、ミスター・クイン」

「だれかが妻を殺そうとしているんです」

「どうしてそう考えるんです？」警官の声が険しくなり、なんの感情も感じさせなくなった。

ニックはとたんに言葉を失った。警察に来てもらって、犯人たちがジュリアに近づく前に捕まえてもらおう、単純にそう思っていたからだ。

「ミスター・クイン?」

「妻もぼくもいま自宅なんですが――」

「そこにはほかにだれかいますか?」マンツがさえぎるようにして訊《き》いてきた。「侵入者がいるとか、あるいは外にだれかいるとか」

「いいえ」ニックは敷地内をぐるりと見渡した。「でも、きっとだれか来ると思うんです」

「電話で訊いて申し訳ありません。おわかりかと思いますが、飛行機墜落事故のせいで人手が足りないもので。奥さんはだれかに脅迫されてましたか?」

「いいえ」これ以上話を続けたら、きっと頭がおかしいと思われるにちがいない。

「ミスター・クイン」マンツは溜息《ためいき》をついた。「どういっていいかわかりませんが、みんな墜落事故現場に出払ってるんです。パトロールの車は一台しか出ていません。せいぜい私にできるのは、その車を三十分後にお宅に行かせることだけでしょう。交通事故やらなにやらに対応するのに警官二人しかいなくて、てんてこ舞いなんですよ。奥さんと一緒にいますぐご自宅を出て、安全だと思えるところに行くことをお勧めします。というより、警察署に来たらいかがですか? こっちに来て、なぜ何者かが奥さんを殺そうとしているのか、その理由をもっと詳しく話してくれれば、われわれもその犯人を未然に逮捕できると思います」

ニックはその警官の言葉を思案してみた。警察はみんな飛行機墜落事故の現場に出払っている。本物の最悪が手近にあって、二百以上のばらばら死体がサリバンフィールドじゅうに散らばっているときに、どこかの男の根拠のない被害妄想につきあうために警察の車を派遣するなんてことはありえない。つまり、だれも来てくれないのだ。

「それはいい考えですね」嘘だった。

「墜落事故の現場から人員が割けるようになったら、すぐにだれかをお宅へ行かせましょう。それまでのあいだ、警察へ来たらどうですか」

「ありがとう。感謝します」ニックは携帯電話をたたんだ。

ジュリアの命を狙《ねら》っている人間は、ジュリアが死ぬまで諦《あきら》めないいんじゃないだろうか。ということは、警察署に隠れても、ほんの少しだけ犯行を遅らせることにしかならない。犯人がかならずあとでジュリアを追いつめるのは、ニックのなかでは疑いの余地がなかった。そのことは直感でわかるし、未来のその時点では、ポケットに懐中時計もなければ、味方についてくれる運もないだろう。

だから、どうしてもいま殺人犯を捕まえなければならない。犯人がジュリアを殺す前に。そして警察にそれができないなら、自分でやるしかない。

ニックは車寄せから家のほうに戻り、ガレージに入った。ジュリアの命を救う自信はある。犯人の意表を突くのだ。こっちは犯人が来るのを知っているし、向こうはニックが彼らを阻止しようと待ちかまえていることを知らない。しかし、一人じゃできない。そうは思いたくなかったが、ジュリアを死なせないためには、やはり助けが必要だ。

ジュリア自身の助けが。

ガレージからマッドルームに入ってドアに鍵《かぎ》をかけ、警報装置をセットする。強盗が停電させて五十八兆ドルをまんまと盗むという映画があったが、この警報装置は停電しているあいだ、予備の電池で十二時間作動し、映画のようにはいかないようになっている。

キッチンに入っていくと、ジュリアはまだ電話をしているところだった。

「ジュリア」ニックは小声で呼びかけた。

ジュリアは相手の話に耳を傾けながら、人差し指を立てた。無意識のうちにブロンドの髪を耳の後ろにやって、相手の話を聞き続けている。

「ええ、わかったわ」ジュリアは受話器にそういって、ようやくニックを見た。「いま一時保留にしてあるけど、どうかしたの?」

「電話を切ってくれ、いますぐ」

「え？　どうして？　あと二分で終わ——」

ニックはジュリアの手から受話器を取りあげて、壁にかけた。

「なによ、ニック、どうして勝手に切っちゃうの？　いまどれだけ大事な話をしてたかわかりもしないで」

「ジュリア、ぼくを見ろ」ジュリアの言葉を無視して、ニックは自分に注意を向けさせた。「説明してる時間はないけど——」どういっていいかわからなくて一瞬ためらったが、単刀直入にいうことにした。「だれかがきみを殺そうとしているんだ」

気は確かなのといいたげな目でジュリアはニックを見て、一瞬重い空気が流れたが、ニックの真剣さが伝わると、ジュリアの戸惑いはたちまち恐怖に変わった。

「どういうこと？」

「理由はわからない、でもやつらはもうじきここに来る」ニックは恐怖心を声に隠さなかった。

「だれが？　どうしてあなたがそれを知ってるの？」

「だれだか知らないし、どうして知ってるかも説明できない。でも、ぼくを信じてくれ」

ジュリアはだれかがいまにも自分に飛びかかってくるかのように、首を振ってキッチンを見まわした。

「こんなのばかげてるわ」

そのとき玄関ドアにノックの音がして、二人とも飛びあがりそうなくらい驚いた。ニックはアイランドカウンターの後ろにしゃがみこみ、ジュリアを隣に引っぱって、パイン材のフローリングにしゃがませた。

「ここにいるんだ」

「あれがそうなの？　大変、警察に通報しないと」

「もうしたよ。警察はみんな飛行機墜落の現場に出払ってる。三十分後に来てくれれば運がいいほうさ」

「たぶん考えすぎよ。なにかの誤解にちがいないわ。どうしてわたしがだれかに殺されるわけ？」

「ジュリア」ニックは声に怒りをにじませた。「いうとおりにしてくれないか？」

ニックの目に映る恐怖とその声で、ジュリアは納得した。ニックが自分の命をそこまで心配しているのなら、なにか危険なことが起ころうとしているのはまちがいないし、その声に耳を傾けなければならない、そう思ったのだ。

「だったらここを出ましょう、この家のなかに閉じこめられてしまう前に」とたんに必死になって、ジュリアはいった。

「ここにいるんだ」ニックはジュリアを残し、アイランドカウンターの横を這《は》ってまわった。ジュリアはアイランドカウンターの後ろ、ガスレンジの隣にうずくまっていて、窓からは姿が見えない。ニックはカウンターからナイフをつかみ取ると、玄関に向かった。「なにがあってもキッチンにいるんだ。窓から離れて、外から姿を見られないようにしろ。それから、ガレージのドアには絶対に近づくんじゃない」

＊

ジュリアはキッチンの床に座りこみ、楽になるわけでもないのに、両膝《りょうひざ》を立てて両手で抱えこんだ。ニックは決して誇大妄想を抱いたりしないし、事実をすべて把握するまでは結論を急いだりしない。でもひとつだけどうにも気になるのが、ニックはまちがったことをめったにいわないことだ。いったいなにが起こっているのだろう？見当もつかないし、考えを集中させることもできない。いままで命に関わる危険を感じたことなどなかった。どんな危機的状況でも自分はだいじょうぶだと、ずっと思っていた。それがいまは、経験したことのない怖気《おぞけ》が身体《からだ》じゅうを駆けめぐっている。どこのだれともつかない人間に、まさか自分の命が狙われているだなんて。いつもは理性的なはずの頭も、ちっとも働かなくなりはじめている。

胃に酸《す》っぱいものが込みあげてきた。生きた心地がしなかった。死にたくない。ニックと離れ離れになりたくない。

理由や犯人のことを推理している余裕はなかった。もっとも原始的な精神状態に立ち返って、生存本能のスイッチを入れる。大事なのは生き延びること、ニックのため、二人の前途のために生き延びることだ。そこにこそ希望に満ちた未来がある。

ジュリアはあやうく死にかけたことや、あの502便が離陸する寸前、なぜ奇跡的に飛行機を降りたのかをニックに話したくて、朝からずっと連絡を取ろうとしていた。急いで家に帰ってニックに話したかったけれど、担当するある依頼人に緊急事態が発生して、そっちへのすばやい対応を優先させなければならなかったのだ。そこで何度も電話をかけたけれど、ニックは一度も出なかった。停電のせいで自宅の留守番電話機は機能していないし、ニックの書斎のコードレス電話も機能していなかった。ニックの携帯電話に何度か電話をして、ボイスメールも残したのに、ニックから返事はなかった。ニックが差し迫った締め切りに間にあわせようとして仕事に打ちこんでいるのはわかっていた。週末に仕事をしなくてもいいように、南西部を四日間慌《あわただ》しく飛びまわって集めた何十もの年次報告に目を通し、不動産や経理情報を分析しているのだ。たぶん停電のせいで気が気じゃないだろう。窓から日が射《さ》しているうちに、ラップトップパソコンのバッテリーが切れないうちに、仕事を終わらせなければならないのだから。

そのままずっとニックから返事が来ないので、ジュリアはだんだん腹が立ってきた。ニックがミューラー夫妻との今夜のディナーのことをまだ怒っていて、自分の電話を無視し、避けているのがわかったからだ。けれどもニックはもう……ジュリアは自分が巧妙な嘘《うそ》をついて騙《だま》していたことを、ニックには打ち明けていない。早く本当のことをいいたかったし、今夜二人きりになったときにニックに話すつもりだった。この週末までそのことを先延ばしにしてきたけれど、いまはその遅れが悔やまれてならない。

そのとき電話が鳴って、ジュリアは顔をあげた。だれがかけてきたかはわかっている。いきなり電話を切られたことで、きっと怒っているにちがいない。けれどもその男のことは頭から追いやった。その手の仲直りはたやすいからだ。ジュリアは電話を鳴らしっぱなしにした。周囲を見まわしながら、この瞬間が、永遠にも思えるくらい長く感じられた。

＊

ニックはそっと書斎に入って、鳴っている電話をよそに、窓から外を見た。電話の呼び出し音が、やけに大きく聞こえる。一台の車が車寄せの端に駐《と》まっているが、この距離だと、青いボディはわかっても、車種まではわかりにくい。視線を玄関ドアへ移動させる。男が一人立っていて、さりげなくあちこちを見ている。年のころは四十代後半か、五十代前半。犯罪者を見たことがないので実際にはどうなのかわからないが、この男はまったく無害に見える。白髪《しらが》まじりの頭、プラスチック縁の眼鏡。おそらく身長百七十センチ弱で、体重は百キロ強。かなり太りすぎだ。片手を何気なくポケットに入れて、もう一方の手を脇《わき》に降ろしている。銃は持っていないし、脅威を感じさせる気配もない。しかし、まもなく何者かがジュリアを殺そうとしているのはまちがいないし、このまま手をこまねいているつもりもなかった。

ニックは床にしゃがみこんで、自分の机の後ろのキャビネットを開けた。古い帳簿の山をどかすと、小さな金庫があらわれた。ジュリアの宝石類や、二人のパスポート、証書といった大事な書類をしまうための場所として、キャビネットのなかに金庫を置いたのだ。ダイヤルを右にまわし、つぎに左、また右にまわすと、カチャッと音がして、扉が開いた。そこには油を差して薄手の綿布に包んだ9ミリのシグザウエルが、半年以上前からあった。銃は嫌いだが、自衛できるほうが後悔するよりましだろうと、父親からなにかにつけて叩《たた》きこまれてきたからだ。射撃の腕はいいほうだが、二月から一発も撃っていない。ニックは包んである布を取ると、片手にシグザウエルを持ち、金庫の引き出しからマガジンを取り出して、握りのなかに押しこんだ。スライドを引き、薬室に一発送って、玄関に向かう。

書斎を出て居間に入ると、電話が鳴りやんだ。不意打ちのように静寂が降りてきて、不吉な予感がますます強くなった。壁にぴたりと背中をつけ、銃を胸に引きつけて、廊下を見る。そのとき、警報装置のことをまるっきり忘れていたことに気づいた。なんでもっと早く思い出さなかったのかと、自分が腹立たしくなった。警報装置が作動しても警察は来てくれないだろうが、侵入しようとする者を思いとどまらせることにはなるだろうし、もしかしたらこっちの状況を有利にしてくれるかもしれない。シグザウエルの安全装置を解除し、玄関ホールにそっと入って、玄関ドアの小さなのぞき穴から外を見る。さっきの太った男はあいかわらずそこに立っていた。ニックは音を立てないようにして警報装置に手を伸ばし、非常ボタンを押した。

＊

ジュリアの耳にいきなり警報が聞こえてきて、ただでさえ速くなっていた鼓動がさらに速まった。電話もまた鳴りはじめて、その不協和音がますます心を掻《か》き乱した。だれが自分を殺そうとしているのか想像もつかないけれど、頭から動揺を振り払い、気持ちを落ち着けていつものように合理的に考えてみると、頭のなかで千ピースのジグソーパズルがひとりでに組みあわさったかのように、明らかなことが見えてきた。

ジュリアはなぜ自分が追われているのかわかった。向こうは自分を殺すまで諦めないだろう。さらに集中力は刻々と高まって、追っ手の正体についても……。

電話に出ることはできない。かけてきたのは、ついさっき五分ほど電話で話した男だからだ。こっちの問題を相談したその男が、自分を殺しに来る男だからだ。

ジュリアは這うようにしてすばやくマッドルームに入り、ニックがガレージに出るドアに鍵をかけたことを確かめた。コート掛けからハンドバッグをつかみ取って、床に置く。なかを探して携帯電話を取り出すと、すぐに911に電話をかけた。

「911です」女のオペレーターが出た。

「わたしはジュリア・クイン」ジュリアは小声でいった。「住所はバイラムヒルズのタウンゼンド通り五番地よ。急いでちょうだい、夫と——」その瞬間、声が喉《のど》に詰まった。

冷や汗がどっと噴き出し、息づかいが荒くなって、パニックに襲われた。

鍵がかかっているのを確認したにもかかわらず、ドアの鍵がカチャッと鳴ったのだ。

声も出せないジュリアの目の前で、マッドルームのドアが開いた。

*

ニックはすばやく玄関ドアを開けると、銃をかまえた。しかし、太った男の姿がない。両手で銃を握りしめて玄関ポーチに出て、左右に振る。すると、太った男が小走りでどたどたと自分の車に向かうのが目に入った。男は振り返ろうとしなかった。

ニックは安堵《あんど》の溜息《ためいき》をもらし、銃を降ろすと、安全装置をかけた。電話がまた鳴りやんで、あたりには間延びした警報の音しか聞こえなくなった。全体に落ち着きと、平和な均衡が戻りつつある。

しかし、男がドアを開けて車に乗りこむのを見ながら、不意に心臓が止まりそうになった。すぐに手のなかの銃の握りを握り直し、安全装置を解除して、キッチンに走っていく。

致命的なまちがいを犯したことに気づいて、頭のなかは大混乱に陥っていた。まんまと敵の策に引っかかって、わずかな時間ながら、ジュリアのもとを離れてしまった。あんな単純な手なのに、それを見抜けない自分はなんてバカなんだろう。まさか敵が複数人いるとは。

太った男は、車の助手席に乗りこんだのだ。

ということは、運転席に座るべき人間がほかにいる。

＊

ジュリアは銃を見あげていた。世界が這うようにのろくなり、時間がひどく遅くなった感じがする。この瞬間が来ることをニックがどうやって知ったのかわからないけれど、これからもわかることはないだろう。ニックの指示を無視してキッチンから出てしまったことを、ジュリアは後悔した。なぜならいま、ニックの予言どおりになることがわかったからだ。

自分がニックを正しい事実へと導くことはできないだろう。だれも真実を知らないだろう。自分を殺しに来た男は、車でこの家に向かいながら、自分を電話に出させて家のなかの一ヵ所に留まらせ、その電話に気を取らせているあいだに到着したのだ。銃口がいきなり火を噴いた。風変わりな宝飾品にも見える銃から、細い煙の筋が立ちのぼる。そのごく短い一瞬のうちに、ジュリアはその銃に見覚えがあることがわかった。その日の朝、その銃の写真を見たのだ――。

装飾の凝ったコルト・ピースメーカーの長い銃身から一発の銃弾が飛び出してきたとき、時間はもとの速さに戻った。銃弾は空気を切り裂いて、ジュリアの命を終わらせた。

＊

警報装置が鳴り響くなか、ニックはキッチンを駆け抜けた。角を曲がってマッドルームに入った瞬間、ジュリアの身体が後ろに弾《はじ》き飛ばされ、頭の半分が壁に吹き飛ばされるのが見えた。

ニックは吐き気と悲鳴を抑えて、ジュリアに駆け寄った。けれどもジュリアが床に倒れたとき、もはやなすすべがないのはわかっていた。寸前のジュリアの怯《おび》えよう、味わった恐怖もわかっていた。手の施しようがないのもわかっていた。ジュリアの死は、時間をワープする前にもう嘆き悲しんだ。顔の半分を吹き飛ばされたジュリアの姿も一時間前に見た。あの苦しみをもう一度繰り返したところで、残ったわずかな気力が粉々に打ち砕かれるだけで、その結果犯人の正体もつかめず、この恐ろしい犯行を食い止めることもできなくなるだろう。

ニックは目に苦悩の涙を浮かべながら、ジュリアの死体を飛び越え、なかば開いたガレージに通じるドアを体当たりで押し開けた。ガレージを駆け抜けて、上に開いた扉から外へ飛び出すと、ジュリアを殺害した男が、車寄せの端に駐めてある車に向かって猛然と走っていくのが見えた。逃走用に、運転席のドアが開いて待っている。ニックは全速力で走りながら、無意識のうちにシグザウエルを何発も撃っていた。銃弾はコンクリートの地面や青い車の後部に当たって跳ねたが、男は躊躇《ちゅうちょ》せずに走り続けた。銃弾がわずか数センチのところをかすめたため、必死で走っている。

思ったより足の速い男は、車にたどり着くと、運転席に飛びこんだ。

タイヤが悲鳴をあげ、ゴムが焼けてコンクリートから煙が立ちのぼったかと思うと、ようやく接地面がコンクリートを嚙《か》み、青いセダンは通りに飛び出した。

すぐにニックは撃つのをやめて、車を方向転換させる場所に駐めてあるジュリアのレクサスに走った。ジュリアがイグニションにキーを挿しっぱなしにしておいたことを、このときばかりは喜んだ。レクサスSUVのエンジンをかけ、ギアを入れると、車寄せを飛び出して、青い車を追いかけた。

タウンゼンド通り五番地は、袋小路の突き当たりにある。ニックとジュリアは、なるべく人目を避けたいのとプライバシーを確保したいのとで、市街地から遠く離れ、幹線道路からも離れたこの家を選んだ。この界隈《かいわい》は隔絶されたところで、一番近い住宅街でも二キロ半ほど離れている。

ステアリングを鋭く右に切ってサンライズ通りに入ると、逃げていく青い車が前方に見えてきた。距離は四百メートルもない。アクセルを踏みこみ、時速百キロまで一気に速度をあげて、青い車との距離を縮める。目で追っていると、ジュリアを殺害した犯人は、左折してエリザベス通りに入ろうとしたが、ロックしたタイヤが悲鳴をあげて滑ったためその角を曲がりきれず、タネンズ家の前庭に突っこんでから、ようやくエリザベス通りに入った。

逃げる車との距離を半分にまで縮め、ブレーキをロックさせてレクサスにサイドスピンをかけ、距離を二百メートル以下に縮めて左折する。青い車の車種は、いまではシボレー・インパラだとわかった。ふたたびアクセルをめいっぱい踏みこんで加速し、獲物との距離を三十メートル以内にまで縮める。だがジュリアを殺害した犯人は、そう簡単に諦《あきら》める気配がない。下り坂を一気に加速して、起伏の多い道路のでこぼこを拾うたびに、車体が数センチ浮いている。

ニックもさらに加速した。128号線まで八百メートルもない。128号線は、多すぎる選択肢、多すぎる出口のある高速道であり、ニックが正体を突きとめる前に犯人が逃げ切ってしまう可能性が高すぎる。

いまでは十メートルまで距離が縮まって、ナンバープレートも見える。Z8JP9。ニックは記憶に刻みつけた。インパラに向かっていくレクサスの頑丈なエンジンに感謝した。ほとんどのSUVと同じく、このレクサスSUVはふつうの乗用車とちがって、極限状況のオフロードをがんがん走るように設計されているのだが、たいていは、主婦がスーパーに買物に行ったり、子どものサッカーの送り迎えをしたりするのに使われるのがせいぜいだ。しかし、たとえ設計はそうであっても、レクサスSUVは、いまニックがしているような高速走行でのカーチェイスには向いていない。転倒する可能性が高いからだ。

たちまちニックは、犯人たちの背後に迫っていた。インパラとの距離はわずか数センチ。だがニックは停まらなかった。全速でインパラの後部に突っこみ、身体《からだ》が前につんのめる。一瞬ブレーキを踏んで速度を落としたが、またアクセルを踏みこんで、今度は横に並び、インパラのリアフェンダーに体当たりした。一瞬速度を落として、またアクセルを踏む。

目前に急カーブが迫ってくる。四百メートルもないそのカーブの先にあるのは、128号線への入り口だ。チャンスはあと一度しかない。

ニックは反対車線にはみ出して――急カーブの内側の車線だ――対向車が来ないことを神に祈った。さもないと自分は確実に命を落として、ジュリアの命も、今度こそあのマッドルームの床で終わることになってしまう。

ニックはアクセルを踏みこみ、インパラと並んでそのカーブに入った。隣の車内は見なかった。運転に集中しなければ危険だからだ。ステアリングを右に切って、インパラを道路右の石壁に叩きつける。時速百キロで走っていたインパラは、たちまち制御不能となって尻《しり》を振りはじめ、後ろの二本のタイヤがパンクしたかと思うと、スピンした。とたんに縁石を飛び越えて、一本の立ち木にぶつかり、その幹に巻きつくようにしてフロントグリルがめりこんだ。

ニックは無意識のうちに後先考えずにアクセルを踏みこみ、インパラの後部に激しく突っこんでいた。顔の前でエアバッグが作動して、上体がシートに叩きつけられた。しぼんでいくエアバッグをすばやく横に押しやると、エアバッグのせいで顔にできた小さな火傷《やけど》もかまわず、レクサスSUVから転げ落ちるように飛び出した。手には安全装置を解除した銃を持っている。ニックは姿勢を低くしてインパラに近づいた。インパラの車体は、立ち木と壁にぶつかって折れ曲がっていた。ガソリンがこぼれていて、冷却液が音を立てて洩《も》れ出し、蒸気がボンネットから立ちのぼっている。

有利な地点から、ニックは車のなかをのぞきこんだ。運転している犯人を殺したい、頭にシグザウエルを押しつけ、正義の復讐《ふくしゅう》を果たして、犯人の脳みそに残らず銃弾を撃ちこみたいと思う一方で、自分が本当にやるべきことは忘れなかった。過去にさかのぼってこの男の行動を食いとめる機会がもしあるとするなら、この男の正体をつかんでおかなければならない。

ニックは腹ばいになり、石壁側の助手席へと忍び寄った。上をのぞくとしぼんだエアバッグが見え、太った年配の男は、助手席で意識を失っていた。ニックはゆっくりと膝《ひざ》立ちになり、運転席のエアバッグを見たが、運転席は空っぽだった。

つぎの瞬間、耳に大きな銃声が飛びこんできて、弾が立ち木に跳ね返った。ニックは地面に転がりながら、壊れたインパラの前部へと逃げた。ボンネットから激しい蒸気が舞いあがっていて、自分の位置を隠してくれた。

銃弾がつぎつぎと耳の近くをかすめ飛んで、石壁を砕き、立ち木の幹を吹き飛ばしながら、集中的な射撃が少しずつニックの位置に近づいてくる。ニックは動けなかった。左手には約二メートル半の高さの石壁があり、背後には立ち木がある。逃げ道はただひとつ、右手の壊れたインパラのボンネットを乗り越えて開放空間に出るか、来た方向に後退するかだ。どっちにしても、殺人犯の視界にまともに入ってしまう。

ニックはさっと地面に伏せ、えぐられた土と芝生に身体を押しつけて、壊れたインパラの車体の下を見た。左のリアタイヤの横に、射撃体勢を取る男の泥だらけのローファーがはっきりと見える。ニックはためらわずに狙《ねら》いをつけ、三発撃って、一発を男の脛《すね》に命中させた。

男は痛そうに悲鳴をあげながら、地面に倒れた。ニックはぱっと立ちあがり、ジュリアのレクサスを盾にして、不利な地点から一気に飛び出した。

犯人は、ニックに向かって闇雲《やみくも》に六発立て続けに撃った。すると、紛れもなく弾切れのカチャッという音が聞こえてきた。こうなればこっちのものだ。

インパラの前をまわると、運転席のドアの横に、小型の金属製ピックガンが見えた。

ステープルガンと歯ブラシを足して二で割ったような形をした、警察が使う開錠装置だ。犯人がどうやって鍵のかかったマッドルームのドアを鍵なしで開けたか、それでわかった。

ピックガンの隣には、あのコルト・ピースメーカーがある。六発装弾できるシリンダーは汚れていて、発射したことをうかがわせた。ニックに追いかけられたため、犯人はアウディのトランクルームに凶器を仕込んでニックに濡《ぬ》れ衣《ぎぬ》を着せるだけの時間がなかったのだ。

その装飾的な銃を見ただけで、ニックのなかに怒りがこみあげてきた。この男がジュリア殺しの罪を自分に着せることになるのだと思うと、その怒りはますます激しく燃えあがった。だがふと考えてみると、未来がすでに変わりつつあるのがわかった。ニックのアウディのなかには、もうジュリア殺しと結びつける銃がないのだ。じきに殺人そのものもなくなるだろう。

ニックは、壊れたインパラの横で腹ばいになっている男に近づいた。激しい息づかいで背中が上下している。血がこびりついた男の黒っぽい髪が、ニューヨーク・メッツのキャップの下から突き出していた。左腕は立ち木に衝突したときに骨折したのか、奇妙な角度で折れ曲がっている。右手には、もう役に立たなくなった9ミリの銃を握りしめ、左脚はニックの銃弾に粉砕されて、血まみれで伸びている。

ニックはゆっくりと男の横に膝をついた。手を伸ばして男のシャツの後ろ襟をつかみ、銀製のチェーン・ネックレスを奪い取る。握りしめた拳《こぶし》には、聖クリストファーのメダルがぶらさがっていた。

ニックは男を殺さないようにできるかぎり自分を抑えながら、ジュリアの命を救うための第一段階をやり遂げたことに、安堵《あんど》の溜息《ためいき》を洩らした。そして一瞬、希望が湧《わ》きあがるのを感じた。理屈はどうあれ、ジュリアを生き返らせることができるかもしれない。

ニックは犯人の頭を自分のほうに向けた。ついさっき妻を殺した男の顔を、ようやく目《ま》の当たりにすることができる。

だがその顔が見えてくる前に、ジュリアを殺した犯人の正体をつかむ前に――

世界は真っ暗になった。

第八章　午後五時

　ニックは書斎に立って、激しく息を切らしていた。金属の味を拭《ぬぐ》い去ろうと、口のなかを舌で舐《な》める。今度は身体《からだ》じゅう汗だくのせいで、前よりはっきりと寒気を感じた。ズボンとシャツは、インパラに追突したあと地面を這《は》いまわったことで、泥で汚れ、破れている。両手はまだ、全身を駆けめぐるアドレナリンで震えていた。いまも拳《こぶし》は、節《ふし》が白くなるほど強く銃を握りしめている。そして――

　聖クリストファーのメダルもまだしっかり握りしめていた。ほかに持っていた金の懐中時計、携帯電話、服といった無機質な品々と同じように、そのメダルもニックと一緒に時間をワープして、握りしめた拳からぶらさがっているのだ。それを持ちあげ、傷のついた表面を見てみる。裏面には文字が刻まれていて、皮肉にも、いまのニックに呼びかけているように思えた。〝奇跡は起こる〟。

もう少しだったのにと思うと、ニックのなかに激しい苛立《いらだ》ちがこみあげてきた。せっかくジュリアを殺した犯人をこの手で捕まえたのに、わずかなためらいが失敗のもとだった。男の顔が見えず、正体を突きとめられなかったなんて。

しかし、あらためて銀のメダルを見ているうちにわかってきた。たったひとつだけれど、犯人の所持品を手に入れたのだ。そしてもっと大事なのは、犯人の車のナンバーがわかったことだ。Z8JP9。

ニックは自分の汚れた服や怪我《けが》をした顔を鏡で見ると、書斎から飛び出して居間を抜け、玄関ホールを通って、階段をあがっていった。こんな姿をジュリアに見せるわけにはいかない。

「ニック？」ジュリアがキッチンから声をかけてきた。「仕事は片づいたの？」

「ちょっとシャワーを浴びてくる」ニックは返事をしながら、寝室へと走った。ジュリアの声がまた聞けたのがうれしかった。

「待って、帰ってからまだあなたの顔を見てないのよ」ジュリアが声をあげた。

ニックは返事をせずにバスルームに直行し、ドアを閉め、服を脱いで、シャワーを出した。停電する前のお湯がタンクに残っていたのがありがたかった。雨戸を開けて日射《ひざ》しを入れ、窓の外を見やる。どういうわけか、ジュリアのレクサスが見えた。ついさっき自分が車寄せから出して、青いシボレー・インパラにわざと追突し、前部をぐしゃりと潰《つぶ》したはずだ。なのにそれがいま車寄せにあって、ワックスがけした黒い車体には傷ひとつない。

だが残念ながら鏡を見ると、顔の怪我は一目瞭然《りょうぜん》で、自分の身体はレクサスのようにもとどおりには戻っていなかった。

エアバッグのせいで左眉《ひだりまゆ》の上に小さな火傷《やけど》の跡が二ヵ所あり、右の頬には切り傷が一ヵ所ある。ほかに小さなかすり傷、泥、汚れのせいで、まるでなにかの戦闘から戻ったばかりのようだ。もっとも、身体は実際にそう感じている。

ニックは持っていたシグザウエルを紺のタオルの下に隠し、シャワーの下に入った。熱い湯が肌に当たったとたん、怪我をした場所がわかった。激しい競《せ》りあいや乱闘だらけのアイスホッケーの試合が終わったあとよりも、身体の状態がはるかにひどい感じがする。ジュリアを殺した犯人を追いかけて、車から転がり落ち、銃で狙《ねら》い撃ちにされて身動きが取れなかったが、命を落とすかもしれないという恐怖は一瞬も感じなかった。人生であれほど決意が固かったことはないし、あれほど激しく戦ったこともない。希望が集中力を生んだのだ。ジュリアへの愛が、自分をそこまで駆り立てたのだ。

石鹸《せっけん》で身体を洗い、さっとお湯で流して、二分もしないうちにシャワーを終えた。無駄にする時間はない、ジュリアを殺した犯人を阻止する方法を見つけるのに、あと八時間しか残されていないのだ。そして犯人を阻止できる唯一《ゆいいつ》の方法は、そもそも犯人がなぜジュリアを狙っていたかを突きとめることだ。

「説明してくれる？」開いたバスルームの戸口に、ジュリアが立っていた。床に脱ぎっぱなしの泥と血で汚れた服を、その指先がさしている。

ニックは腰に厚手の白いタオルを巻いた。

「まあ、いったいなにがあったの？」ニックの顔の火傷と頬の傷を見て、ジュリアはいった。

「たいしたことじゃないよ」ニックはごまかした。

「たいしたことじゃない？　わたしには、だれかがあなたの顔にたい、い、い、したことをしたように見えるけど」

「野球帽をかぶったメッツ・ファンは、こんなもんじゃすまない」

「いったいなにがあったの？」

「車の事故だよ」

「車の事故？　だれの車？」

ニックはどう答えていいかわからず、窓の外の車寄せにあるジュリアのレクサスに目をやった。時間は後戻りしていて、すべてがリセットされているものの、動くたびに痛みを感じるので、自分だけはリセットされていないことがわかった。

「側溝に落ちた車があったんで、車を停めて、運転してた人を手伝ったんだ。そのときちょっと足を滑らせちゃってさ」

ジュリアはニックの目の奥をじっとのぞきこんだ。一言も信じる気はないのだ。

ニックはジュリアの横をすり抜けて、自分のクローゼットへ行った。

「もう一度聞かせてくれよ、なんできみはあの飛行機に乗らなかったんだ？」

「そうやって話をすりかえるわけ」

ニックは腰に巻いたタオルを放り投げ、ブリーフとリーヴァイスの501ジーンズをすばやくはいた。そのとき、ドレッサーに自分の財布があるのを見つけて面食らった。午後九時に警察によって押収されたはずだ。その四時間前のいま、それがここにある。たしかクレジットカードの番号を見るために、午後五時半に手に取ったのだ。ニックは時間をワープしたことによるデジャヴを頭から振り払うと、ジュリアのほうに真剣な顔を向けた。

「ジュリア、きみがなぜあの飛行機に乗らなかったのか、知る必要があるんだ」

ジュリアはようやく表情を和らげてくれたが、一瞬じっとにらみつけ、声に苛立ちをあらわにした。

「あの飛行機には乗ったのよ。短い仕事でボストンに行かなくちゃいけなかったの。座席について、かわいらしいおばあちゃんとおしゃべりに夢中になったわ」ジュリアはそこで、ふと言葉を詰まらせた。声に怒りの色は消え、悲しみの色が取って代わった。「そのおばあさんの名前は……名前はキャサリンで、病気のご主人に会いに行くところだったの。はっきりとはいってなかったけど、きっとご主人、死にかけてるんだと思うわ。つらくてたまらないはずなのに、正直そうな緑の瞳《ひとみ》で、わたしのことや、わたしの人生のことを訊《き》いてくれたの。心から興味を持ってるみたいに」

みるみる目に涙がこみあげてきて、ジュリアは言葉を詰まらせた。ニックがジュリアの顔をそっと撫《な》で、なぐさめるために抱き寄せると、ジュリアはすすり泣きはじめた。

「あのみんな、座席に座っていたみんなが、希望に目を輝かせていた」ジュリアはかすれた声で続けた。「友だちや家族に会いに行くところだったり、すぐ帰ってくるからと子どもたちに約束して出張に出かけるところだったり、休暇で旅行に行くところだったりしてたのに――まさかじきにあんなことが起こるなんて……」

「ジュリア」ニックはそっと呼びかけて、物思いから彼女を引き戻した。「どうしてきみはその飛行機を降りたんだい？」

「強盗事件が発生したの」ジュリアはニックを見あげた。

「強盗事件？　どんな強盗事件だい？」

ジュリアはニックから離れてバスルームに入り、ティッシュを持ってすぐに戻ってくると、目もとを押さえ、涙を拭《ふ》き取った。

「メープル通りにワシントンハウスって呼ばれている大きな邸《やしき》があるの。持ち主はシェイマス・ヘニコットって人よ。家族三世代に渡って住んできたの。彼は少なくとも九十歳だから、想像がつくと思うけど、相当古いお邸よ。外観は白い板張りのニューイングランド風、雨戸は黒で、板葺《いたぶ》きの屋根が――」

「その家なら知ってるよ、ジュリア」ニックは先を急がせた。

「見た目はコロニアル調の面影があるけど、実際は少しちがうわ。内部を改築して、コンクリートや鋼鉄で強化してきたの。シェイマスの自宅ではあるけど、彼のオフィスもあるし、地下には保管用と展示用の手の込んだ倉庫室まであるの」

「なんの倉庫だい？」

「ヘニコット家は一八八六年からずっと、〈エイトケンズ、ラーナー&アイルズ〉法律事務所の依頼人なの。シェイマスの祖父のイアン・ヘニコットは、アイルランド系の裕福な不動産王で、ウィスキーの醸造会社を経営していたわ。でも戦争関連の骨董《こっとう》コレクターでもあったの。だから世界じゅうから風変わりな武器を集めてた。スリランカの宝石がちりばめられた短剣、トルコのダイヤモンドが飾られたサーベル、封建時代の日本の刀、中国の槍《やり》、イギリスやスペインの騎士時代の剣。そういうものに目がなかったのね。複雑な彫刻が施された銃やライフルも集めてたわ。でも変よね、人を殺すための武器なのに優雅で美しいだなんて、矛盾もいいとこ。

イアンの息子のステファン・フランシスの趣味は、昔からよくあるものだった。彼は絵画や彫像、宝石や彫刻を集めたの。ステファンの息子のシェイマスは、慈善的なものに熱心でね。彼はコレクションの一部を世界じゅうの美術館に貸し出すけど、絶対に売ろうとはしないの。

覚えてるかどうかわからないけど、何年か前に、わたしがヘニコット家担当の弁護士として指名されたとき、ヘニコット家のビジネス全般を取り扱うだけでなく、緊急時に駆けつける役目も任されたの。たとえば、メープル通りの邸のセキュリティシステムが破られた場合、すぐにわたしに連絡が来ることになってるわ」

「てことはつまり、きみが離陸を待っていたとき、その電話がビーッと鳴ったんだ?」ニックは戸惑いながら訊いた。

「ビーッどころじゃなかったけどね」ジュリアはにっこり笑った。「ええ、そうよ。実際にはメールが来たの」

「強盗はなにを盗んだんだい?」

「ベルベットの小袋に入った二百粒のダイヤモンド、金の剣四本、細身の銀の剣二本、サーベル三本、宝石が埋めこまれた短剣が五本、金が埋めこまれた銃が三丁と、銀の銃弾。しめて二千五百万ドル以上の価値があるものよ」

ジュリアの説明に耳を傾けて、ニックは確信した。ジュリアに未来の死をもたらすものは、たったいまジュリアが打ち明けてくれたことに百パーセント関係している。

「飛行機を降りてから、どうしたんだい?」

「まっすぐメープル通りのヘニコット邸に向かったわ。まだ強盗があったかどうかもわからなかったし、警報装置の誤作動かもしれないでしょ」

「警察のほうには?」

「シェイマスは、警察をあまり信用してなくって。だからこういうときの手順は、まずわたしたちが連絡を受けることになってるの。地下の倉庫室に予定にない侵入があったときは、メールが自動送信されるのよ。そのあと、わたしたちが必要だと思ったら、警察に通報するの。警察は犯罪者に毛が生えた程度のものでしかないと、シェイマスは思ってるわ。警官たちは強盗を責めながら、一方で捜査中にこっそり着服しないともかぎらないからって」

「少しひねくれたじいさんだな」ニックはいった。「そう思わないかい？」

「偏屈だっていわれてるわね」

「頭のいかれた上流階級って意味で？」

「あなたもシェイマスに会ってみれば、そうは思わないはずよ。あんなに人間的にまともでやさしい人に出会ったことはないわ。彼の担当に任命された当初も、これ以上ないってくらい親切なメモを送ってくれたし。ランチにも何度も連れてってもらった。とってもチャーミングで博識なの。いろいろためになるアドバイスをしてくれてね。わたしの弁護士としての仕事にも、人生にも……」

「こいつはうかうかしちゃいられないや」ニックはおどけていった。

「そうね。彼の資産は四十億ドル以上だし、九十代の紳士にしては、あんなにハンサムな人はいないから。あんまりあちこち出歩く人じゃなくて、いまもニューイングランドのサマーハウスに一ヵ月以上いるの。数え切れないほどの慈善事業に匿名《とくめい》で寄付している謎《なぞ》の人物は彼じゃないかって、みんな思ってるわ。多額の寄付が行われたのにだれもその寄付者を突きとめられなかったとき、たいていの人は、シェイマスが自分の財産から出したにちがいないって考えるの」

「で、本当に彼なのかい？」

「わたしが知ってたら、匿名のままでいるはずないでしょ？」ジュリアは微笑《ほほえ》んだ。

「彼は邸が強盗にあったことを知ってるのかい？」

「盗まれた品々を確認したあと、わたしから真っ先に電話で伝えたわ。実際には彼の女性秘書に話して、彼女のほうからシェイマスに伝えるといってたけど。でも向こうはほかの問題でてんてこ舞いだったみたいで」

ニックはふと考えこんで、いきなり怒り出した。

「きみはあの邸に入ったのか？　強盗たちがまだなかにいたらどうするんだ？」

「それは……」ジュリアは答えに窮した。

「そんなの弁護士の仕事じゃないだろ。ぼくに一言の相談もなしに」

「彼はこっちの請求額に、月二万五千ドルを上乗せして払ってくれてるの。まさかこんなことが起こるなんて思ってなかったのよ。それにわたし、こうして無事でしょ」

「そりゃそうだけど……」ニックはどういっていいかわからず、そのまま口ごもった。

「ほら、無事でしょ。それに、わたしのハンドバッグのなかにある、あの八角形をした変な鍵《かぎ》を見たことあるでしょ。認証カードも見たことあるわよね。あれをなんに使うかも、あなたには話したでしょ」

「きみが依頼人の家に入るときに必要なものだってことは聞いたよ。でもきみが警備員のまねをするとは一言も聞いてない」

「弁護士の守秘義務よ」

ニックは取りあわなかった。

「あの鍵とカードがそれほどの金持ちの邸に入るための手段なら、なんできみはそんなに気軽に持ち歩いてるんだ？」

「あの鍵は特別なの。八つの面にアルファベットがひとつずつ刻まれていて、それぞれが特定の日付になってるのよ。今日はたまたまDの日だった。日にちを知るためのアルゴリズムがわからなければ、鍵が役に立つ確率は八分の一しかないわ。そのうえ、あの認証カードはカードリーダーの前に三回もかざさなくちゃならないし、おまけに自分の社会保険番号まで入力しなくちゃいけないの。鍵だけじゃ、なんの価値もないのよ」

「ジュリア、きみはたしか、どこかの家の予備の鍵だといってたはずだ。武器だらけの家じゃなくて」

「ふつうの武器じゃないわ。人を殺すために使ったりしないもの」

ニックはジュリアの言葉にあえて逆らわなかった。

「それだけ立派なセキュリティシステムがあるのに、強盗たちはどうやって侵入したんだ？」

「わからない。でも彼らの仕事は完璧《かんぺき》だったわ。明らかに内部情報を持った者の犯行よ。彼らはあの邸のセキュリティシステムを知り尽くしていて、サーバーを残らず破壊していった。でも彼らはひとつ忘れてたの。わたしたちが別の会社を雇って、離れたところにバックアップを作らせてあることを」

「なんだって？」

「セキュリティに関しては、ひとつのかごのなかに卵を全部入れちゃだめ。でないと、一人のシステム担当者に裏切られたときに困るでしょ。まったく別々の観点から、別々の会社に頼むの。ヘニコット邸のセキュリティサーバーは、離れたわたしのオフィスのコンピューターにリアルタイムでバックアップデータを送るようになってるわ。だからセキュリティシステムが破られたときは、すぐにわたしのコンピューターにファイルを送ってくるわけ」

「てことは、侵入した強盗たちの写真やなにかが残らずきみのオフィスのコンピューターに入ってるのか？」

「ええ。それとこのなかに」ジュリアはPDAのパームパイロットを掲げて見せた。ジュリアがハンドバッグに入れて運んでいる携帯情報端末は、電話番号やカレンダー、メールといったものより多くの情報が保存できて、たしかにその膨大なメモリ容量は、彼女が持っているブラックベリーや多機能携帯電話のそれをはるかに凌駕《りょうが》している。

「なんだって？」

「停電が起こると、うちの法律事務所には予備のバッテリーがあって、そのおかげでコンピューターがちゃんとデータをセーブしてから、シャットダウンできるの。自分がやってる仕事のデータが消えてしまわないようにね。飛行機が墜落して停電になったときも、そのバッテリーが作動して、バックアップとシャットダウンをはじめたの」

「それで……？」

「用心のために、重要なファイルはわたしのPDAにメールで自動送信されるのよ。わたしが大事な仕事で遅れたりすることがないように。シャットダウンする前の二時間分のセキュリティファイルは、すべてこのなかにあるわ」

「見ていいかい？」

「どうしてあなたが見たがるわけ？」ジュリアは戸惑った。「事件は警察が扱ってくれるわ。墜落事故の処理がひと段落したあとで」

「ちょっと見てみたいんだ」

「見せてあげるにしてもコンピューターが必要だし、うちには電力がないのよ。あなたのノートブックパソコンにまだバッテリーが残ってるんならべつだけど」

ニックは首を振った。

「このパームじゃファイルを見ることはできないの。ほとんどがビデオファイルとセキュリティデータ・ファイルだから」

「信じられないよ、きみが自分をそこまで危険な立場に置いてたなんて」ニックは腹立ちを隠せなかった。

「でもこう考えたら？」ジュリアはいった。「強盗のおかげで、わたしの命は助かったんだって」

たしかにジュリアのいうとおりだが、それは一時的な延命にすぎず、実際にはその強盗によって、ジュリアの命は奪われてしまうのだ。自分がどんなにがんばっても、運命は自分からジュリアを奪うつもりなのかと、思わずにいられなかった。

ニックは水色のボタンアップシャツを着た。手を伸ばして、ジュリアの手を取る。

「これからぼくがいうことをよく聞くんだ。最後まで口を挟まずに」

「そんな、怖いことといわないでよ」

「怖がらせるつもりなんかない」

「だったら、そんなドラマじみた前置きしないで」ジュリアはまじめな笑顔でいった。

ニックは息を吸ってから、こう切り出した。

「このあたりに警官はいない。みんな飛行機事故の現場に駆り出されてる」

「たしかにそうだけど――」ジュリアはいいかけたが、ニックが片手をあげるのを見て、口をつぐんだ。

「その強盗をやった連中は、自分たちに通じる手がかりを消そうとしている――」ニックはそこで、あえて間をおいた。

ジュリアはニックの不安そうな目をのぞきこむと、手に持ったパームパイロットに目を落とし、頭のなかでいろいろ考えはじめたが、やがてその顔が、はっと気づいた。

＊

約三キロ先の墜落事故現場からは、おびただしい白煙が激しく立ちのぼっていた。

数え切れないほどの犠牲者がいる一方で、一人の勝者もいない戦いが、一日じゅう繰り広げられている。鎮火のための戦いはじきに終わろうとしていたが、精神面での戦いは何日も、何週間も、何年も続くことになるだろう。大地に刻まれた爪跡《つめあと》は修復されるだろうし、焼け焦《こ》げた地面はほんの数週間で自然の緑におおわれるだろうが、街は決してもとのようには戻らないだろう。

ニックはバイラムヒルズに向かってアウディA8を走らせながら、夫婦のお気に入りのレストラン〈ヴァルハラ〉を見やって、あの周辺はどれほど変わってしまっただろうかと思った。

バイラムヒルズは、かつてはメイベリーを出てすぐのところにある街だった。道路は未舗装で、信号は一機あるだけ、警察署には留置場が三つしかなく、週末には作りたてのドーナツとシードルを売る果物屋の屋台が立った。家々は、収入の多さにもかかわらず質素なもので、ご近所を敷地の広さで判断する人はいない。消防士や掃除夫の子どもたちが、会社のCEOや不動産王の子どもたちと、仲よく遊んだり喧嘩《けんか》したりしながら子どもらしくつきあっていて、訴えてやるという言葉が飛び交うこともない。ハイスクールのコーチたちは、シーズン中は街に残るが、親たちは自分の子どもがつぎのマイケル・ジョーダンだという幻想を持つこともない。結婚生活は長持ちするほうで、夫婦は共働きが多く、つらい壁にぶち当たってもともに耐え忍ぼうとする。だが時がたつにつれて、アメリカの大半の地域と同じように、人は見かけやうわべに夢中になり、隣人に負けまいと見栄《みえ》を張るようになった。

悲しいことに、悲劇は偉大なる平衡装置だ、とニックは思った。悲劇は郵便番号も関係なければ、カントリークラブの会員権を持っていようが、寝室二つだけのセントラルヒーティングのないアパートに住んでいようが関係ない。一切の偏見を持たずに襲いかかってきて、命の脆《もろ》さを、なにもかもが奪い去られたときに本当に大切なものがなにかを、われわれに思い出させる。なぜなら悲しみや喪失感、痛み、苦しみは、生まれながらにして心のなかにあるもので、普段は眠っているかもしれないが、あたりに死が満ちているときはたちまち甦《よみがえ》ってくるからだ。

しかも大規模な飛行機事故が目と鼻の先で起こって、二百十二名の尊い命がこの世から一度に奪われたとなると、人々の生活はリセットされ、優先順位もしかるべき順番になる。

事故後まもなく、店舗は閉まり、会社は業務を停止して、サマーキャンプも中止になった。家族はそれぞれ集まり、キリスト教の教会やユダヤ教の礼拝堂は、祈る人々のために開放された。街の近くの墜落現場には救援ボランティアが、この世を去った友人や見知らぬ人々のために、続々とバスで到着した。

ジュリアはニックの隣に座っていて、地平線上に立ちのぼる煙に目を凝らしながら、自分も同じように死んでいたかもしれないところを免れたのだという思いを、頭から振り払えずにいた。

「オフィスのコンピューターはちゃんと動くんだね？」ニックは念を押した。

「どうしてあなたがセキュリティ関係のファイルを見なくちゃならないの？　このPDAを警察に届ければいいじゃない。こんなのわたしたちには——とくにあなたには——関係ないことでしょ、ニック」

「ジュリア、きみに関することは、ぼくにも関係あるんだ」

「わたしの命を狙《ねら》ってる人間なんていないわよ。あなたの考えすぎ」

「いや、ぼくを信じてくれ。考えすぎなんかじゃない」

「わたしに話してないことがあるでしょ」ジュリアは腹を立てはじめていた。

ニックは返事をしなかった。

「なにを隠してるの？」ジュリアは法廷にいるときのような口調で、ニックを問い詰めた。

「ジュリア」ニックは痺《しび》れを切らした。「いいからぼくの質問に答えるんだ」

「オフィスに発電機はない」ジュリアはきっぱりといった。「でも、どのコンピューターにも予備のバッテリーがついてる。三十分は持つわ」

「そのコンピューターでPDAのファイルを見ることができるんだね？」

ジュリアはうなずいたが、本通りを走っていると、ふと街の光景に目を奪われた。

不気味なほどがらんとしていて、店は閉まり、ガソリンスタンドもシャッターが降りている。さながらゴーストタウンだ。歩道には人影が一切なく、通りには車が一台も走っていない。店のウィンドウの奥は暗くて、ショーウィンドウのディスプレイの明かりも消えている。ピザパーラー、理髪店、銀行や郵便局さえも、夏真っ盛りの金曜の午後だというのに、鍵《かぎ》がかかっている。こんなことは、街の歴史がはじまって以来だ。

災害時に真っ先に対応する州兵部隊が、戦争で海外に駆り出されている結果、通常の四分の一の兵員しかおらず、ボランティアが必要だった。おばあさんでも十八歳の大学生でもよかった。彼らは交通誘導や書類記入といった作業につけられ、気持ちのしっかりした人であれば、事故現場に直接足を踏み入れる仕事にまわされた。

ジュリアの目は、街の向こうの小高い丘にかぶさるようにして立ちのぼる煙へと戻った。ジュリアが運命のいたずらによってまぬがれた火葬の煙を見ながらなにを考えているのか、ニックにはまるで想像できなかった。

けれどもニックは、恐ろしい瞬間をこの目で見たのだ。ジュリアが死ぬのを見たのだ。一度はその死を悲しんだが、二度と悲しむつもりはない。どうにかして引き金を引いた犯人を見つけ出し、その男を阻止するのだ。背中の腰に差したシグザウエルのふくらみを感じながら、ニックは肝に銘じた。十中八九、この銃を使わなければならなくなるだろう。自分が行動した結果どうなっても、その過程で自分が命を落とすことになっても、かならず妻の命を救ってみせる。

ニックは自分が携帯している銃のことには触れず、その銃のふくらみがジュリアに見えないようにしていた。ジュリアは銃が大嫌いで、皮肉なことに、ニックも同じ思いだった。だからめったに金庫からシグザウエルを取り出さないし、携帯して出歩いたことは一度もない。慌《あわ》ててはおったジャケットの下でその銃が肌を擦るたびに、ニックは落ち着かない気分になった。

＊

〈エイトケンズ、ラーナー＆アイルズ〉は、全米でも一流の法律事務所のひとつと目され、財務税務関連を専門としている。六十名のパートナー弁護士を抱えるこの法律事務所は、自分たちの好きな場所に事務所をかまえるだけの余裕があった。自分たちというのは当然ながら、三人のシニアパートナー弁護士である。

ノースキャッスルヒルの敷地内に三つのビルを所有していて、平日は弁護士や職員三百名がバイラムヒルズの街の人口を増やすのだが、今日はそれにはほど遠い。

真ん中のビルの前にある円形の車寄せにニックがアウディを入れたとき、四ヵ所ある駐車場は完全に空っぽだった。

ニックとジュリアは、非常階段を一段飛ばしで駆けあがり、薄暗い二階に入った。非常時の照明のバッテリーはすでに切れている。二人は奥にあるジュリアのオフィスに向かった。よくあるシニアアソシエイト弁護士の二間続きの仕事部屋で、大きな机と、カウチと肘掛《ひじか》け椅子《いす》がある。ところが、ジュリアのいつもは整頓《せいとん》された仕事場は、荒らされていた。机は引っくり返され、コンピューター本体はどこかに消えて、コードが壁から引きちぎられている。モニターは床で粉々に割れていた。

「よくもこんなことを！　犯人のやつを見つけたら絶対……」ジュリアの怒りは一気に沸点まで駆けあがりかけた。

「サーバーはどこだ？」ジュリアの憤慨ぶりを気にもかけずに、ニックは訊《き》いた。

「こうなることをあなた知ってたんでしょ?」ジュリアは怒りと戸惑いがないまぜになった声で訊き返した。

「サーバーはどこだ?」

「廊下の突き当たり」ジュリアはそういって、案内しはじめた。「これもあの強盗のせいだわ、まったくもう」

二人は、マネージング・パートナーであるシャーマン・ピーボディのオフィスと付属キッチンとのあいだにある、なにも記されてないドアの前に着いた。ジュリアがキーパッドに暗証番号を打ちこみ、ドアを引き開ける。とたんに目に飛びこんできた光景に、二人とも驚愕《きょうがく》した。コンピュータールーム内のサーバータワーがことごとくハードディスクドライブを抜き取られ、ラックからはコードが無意味に垂れさがって、まるで死んだヘビのように見える。

「夜中のバックアップは?」ニックは訊いた。

「全員のコンピューターとここのサーバー全部は、午前二時に一度、三つの別々のホストコンピューターにバックアップを作るの」

いまではただの無駄な空間となった広いコンピュータールームを、二人はながめた。損害額は何十万ドルにものぼるだろう。これもすべては、今朝メープル通りにあるシエイマス・ヘニコットの大きな白い邸《やしき》で起こった強盗事件を隠すためだ。

「これでぼくを信じるかい？」ニックはジュリアの手にあるパームパイロットに目をやった。「きみの依頼人の邸に強盗に入った犯人を教えてくれるのは、それしかないんだ」

「だったらこれを警察に持っていかないと――」

「それを警察に持っていっても、警官はだれもいない」

「じゃあ墜落事故の現場へ持っていけばいいわ。そこにいるだれかに渡すの」

そんなことをしても、ジュリアを殺した犯人の発見が遅れるだけだ。犯人を見つけ出す方法は、そのPDAで犯人の顔を見ることしかない。

「ニック、どうしてこうなるとわかったの？」

ニックはジュリアの手からパームパイロットを取った。

「ちょっと、答えてよ。いったいなにがどうなってるわけ？」

ニックは懐中時計を取り出して、時間を確かめた。五時四十分。

「とにかくぼくを信じてくれ。あとで説明するから。ただ、いまそんな暇はないんだ」ニックはそういって、廊下へ戻った。「ここのコンピューターはどれも、バックアップ用のバッテリーがついてるといったね」

秘書たちの机は円陣のように並べられ、それぞれがパーティションで仕切られている。ジュリアはその机の下を指さした。パン入れよりも少し大きめで、見た目はまるで巨大なＯＡタップといった感じのバッテリーモジュールがある。

「どれくらい持つんだっけ？」

「三十分くらいよ」

ニックはジュリアの女性秘書、ジョー・ウェイレンの机に引き返した。

「ジョーはバッテリーを使い切ったと思うかい？」

「彼女は墜落事故の直後に帰宅したわ。わたしがそうさせたの」

ニックはジョーの椅子に座った。ジョーがジュリアの秘書になって三年になる。ジュリアが整頓好きだとすれば、ジョーのほうは徹底した整理マニアだ。鉛筆とペーパークリップは、それぞれのホルダーに上下を揃《そろ》えてきちんと並べてあるし、ジョーの机の上には、小さな紙くずや塵《ちり》ひとつない。ニックはジョーのコンピューターのスイッチを入れた。モニター画面の明かりが、暗いオフィスに不気味な光を投げかける。

スクリーンがパスワードを要求してきたとき、ニックはジュリアを振り返った。

ジュリアがニックの肩越しにパスワードを打ちこむと、コンピューターはメロディを奏《かな》でながら起動した。同時に予備のバッテリーが、警告音を鳴らしはじめる。作動時間が限られていることを知らせるためだ。

「やってみよう」ニックはPDAをジュリアに返した。

ジュリアはPDAのスイッチを入れ、赤外線通信ポートをコンピューターの隣に向けた。PDAのファイルを選択して、送信ボタンを押す。

ジョーのコンピューターが小さく唸《うな》りをあげ、モニター上にビデオウィンドウが開いた。PDAのファイルがジョーのコンピューターに転送されたのだ。二人でじっと見入っていると、モニター画面の下のほう、ビデオウィンドウのすぐ下に、六つのファイルがあらわれた。

ジュリアは最初のファイルをクリックした。エクセルのスプレッドシートで、詳細な台帳があらわれた。

「わたしたちがほしいのはこれじゃない」ジュリアがいった。

「それはなんだい?」

「ヘニコット・コレクションの目録よ」ジュリアは画面を指さした。「年代順、武器や骨董《こっとう》のタイプ順、評価額の順、入手した年の順に並べかえられるわ。そしてこれが——」ジュリアは画面をクリックして、その列を並べかえた。「盗まれたものの順よ」

「監視ビデオ映像を見なくちゃならないんだ」ニックはジュリアを急《せ》かした。

ジュリアは黙ってエクセルのファイルを閉じると、つぎのファイルを開いた。

モニター画面いっぱいに、複数の監視カメラのビデオ映像が交互に出てきた。右下隅には時刻が表示されている。駐車場の動きのない映像、邸の正面、設備の整った英国風のオフィス、優雅な剣やナイフが飾られた展示室の映像、金庫の映像——測る尺度がないため大きさはわからない——運搬用の木箱やドア、廊下、階段、会議室の映像。

ジュリアがマウスで早送りボタンをクリックすると、映像は猛スピードで早送りされて、やがて唐突にモノクロ映像が入ってきた。駐車場と邸正面を映した映像が、雪のように真っ白になったのだ。

ニックはジュリアからマウスを取って、再生速度を遅くした。

邸内の監視カメラ映像はどれも変化なかったが、突然そのひとつで、大きな艶《つや》消しのスチールドアが少しだけ開いたかと思うと、眩《まぶ》しい光が部屋のなかに射《さ》してきた。

「そんなものどうする気?」いきなりジュリアが叫んだ。ジャケットの後ろのスリットから突き出したシグザウエルを指さしている。まるでニックが尻《しり》ポケットに、ほかの女のパンティを突っこんであるかのようだ。

「画面を見ててくれ」開いたドアに全神経を集中させたまま、ニックはそういった。

「いったでしょ、わたしがどれだけ銃を嫌ってるか」ジュリアの怒りは、収まるどころか増すばかりだった。「射撃場でしか使わないっていってたじゃない」

「ジュリア、お願いだからモニターを見ていてくれ」

「わたしは銃が嫌いなの。わかってるでしょ」オフィスを荒らした強盗たちに対するジュリアの怒りの矛先は、にわかにニックに向けられた。「あなただって何度もいってたじゃない、ぼくも銃は嫌いだって」

ニックはモニター画面にじっと集中していた。この銃は自分の命を守るためにもう使ったよ、だなんて説明したくなかった。

するとモニター上に一人の男があらわれ、画面いっぱいに顔が映った。見たことのない顔だったが、これでようやく怒りをぶつける相手がわかった。年は五十代前半で、黒っぽい髪の生え際《ぎわ》がわずかに後退している。目は眼鏡に隠れてよく見えないが、痩《や》せこけた顔とやけに高い頬骨、突き出した太い眉毛《まゆげ》は隠しようがない。

「約束して――」ジュリアがきつい声で迫った。目がじっとニックをにらみつけている。「この件が片づいたら、前に約束したとおりその銃を手放すって」

「こいつはだれだい？」ニックは画面を指さした。だがジュリアがようやくモニターに目を向けた瞬間、映像は真っ白になり、ほかの監視カメラもそれに続いた。セキュリティシステム全体がダウンしたらしい。

「どういうこと？」ジュリアがいった。

「あの男を見たかい？　年配で、眼鏡をかけた男だよ」

「いいえ。見てないわ」ジュリアの怒りがあらためて高まった。「巻き戻して。もしかすると――」

しかしジュリアは、最後までいい終えることができなかった。突然まわりに銃声が轟《とどろ》いて、秘書たちの机を仕切るパーティションが粉々に割れたのだ。

ニックは飛んでくる銃弾から守るためにジュリアを床に引きずり降ろすと、机の上に手を伸ばしてPDAを取った。無意味な白い映像を映し出すモニター画面は、降り注ぐ閃光《せんこう》によって吹き飛ばされた。

ニックは腰からシグザウエルを抜き取り、姿の見えない敵に向かって三発撃った。

ジュリアの手をつかむと、なにもいわずに、円陣となった秘書たちの机に沿って、敵から見える高さに頭を出さないようにしながら移動した。いきなり大胆になって向こうから姿をあらわすかもしれない敵を迎撃するため、銃はまっすぐ前にかまえた。

ニックは非常階段のドアを引き開けてなかをのぞきこみ、ジュリアをなかに押しこむと、秘書たちの机のほうを振り返った。それに応《こた》えるように、また銃声が轟いた。

敵を仕留めたい。この場で殺してやりたい。けれどもいまは、ジュリアを危険の及ばないところへ連れ出すほうが先決だ。

ニックはジュリアの身体《からだ》をつかむと、一気に階段を駆けおりた。用心してロビーのドアを少しだけ開き、がらんとした大理石の玄関ホールをのぞきこむ。それからロビーに出て小走りに走り抜け、玄関ドアから外を見る。人の姿はない。二人は玄関を飛び出して、前に駐《と》めてあるアウディまで走った。

ニックは乗りこむとすぐにエンジンをかけ、アクセルを踏んだ。タイヤがスピンし、二人の身体はシートに押しつけられた。ニックはタイヤを鳴らして車をスピンさせながら、ノースキャッスルヒルを出た。

本通りに出たとき、法律事務所の裏手に青いシボレー・インパラが駐まっているのが、視野の隅に見えた。

「銃を手放さなくてよかっただろ？」ニックはこの状況に対する憤《いきどお》りを鎮《しず》めようとして、そういった。

ジュリアは無言だった。恐ろしさのあまり涙をぽろぽろこぼしながら、シートベルトを締めようとしている。けれども手が震えて、なかなか留め金にベルトを挿すことができない。

ニックはアウディを、いままでにないほど高速で飛ばした。時速百八十キロ近い。22号線を猛スピードで疾走しても、ほかの車は見えなかった。バイラムヒルズの街と同じように、道路も完全に人気《ひとけ》がなく、まるっきり貸切状態で、自分たちしか生存者がいないかのようだ。バックミラーをちらっと見やったが、がらんとしたアスファルト以外、なにも見えない。追っ手の姿も、車も、飛んでくる銃弾もない。

ニックはようやくアクセルを緩めた。

「まったく」ジュリアが助手席からいった。右手がドアの上にある取っ手にしがみついている。「どうしてわかったの？　銃を携帯したほうがいいって」

ニックは左に曲がって、128号線に入った。無意味な信号を無視して、街のなかを突っ走った。

「話を聞いてくれ。よく聞くんだ」ニックは語気を強めた。「家に帰ったら、きみは自分の車に乗って、ここからできるだけ離れるんだ。いとこや友だちのところには行くんじゃない。だれの家にも行くんじゃない。ホテルにチェックインして、支払いは現金でするんだ」

「やめて！」ジュリアは叫んだ。「なにがどうなってるの？」

「さっきのビルに押しこんできたやつらは、あの骨董品の銃やダイヤモンドを盗んだ連中で、自分たちに通じる手がかりをすべて消し去ろうとしてるんだ」ニックはそこで、ジュリアに顔を向けた。「すべてだ。証人になりそうな人間も含めて」

ニックはワゴ通りを走ってエリザベス通り、サンライズ通り、タウンゼンド通りに入って、自宅の車寄せに曲がり、アウディをガレージに入れた。

「財布は持ってるかい？ 携帯電話は？」

「持ってる」ジュリアはうなずいた。

「いますぐ出発するんだ」ニックはアウディから飛び出した。ジュリアも飛び出して、ニックの横に駆け寄った。

「あなたはどうするの？」ジュリアはニックを見あげた。「あなたが一緒じゃなかったら、わたし行かない」

ニックはまるで新たな目で見るかのように、ジュリアの顔を記憶に刻みつけながら、長いことジュリアをじっと見つめた。

「ぼくの話を聞くつもりなら、頼むからいますぐ行ってくれ」

ニックはジュリアをレクサスまで連れて行き、運転席のドアを開けた。

「わたしを一人にしないで」ジュリアはいった。いつもの気丈さが見る影もない。

ニックは懐中時計を取り出し、すばやく時刻を確かめて、ポケットに戻した。

「約束する。きっときみを探し出すから」ニックは手を伸ばして、ジュリアを抱き寄せた。どんなキスよりも思いのこもった抱擁だった。おかげで、つきまとう恐怖と不安がつかの間消え、二人とも相手から力を得ることができた。ニックのいうとおりになるという希望が垣間《かいま》見《み》えたからだ。

たがいに言葉のきつさや怒りっぽさがあったりはするけれど、二人にはわかっていた。それはこの緊張下で、相手を思いやって極度の不安を感じているせいなのだと。

「ジュリア、愛してる」ニックはジュリアを運転席に座らせた。「六十秒以内にここを出るんだ」

ニックはくるりと背中を向けて、家のほうに歩いていった。

「あなたはどこへ行くの?」レクサスの窓を降ろして、ジュリアが声をかけた。

ニックはガレージのなかに入りながら、振り返ってジュリアを見た。

「たぶんぼくは、このとんでもない事態を食いとめる方法を知ってると思う」ジュリアを殺害した人でなしを殺すつもりでいることは、あえていわなかった。

ニックは取っ手をつかみ、マッドルームのドアを引き開けた——。

すると、いつのまにかまた書斎に立っていた。寒気を振り払う。時間のワープに身体が慣れはじめている。懐中時計を見なくても、なにが起こったかわかった。背中に手を伸ばして、そこにシグザウエルがあることを感触で確かめた。

マッドルームから玄関ホールへ出て、キッチンに入る。

「なにか作ってあげようか?」庫内照明の消えた冷蔵庫をのぞきこみながら、ジュリアが訊《き》いてきた。この先どんなことが待ちかまえているかも知らずに、微笑《ほほえ》んでいる。

「少ししたら戻ってくるよ」ジュリアが家にいることに面食らって、ニックはいった。

「ディナーのこと、忘れないでね」

いまでもミューラー夫妻と一緒に食事をしたいとは思わないし、そのことであれほど怒ったにもかかわらず、ニックは思った。時間を逆行するこの一日をなんとか乗り切って、ディナーの席にジュリアと並んで座ることができるなら、これから一ヵ月間毎日でも、喜んでミューラー夫妻とのディナーにつきあおう。

すべての中心にあるのが、今朝発生した強盗事件だ。そこにすべての答えがあり、ジュリアを殺した犯人を見つけて阻止する方法がある。

ニックは静かにマッドルームに入り、壁にかかったジュリアのハンドバッグのなかにこっそり手を入れた。ジュリアのPDAを取り出し、認証カードと細い八角柱状の鍵《かぎ》を手早く探し出す。それらを自分のポケットにしまいこむと、ガレージの扉から外へ出た。

第七章　午後四時三分

メープル通りにある白いコロニアル調の邸《やしき》は、シェイマス・ヘニコットが所有するいくつかの邸のひとつにすぎない。ここ三十年シェイマスは、夏になると家族と一緒に、マサチューセッツ州ケープコッドの南に位置する観光で有名な島、マーサズヴィニヤードにある家で過ごしている。だからこの邸は前からずっと、七月と八月は留守だった。ジュリア・クインだけが依頼人の求めに応じて立ち寄り、ヘニコット家に伝わる芸術コレクションの貸し出しや、慈善事業への寄付といった問題に対処するのだ。

巷《ちまた》ではワシントンハウスという名で知られるヘニコット邸は、二十世紀初頭に建築された。ジョージ・ワシントンが亡《な》くなってからだいぶあとのことだ。街がまだ小村だったころの歴史的ランドマークとして見なされる一方で、現実にはもともとの建物のうち、変わっていないのは二つの外壁だけだった。

一九〇一年の建築当時は、九百三十平方メートル強の敷地面積を誇り、郡で一番大きな邸だった。しかし、古風な街バイラムヒルズの中心的存在だったこの邸も、周囲の街と同じく、ここ百年で起こった無数の開発のなかに埋没してしまった。とはいえ、進歩の名のもとに取り壊された近隣の家やビルの大半とはちがい、ワシントンハウスは時代時代に適応してきた。車時代の到来にあわせて、ガレージが増築された。蛇口から水とお湯が出る、街で最初の家となった。六〇年代には空調と断熱材、ペアガラスの窓が導入された。内装はひっきりなしに変わって、壁が造られ、壊され、広げられて、部屋が増築され、取り壊され、くっつけられた。キッチンも現代的に進化し、一九三〇年代の皿洗い機にはじまって、現在の最高級ブランドであるサブゼロ社製冷蔵庫とバイキング社製ガスコンロにいたっている。

ワイヤレスブロードバンド、衛星テレビ、エネルギー効率のいいセントラルヒーティング、集中オーディオ・ビデオ・システムが備えつけられているが、年老いたシェイマス・ヘニコットとその家族は、そのすべてをほとんど使っていない。

だが最大の改修は、街の都市計画委員会も設備会社も、地元の建設業者も知らないものだが、地下室に凝った改築を施したことだ。家族はダンテの『神曲』ならぬ〝ダンテの金庫室〟と、好んで呼んだ。壁はコンクリートで補強され、天井と床には一センチ以上の厚みのあるスチールが入っているが、内装の全体は、黒っぽいウォルナットの板を張った格天井、腰張板、装飾的な幅木でおおわれている。いわば優雅で広大な金庫室であり、難攻不落の要塞《ようさい》でありながら、イギリスの美しく快適な荘園領主の邸宅風の趣が備わっているのだ。

この地下室のセキュリティは、シェイマス・ヘニコット自身が考案した。彼は父親の芸術コレクションをもとに匿名《とくめい》の贈り物や資金貸付を頻繁に行うなど、守銭奴の金持ちが多いなかで、もっとも気前のよい慈善事業家と思われている。その一方で彼は、自身の所有物のなかにはあまりに魅力的すぎて、現代の人間には隠しておいたほうがいいものもいくつかあると思っていた。

ニックはアウディを邸の裏手に駐《と》め、シートから懐中電灯を取り、ジュリアの鍵《かぎ》と認証カードを使って、裏手の重いスチール製の防火扉を開けた。小さな玄関ホールに入り、認証カードを使って、磁気ロック式の内側のドアを開ける。照明はすべて消えていて、緊急照明のバッテリーも数時間前に切れている。だがセキュリティシステムの基本は二十四時間バッテリーのバックアップで作動していて、認証システムと錠も作動し続けていた。

ニックは一階をざっと見渡した。午後の日射《ひざ》しだけで、充分すぎるほどよく見える。

現代的な家の特徴がすべて備わっていて、居間、ダイニングルーム、キッチン、ファミリールームのほかに、別棟には書斎、ビリヤードルーム、オーディオルームがある。

二階は見ないことにして、暗号化された認証カードを使い、重くて大きな地下室のドアを開けた。八センチ近い厚みのスチールをベニア板が包むドアの向こうには、暗い階段が続いている。ニックは懐中電灯をつけ、ユリの花柄をあしらった高価な緑色の壁紙と、分厚いカーペットを敷きつめた階段を見て驚嘆した。十五段の階段を降りると、別のドアがあった。だがこのドアは上のドアとちがって艶消《つやけ》しのスチール製で、しかもドアノブと蝶番《ちょうつがい》がない。ジュリアのハンドバッグからこっそり持ってきた奇妙な形の鍵を取り出す。ジュリアはこの細い八角柱状の鍵のことやこの邸のセキュリティシステムのことを、一時間ほど前に教えてくれた――いや、いまから一時間後か。そのへんはどの時間軸にいるかによってちがってくる。

細い八角柱状の鍵は八通りの差し方ができるが、錠が開くのはそのうちのひとつだけだ。八つの面にそれぞれアルファベット一文字が刻まれ、それが一年の具体的な日付に対応している。もしこの鍵を二度まちがって差しこめば、このドアは二十四時間開かない。しかももっと悪いことに、背後のドアも完全に閉ざされ、だれかが到着するまで閉じこめられてしまう。つまり地下室全体が、本当の意味で金庫と呼ぶにふさわしいのだ。

ニックは壁のキーパッドにジュリアの社会保険番号を打ちこむと、その上にあるカードリーダーに認証カードを三回通した。今日はたまたまDの日だとジュリアがいっていたので、Dのアルファベットがある面を上にして、細い八角柱状の鍵を差しこむ。最後にその鍵をまわすと、ドアは静かに開いた。

ニックを出迎えたのは、大きな美術館のようなロビーの真ん中にある、テーブル状になったガラスの展示ケースだった。懐中電灯の明かりが、その透明なケース表面に乱反射する。そのガラストップは、真ん中が大きな円の形にこれみよがしに切り取られていた。ジュリアが教えてくれた武器の骨董品《こっとうひん》がいくつか収納されていたにちがいないが、いまはひとつもない。

奇妙でしかたなかったのは、近くの壁にかかった睡蓮《すいれん》の絵だ。それを描いたのがだれかは、いわずもがなだった。くっきりした絵筆の流れと、池に浮かぶ睡蓮の花のぼやけた描き方が、印象派の技法を強く感じさせる。まさに比類のない美しさだが、同時にその目立ちようは、さながら割れたガラスをじっと見おろすアホウドリのようだ。

ここから奪われた骨董品の数々が目も眩《くら》むような価値を持つのはわかるが、クロード・モネの第一級の絵画一点が持つ価値にははるかに及ばない。最近モネの家族が、モネの作品を八千万ドルで売却したばかりだった。

地下室の奥へ進んでいくと、会議室、美術品修復室、湿度がコントロールされた収蔵室があり、収蔵室のなかには、送付先や送り主の欄にスミソニアン博物館、メトロポリタン美術館、ルーブル美術館、バチカン美術館といった世界じゅうの一流美術館の名前が記された、何百もの木箱があった。木箱の形や大きさはさまざまで、なかにどんな美術品が入っているかはわからない。

優雅な家具調度品が備えられたシェイマスのオフィスは、写真が一枚もなく、思い出の品も飾っていないことから明らかなように、人となりを感じさせるものがなく、頻繁に使用している形跡もなかった。

机の前に立つと、十五センチ四方の奇妙な箱が目に留まった。上が赤い半月状のドームになっている。そういえば、似たような箱をモネの絵がかかった壁でいくつか見たし、このオフィスに通じる廊下でも見た。セキュリティ上のものだとばかり思っていたが、ニックはいま、その箱が強盗たちによって置かれたものだと気づいた。監視カメラを作動不能にするための装置だ。

シェイマスという人物を知ろうとして、懐中電灯で、机の上や壁の本棚を照らす。本棚には百科事典、哲学書、宗教書、ダンテの『神曲』、世界の飢餓と貧困に関する論文などがぎっしり詰まっていた。

振り向いて、キャビネットの引き出しを開ける。なかには盾や礼状、メダルや表彰状が並んでいた。けれどもニックがずっと書斎に隠してあるトロフィーとちがって、スポーツ関係のものじゃない。アイスホッケーの試合や水泳競技よりはるかに重みのある、数々の功績に対して与えられたものだ。また質素な盾は、計り知れない価値を持つ活動に対して与えられた。ユニセフ、野生生物トラスト、ハビタット・フォー・ヒューマニティ、国境なき医師団、環境レスキューといった団体がこぞって、ヘニコットには最高の栄誉を与えるのが妥当と判断したのだ。

シェイマス・ヘニコットに会ったことはなかったが、これをひと目見ただけで、彼の人となりを知ることができた。この老人は自分の慈善行為にきまり悪さを感じていて、授与された表彰状やなにかを隠すほうを選んだのだ。

ニックが窓のないオフィスを懐中電灯で照らしながら出ていこうとしたそのとき、懐中電灯の明かりが、壁のわずかな隙間《すきま》をとらえた。黒っぽく塗装されたウォルナットの壁板に両手を滑らせると、手のひらに板の継ぎ目が触れた。ここまで精密に作られた空間のなかでは、受け入れられるはずのないものだ。ニックは片手を壁について、そっと押した。するとその壁が、蝶番のかすかな音を立てながら、内側に開いた。取っ手もドアノブもない細い扉の奥には、二メートル半四方の小さな隠し部屋があった。内装仕上げはしておらず、コンクリートが剝《む》き出しのままだ。天井には簡単な照明が三つぶらさがっているが、ほかの照明と同じように、電気が来ていないため点灯しない。ここにも壁に、赤い半月状のドームがついた箱が取りつけてある。部屋の中心にある二つの金庫は、部屋そのものと同じくらい寒々としていた。一九四八年に作られたハリス社の金庫で、真ん中にフライホイールと真鍮《しんちゅう》製のバーハンドルがある。高さと幅、奥行きが一メートル二十センチほどあるスチール製で、それぞれ重さは五百キロ近くあるだろう。けれどもその金庫を動かす気にさせないのは、その重さだけじゃない。なぜなら二つとも床にボルトで固定されていて、おそらく堅牢《けんろう》な基礎部分にまでそのボルトが入りこんでいるからだ。二つの金庫とも見た目はまったく同じだが、ひとつだけちがいがある。右側の金庫の扉が明らかに開いているのだ。その奥行き約九十センチの内部は、かつてなかにあったものを傷つけないように黒いフェルトでおおわれているが、中身は空っぽだった。

金や銀で作られ、握りや本体に宝石がちりばめられた骨董品級の武器は相当な価値があるだろうし、ブラックマーケットでも数百万ドルはするにちがいない。しかしそれは、シェイマス・ヘニコットが所有する富の氷山の一角にすぎない。八千万ドルのモネが盗まれずに壁にかかっていたし、収蔵室は一流美術館級の価値を持つ芸術品でいっぱいだった。なのに強盗たちはそれにはまったく手をつけず、この空っぽのハリス金庫のなかにあったもののほうを選んだのだ。

それはダイヤモンドだったのかもしれないが、ニックはもっと大きな、ジュリアさえ知らなかったものじゃないだろうかと思った。シェイマス・ヘニコットがこの美術館のような地下金庫室のなかの、このオフィスの隠し部屋のなか、スチール製の金庫のなかに隠すことを選んだものだ。

＊

「よう」マーカスはそういって、自宅の玄関ドアを開けた。グレーのピンストライプスーツに、折り目がきれいに入ったズボン、糊《のり》のきいた皺《しわ》のないシャツ、身体《からだ》の中心に沿ったエルメスの青いネクタイという格好だ。

「砂糖を借りに来たのか、それとも電気がほしいのか？」裏庭でモーターの唸《うな》りが聞こえる。「だから発電機を取りつけろといったんだ」

「助けがほしいんだ」ニックはそういってドアを抜け、広い大理石の玄関ホールに入った。

「少なくとも助けがいることは、ようやく認める気になったわけだ」小さく笑いながら、マーカスはいった。

「車の登録ナンバーを検索できる知りあいはいるかい？」

「自動車局のマーティン・スカーズだな」ニックがふざけた気分じゃないのを知って、マーカスも真顔になった。「あいつにはいままでなにかと世話になってきた。うちの法律部門もあいつとはつきあいが深い。どうした？　また違反切符を切られたのか？」

ニックはマーカスのジョークにつきあう気になれず、首を横に振った。

マーカスは書斎に案内してくれて、机の前にあるウィングバックチェアのひとつに座った。ニックはその向かい側にあるウィングバックチェアに座った。

座ったマーカスの顔が、悲しみで曇った。

「どうしたんだ、だいじょうぶかい？」ニックは訊《き》いた。

「ちょっと前までオフィスと電話してたんだ。まったく信じられないよ。半年前にうちで雇った、ジェイソン・セレタって若いのを知ってるだろ。三月におれたちと一緒にレンジャーズの試合を見に行ったやつさ」マーカスは一瞬言葉を詰まらせて、首を振った。「あいつが502便に乗ってたんだ」

「そうだったのか」ニックは残念そうにいった。

「まだ若いのに、子どもが二人もいる。赤ん坊が赤ん坊を養ってるようなもんさ。あいつは新たに買収する会社を調べるため、ボストンに向かうところだった。なのに死んじまうなんて。おれがあいつを死に追いやったようなもんだ」

「ばかなことというなよ。きみだってわかってるはずだ。人生なにが起こるかなんて、だれにもわからないのさ」

「そうか？　あいつは〈ハリックス・スキー〉って会社のオーナーと会うためにボストンに向かってたんだ。おれはジェイソンに、あの会社のスキーが子どものころから好きで、どれほどあのスキーを自分のものにしたいか話した。ああいう堅実な会社は投資としても魅力的だし、製品の試乗も、あのキュートなキャンペーンモデルたちの試乗も、きっと楽しいだろうと――あいつはいいやつだった。仕事の経験を順調に積みながら、おれを喜ばせることをやろうとしてくれてたんだ」マーカスはそこで間をおいた。「安らかに眠りたまえ」

「ぼくも心から冥福《めいふく》を祈るよ。でも自分を責めちゃだめだ」

「もしだれかがおまえの金を稼ぐために旅に出て、その旅の途中で死んだら、おまえはどんな気分になる？」マーカスは、自分に対する怒りを声に滲《にじ》ませた。

「ジュリアもあの便に乗るはずだったんだ」ニックはいった。

「なんだって？　冗談だろ？」とたんにマーカスは、ショックで口ぶりが同情へと変わった。「どうして乗らなかったんだ？」

「乗ることは乗ったんだよ」

マーカスはじっとニックを見つめていた。

「でも離陸する直前に、飛行機を降りたんだ」ニックはいまだにその運命の皮肉に、慣れることができなかった。「依頼人の邸《やしき》が強盗にあってね。それに対応するために降りたのさ」

「そりゃ奇跡的だな」

「じつはそのことで、ここに来たんだ」ニックはそこで間をおいて、切り出した。「ジュリアはあの飛行機を降りはしたけど、結局殺されてしまったんだよ」

マーカスは度肝を抜かれて、上体を起こした。

「その強盗たちが、ジュリアを殺したんだ」

マーカスは禿《は》げかかった頭を両手で撫《な》でた。あまりの衝撃に、目が落ち着きを失っている。

「ニック、なんていっていいか」マーカスは同情して身を乗り出した。

ニックは片手をあげて、マーカスの思いやりを制した。

「ぼくのことを信じるかい？」

「なんだって？」マーカスはまごついて訊き返した。

「ぼくのことを信じるかい？」

「そんなこと訊くまでもないだろう。どうかしてるぞ」

「この世でほかにだれも信じないような、理屈もへったくれもない奇想天外な話をしても、ぼくを信じるかい？」

「おいおい、おれを担《かつ》ごうとしてるんなら――」

「もしそれがジュリアの命を救う鍵《かぎ》だとしたら？」

マーカスは真顔になった。

ニックはポケットに手を入れて、金の懐中時計を取り出した。蓋《ふた》を開けると、内側の銀の表面が、書斎に光を反射した。ニックはそれをマーカスに手渡した。

「フギト・インレパラビレ・テンプス《Fugit inreparabile tempus》」マーカスは懐中時計の内側に刻まれた言葉を読んだ。「〝時は逃げて二度と取り返せない〟。ローマの詩人ウェルギリウスの言葉だ。光陰矢のごとしということわざは、この時は逃げて《テンプス・フギト》いくから生まれたんだ」

ニックは例の手紙を取り出して、それを開け、マーカスに手渡した。マーカスは机の上に懐中時計を置くと、椅子《いす》に寄りかかって、手紙を読みはじめた。

二度読んだあと、マーカスは目をあげた。

二人は黙りこんで、たがいをじっと見つめた。

「ジュリアは、今日の夕方六時四十二分に殺される」ニックは押し寄せる感情に流されそうになるのを、懸命にこらえた。「ぼくがジュリアを救える唯一《ゆいいつ》の方法は、殺した男を見つけ出して、阻止することだ」

マーカスは親友の神経がとうとうおかしくなったと思って、呆然《ぼうぜん》としている。

ニックは携帯電話を取り出して開き、携帯カメラで撮ったジュリアの死体写真を表示させた。その写真を撮った直後は、ジュリアの命の尊厳を冒瀆《ぼうとく》する行為だと思って後悔した。まるで凶器の銃の引き金を引くような気分だったが、同時にそれが、マーカスを納得させる一番手っ取り早い方法になることもわかっていた。ニックは目をそらしながら、その写真を親友に見せた。

マーカスはなにが写っているかも知らずにその写真を見て――自分が目にしているものがなんなのかわかった。

「なんてことだ」

ニックはなにもいわなかった。

マーカスは食い入るようにその写真を見つめ、たちまち悲しみと悪心《おしん》に襲われた。携帯電話の画面いっぱいに写る、左側を吹き飛ばされたジュリアの顔を見て、呼吸が速くなった。

「おまえ、いったいなにをしたんだ?」マーカスはニックに怒りをぶつけた。

ニックはなにも答えず、目に心の痛みを浮かべた。

マーカスはいきなり書斎を飛び出し、玄関ドアを開けて、ニックの家に向かって全力で芝生の上を走りはじめた。

だが急に立ちどまり、それがあまりにも唐突だったため、あやうく転びそうになった。

「いつもスーツ姿でジョギングに行くのね、マーカス」ジュリアがからかってきた。ブロンドの髪が夏の風に揺れている。

ジュリアは車寄せに立っていて、黒いレクサスの後部ドアを開け、キャンバス地のバッグを取り出しているところだった。

マーカスは目にしている光景が理解できず、前かがみになって両手を膝《ひざ》につき、激しく喘《あえ》いだ。

「ジュリア」苦しい息のあいだから、マーカスはいった。「だいじょうぶか?」

「わたしならだいじょうぶよ」ジュリアはそういって笑うと、地面にバッグを置いて、マーカスのほうへ歩いてきた。「そっちこそだいじょうぶ? なんだか幽霊でも見たような顔してるけど」

「それが、ニックから話を聞いて……」

「じゃあニックは、あなたの家に?」ジュリアはマーカスの家のほうを見やった。「さっき大慌《おおあわ》てで飛び出していったけど、あなたを脅かすようなことしてるの?」

ジュリアが横に並んだとき、マーカスは背筋を伸ばして立った。いま生身のジュリアを目の当《ま》たりにしていても、ニックの携帯電話の写真があまりに真に迫っていたため頭にこびりついて離れず、気温が三十一度を超えているのに、背筋に悪寒が走った。

「どうしたの、そんなひどい顔して」ジュリアがなかばからかいながらいった。「なにか持ってきましょうか?」

マーカスは首を振った。

「そう、だったらどうしてそんなに急いでうちに走ってきたのか、そのわけを説明してくれる?」

「それは……」マーカスは言葉を失った。ほんの二分前に携帯電話で見せられたものを、話すわけにはいかない。

「わたしがあやうく死にかけたこと、聞いた？」

マーカスは呆気《あっけ》にとられた。ジュリアがなんのことをいっているのかわからなかった。

「まだ信じられない。あの人たちがみんな……死んでしまったなんて。まさかあの飛行機が、離陸直後に墜落したなんて」憂《うれ》いに満ちた声だった。「わたしは死ななくてほんとに幸運だった。いまは息をするたびに生きてる実感を噛《か》みしめてる。もう命があることが当たり前には思えないわ。こんなことがあると、運命ってものを信じるようになるわね。わたしは今日、死にかけたの」

＊

たったいま腹部にパンチを食らってきたかのような顔で、マーカスは書斎に戻ってきた。一瞬棒立ちになりながらも、落ち着きを取り戻そうとしている。

「こいつはたちの悪いジョークか？」怒りに胸を震わせて、マーカスは叫んだ。「冗談もいい加減にしろ」

ニックは革張りの椅子に座って親友を見つめたまま、首を左右に振った。

「こんなことで冗談なんかいうもんか」

マーカスは精神的に疲れ切って、机の横にあるハイバックのウィングチェアに倒れこむように座りこんだ。そのまま二分間、書斎を見まわしている。ニックには、マーカスの頭のなかが見えるようだった。マーカスは目を閉じて、頭を背もたれにあずけた。

「おまえの頼みはでかすぎる。こいつは大きな賭《か》けだぞ、ニック」

「わかってる」ニックは静かにいい、目で親友に頼みこんだ。「きみを巻きこんですまない。でも信頼できるのはきみしかいないんだ。こんな話を打ち明けたからってぼくのことを頭のおかしいやつだとは思わない、たった一人の人間だからね」

「未来のおれが見えるのか？」

「ああ、いまから数時間後なら」ニックはうなずいた。「きみはぼくのすぐ横にいる。警察がぼくをジュリア殺しの犯人だと決めつけようとしているとき、きみはぼくを擁護してくれるんだ」

「なんてことだ」マーカスは頭が爆発するのを防ぐかのように、両手でこめかみをぎゅっと押さえつけた。「こんなのいかれてる」

「ぼくもそう思う」ニックはうなずいた。

「どうやって時間をワープするんだ？」

「説明はできない」ニックは静かにいった。「それにこれはなにかの悪夢かもしれないけど、ぼくがジュリアを殺したやつを見つけないと、ジュリアが死んでしまうことだけは確かだ」

「そいつを見つけたら、どうするつもりだ？」

「結果的にどうなろうとかまわない」

「おれの質問に答えてないぞ」マーカスはいった。

「ぼくがどうするつもりか、わかってるだろ」

「相手が一人じゃないとしたら？」

ニックはマーカスをじっと見すえた。

「何人だろうと、殺すまでさ」

マーカスは真鍮《しんちゅう》製のフットレストがついたバーのほうへ行き、ティファニーのクリスタルグラス二つを棚から取って、ジョニーウォーカーの青ラベルのスコッチをグラスに注いだ。戻ってきて、片方のグラスをニックに手渡す。

「おまえのほうはどうか知らないが、おれには自分の頭を鎮《しず》めるものが必要だ。このままだとこんがらがって、わけがわからなくなりそうだからな」

「ありがとう」ニックはそういって、感謝の意味でマーカスのほうにグラスを傾けた。

「ぼくはあの犯人を見つける必要がある」

「おまえがジュリアをこのバイラムヒルズの外へ連れ出せば、犯人が銃を持ってやってきても、ジュリアは家にいないわけだろ」

「たしかにそうだし、実際ぼくも、ジュリアをこの街から出ていかせるんだ、いまから一時間半後に。でもそれだけじゃ、ジュリアの命を狙《ねら》ってるやつらを食いとめることにはならない。ジュリアはあの飛行機に乗らなかったことで死なずにすんだけど、結局あとで撃たれて殺された。その銃弾から彼女を引き離したとしても、あとでまたやつらがジュリアの命を狙わないともかぎらないだろ？　だからぼくは、まだ方法があるうちに犯人を見つけなくちゃならないんだ。時間が味方してくれるうちに」

「頭がどうにかなりそうだ」マーカスはいった。

「とにかくぼくの話を信じてくれ。ぼくだってこれを何時間か経験してきてるのに、いまだに慣れてないんだ」ニックはいった。「ぼくの行動のひとつひとつが、すでに起こるのを見た出来事に影響を与えて、結果を変える。だからここに来てきみになにもかも打ち明けることによって、ぼくは予想もつかない方向へと未来を変えてるんだ。

ぼくからなにが起こるか聞いたからには、きみはいまから三時間後、ぼくがジュリアを殺したやつを見つけるために自分の家に入るのを止めようとはしない。いまから三時間半後には、ぼくはジュリアの死体と一緒になんかいないだろう。四時間後、きみはこの自宅に戻ってきてぼくにスコッチを差し出したりしないだろうし――」ニックはグラスを掲げた。「親友らしく慰めたりもしないだろう。そう、ぼくらはまさにこの部屋に座っていたんだ。きみは仲のいいミッチ・シュロフに電話をかけて、あいつは最高の弁護士だからとぼくにいうが、ミッチは時間に遅れてしまう。しかもミッチは、ゆうべヤンキースが勝ったために、きみに千ドルの借りがある」

マーカスは、たったいまニックが奇跡を行ったかのように、じっと見つめた。

「その賭けのことはだれにもいってないんだ。いかれてるとしかいいようがない」

「いまをきっかけに、なにもかも変わるんだよ」

「ニック」マーカスは親友を見ていった。「なかには変わらないものもある。おれはおまえのためならなんだってやるぞ」

「いいや」ニックはいった。

「やるっていってる――」

「いいや、きみはやらない。ここにいないんだ。ぼくがいまからきみに、ジュリアを連れてできるかぎりバイラムヒルズから離れるように頼むからさ。ジュリアから決して目を離さないでくれ」

「しかし、それはもうおまえがやったんじゃないのか。いまから一時間半後にジュリアを街から出て行かせたんだろ?」

「たしかにそうしたよ。ジュリアは五時五十九分に車で街を出て行った。でもきみがジュリアと一緒に行ってくれたら、しかもいまから一時間半後じゃなくてこの一時間のうちだったら、ジュリアには見守ってくれる人がそばにいることになるし、そのほうがはるかに安全だ」

「おまえとジュリアのためなら、なんだろうとやってやるさ」

「わかってる」ニックはいったが、うなずいたしぐさのほうがもっと雄弁だった。

「おれの仲間のベン・テイラーを知ってるだろ? ジュリアを連れて、あいつのうちに行こうと思う。元軍人の家にいたほうがジュリアも安全だろうからな」

「それはいい考えだ」

「完全に心配が取り払われたときは、どうやっておれに知らせてくれる?」

「ぼくのほうから探しに行くよ」

「おまえから連絡がなかったら?」

「そのときは警察に行ってくれ。たぶんぼくは生きちゃいないだろうから」

＊

急いでニックはマーカスに、一時間ごとに自分の身に起こったことすべてを話し、自分が集めた情報を伝えた。聖クリストファーのメダルから、青いインパラ、ジュリアのオフィスで飛んできた銃弾、ヘニコット邸で見てきたばかりのものまで。

「ひとつ質問させてくれ」マーカスがいった。「さっきの手紙の下のほうに、妙な文字があっただろ……」

ニックは手紙を取り出して、下のほうを見た。

「なんて書いてあるかわからない」ニックはいった。

「こんな言語、見たことがないな」

「ぼくもさ。でもそんなことを考えてる余裕はないんだ」

「最後にはおまえはどうなる？」マーカスは訊《き》いてきた。

「警察に、ジュリア殺害容疑で逮捕される」

「なんてことだ、こんなのいかれてる」

「まさにきみはそういうんだ。警察がぼくを逮捕するためにここに来たときにね」ニックは書斎を指さした。

「おまえが逮捕される？」信じられないといいたげだ。「ここで？」

「きみはそれをやめさせようとして、刑事たちを殴り倒しそうな勢いだった」ニックは微笑《ほほえ》んだ。「きみにはそのことで、感謝してもしきれない」

「水臭いことというな」マーカスは混乱した頭でいった。「おれはこんなの――いかれてると思う」

「刑事たちは、この家のドアを蹴破《けやぶ》る」

「どのドアだ？」マーカスは歯ぎしりしながら訊いてきた。

「実際には二つのドアだ」ニックは謝るようにいった。「玄関と、書斎の」

「くそ。どっちも高かったのに」

「でもきみは、ヤンキースがまたレッドソックスに勝つことを知って、機嫌がよくなるだろう」

「そうか、それでミッチにもう千ドルの貸しができるな。いまからあいつに電話して、倍かゼロかの賭けを持ちかけてみるか」

「ヤンキースは九回裏にジーターのさよなら満塁ホームランで、六対五で勝つんだ」

「だったらなおさら電話しなくちゃな」

ニックは微笑んだが、真顔に戻りながら、マーカスに一枚の紙を手渡した。

「ジュリアを殺した犯人が運転していた車のナンバーだ」

「ニック」マーカスは理屈の通らない状況のなかで、理性の声であろうとした。「それは警察に渡せ」

「まだ起こってない殺人事件で？」

「これだけのことだ、相手にしてくれないはずがない。電話しろ」

「じつはもうしたんだ。たいして協力的じゃなくてさ」ニックは深く息を吸った。

「街じゅうの警官が飛行機墜落事故の現場に出ている。ジュリアが殺されるまで、この件に対応してくれる人間は一人もいないんだ」
「携帯電話の写真を見せればいい」
「そんなことしたら、警察はぼくのことを頭のいかれた人間として勾留し、やっぱり
ジュリアは死ぬことになるだろう」
ニックは机の上から懐中時計を取って、時間を見た。四時三十分。
「その車の持ち主を見つけるのを手伝ってくれないか？　あまり時間がないんだ」
マーカスは同情の目でニックを見て、電話を取り、番号を打った。
「ヘレンか？」マーカスは相手の応答を待たずに続けた。「いまからきみに会議室へ
連れてってもらいたい連中がいるんだ。ナンシー、ジム、ケビン、ジョージ、ジーン、
ＫＣ、ジャッキー、スティーブだ。火災訓練だよ」
「コンピューターを借りてもいいかな」ニックは小声でいった。
マーカスはうなずいて、ニックはモニター三台の前に座った。それぞれのモニター
には財務諸表、株価ティッカー、マーケットニュースが表示されている。
「真ん中のモニターを使え」マーカスはそういって、電話を耳に押し当てながら、書
斎から出て行った。「まさかこんなことになるとは……」
ニックはパームパイロットをコンピューターの前に置くと、赤外線通信ポートを介

してファイルを転送した。前と同じように、六つのファイルが画面上にあらわれた。

すぐに二つめのファイルに飛ぶと、画面上に監視カメラ映像が複数あらわれた。音声のないところが、安っぽい学生映画を思わせる。マウスをクリックし、ひとつの映像に焦点を当てて拡大すると、大きな艶消《つやけ》しスチールのドアが画面いっぱいに広がった。ニックは映像を早送りし、ドアがゆっくりと開いて黒っぽい髪の男があらわれたところで、ビデオを一時停止した。

印刷ボタンを押して、きめが粗いながらもはっきりわかる画像写真を、プリンターから取り出した。痛々しいほど痩《や》せていて、白いオックスフォードシャツを着た男。顔はやつれ、目もとはサングラスで隠れている。

ニックはプリントアウトした写真をじっと見つめて、視線をモニター上のもとの画像に戻した。が、男のシャツの襟のなかが見えない。ポケットに手を突っこんで聖クリストファーのメダルを取り出し、その長さを確かめる。少なくとも画面に映っている男のシャツの第二ボタンの下まではありそうだ。

再生ボタンをクリックして数秒先へ進めると、画像が真っ白になった。真っ白な画面をさらに二十分ほど早送りしたが、そのままファイルは終わってしまった。

三つめのファイルに移ると、寝室と居間の映像が出てきた。また早送りして、二十分の映像になんの動きもないことがわかった。四つめと五つめのファイルは、見たことのある場所——金庫、収蔵室、廊下と会議室——を映した映像で、盗まれる前の優雅な剣、短剣、銃が収蔵された無傷の展示ケースにはじまって、ヘニコットのオフィス、二つとも扉が閉ざされた安全なスチール製の金庫へと続いている。やがて右下に表示された時刻が十一時十五分になったところから、二つのファイルとも画像が真っ白になった。

六つめの最後のファイルもクリックしたが、すぐに妨害にあった。ウィンドウがポップアップして、該当するファイルがありませんと表示されたのだ。ニックはパームパイロットからコンピューターに再度ファイルを転送し直して、もう一度確認した。

すると、マーカスが書斎に戻ってきた。

「暗号化されているみたいだな」マーカスがニックの肩越しにいった。「おそらくマル秘ファイルだ」

ニックは懐中時計を取り出して時刻を見た。つぎのワープまであと十分しかない。ファイルから得られた情報は予想以上に少なかった。

「なにを見つけた?」マーカスが訊いてきた。

「たいしてなかったよ」ニックはマーカスに、男の画像をプリントアウトしたものを手渡した。「強盗は午前十一時十五分にはじまったらしい」

「よし」マーカスはプリントアウトをじっと見つめながらいった。「これで犯人の顔がわかったわけだ。幸先《さいさき》がいいぞ」

「ああ、一ヵ月あればね。でもぼくには、あと数時間しかない」

「おまえは犯人の顔がわかったかもしれないが、おれはもう少しわかったことがある」マーカスは手にしたファックスのプリントアウトを読んだ。「おまえの見たシボレーはレンタカーだ」

「くそ」ニックは首を振った。

「そうくさるな」マーカスはファックスを読みながら、四角い顔の男の写真をニックに渡した。髪はブロンドで、後ろに撫《な》でつけてある。シャツの襟とネクタイの幅からして、明らかに古い写真だ。少なくとも二十年は前だろう。「その男の名は、ポール・ドレイファス」

ニックは二つの写真を見くらべた。とても同じ人間には見えない。

「これをどう使えっていうんだい？　こんな男、どこにでもいるただの間抜けかもしれないじゃないか」

「おれのことをもうちょっと信用してくれ。おれはオフィスの全員に、いまやってることをやめて、この男のことを調べるように命じた」マーカスはファックスを読み続けた。「事業で大成功した男だ。ペンシルベニア州フィラデルフィアの、ハーバーフォードのメインラインに住んでる。結婚して子どもが二人いて、退屈な生活だ。自家用飛行機を操縦すること以外にあまり趣味がない」

「その男が、フィラデルフィアから来たって？」ニックは驚いた。

「いいから聞けって。うちの部下はやることが完璧《かんぺき》なんだ」マーカスは誇らしげにいいながら、ニックを見た。「このポール・ドレイファスは自家用飛行機を操縦して、今日ウェストチェスター郡空港に来た。だがおれたちが確認したところ、フィラデルフィアやニュージャージーのどの空港からも、この男が離陸した記録がない」

「空港を探し切れなかったってこともある。その男がどこから来たかがそんなに大事かい？」

「結論に飛びつくのはまだ早いぞ、シャーロック」マーカスはにやりと笑った。「〈ハーツ〉レンタカーがこの男の会社と契約してるんだ。〈ハーツ〉は今朝八時三十五分に自家用ジェットターミナルまでシボレーを届けた。自家用飛行機から降りてきたこの男にな」

「だとしても――」ニックは焦《じ》れったくなってきた。「もしその男が強盗をするつもりなら、なんで車なんか借りて書類上の手がかりを残したりするんだい？」

「こっちにも話の段取りってもんがあるんだ。そう急《せ》かすなよ」マーカスはいった。

「この男は〈DSG〉に勤務していて、金持ちにはセキュリティのプロとして知られている。セキュリティ業界では、〈セキュア・システムズ〉のマイケル・セント・ピエールのつぎに優秀なセキュリティシステム設計者って話だ。この男はCEOで、実際には弟のサムが共同オーナーになっている。この国でもトップのセキュリティ会社を、兄弟でやってるってわけさ。つまりこの男は、〈ドレイファス《D》・セキュリティ《S》・グループ《G》〉そのものなんだ」

「内部の犯行だったわけか」ニックは平然といってのけた。

「うちの部下が調べた内容からすると、この男は世界じゅうにいろんな形で五千万ドル以上の財産を持ってるらしい。かなりの大金持ちだ。おれが思うにこの男は、手癖が悪いか、認証コードを売るかで稼ぎまくったにちがいない」

「いや、そううまくはいかないよ」ニックはいった。「自分のセキュリティシステムがひとつでも破られたという噂《うわさ》が広まれば――彼はその会社のセキュリティシステム設計責任者であり、CEOなんだろ――すぐに仕事が来なくなるし、たちまち捜査の手が及ぶはずだ」

「そりゃそうだが、強盗事件が発生する日にこの男が来たってことは……？」

「一見してその男は内部の男だけど、ほかにも内部の人間はいるし、彼はジュリアを殺した犯人じゃない」

「おれの部下が最初にドレイファスを探したとき、その名前の男が八時半発の飛行機でフィラデルフィアを出たことがわかった」

「きみは彼が八時三十五分に車を受け取ったといったじゃないか。それじゃ辻褄《つじつま》があわない」ニックはいった。

「ああ、だがもっと奇妙なことがあるんだ。その八時半の飛行機に乗ったドレイファスは弟のサム・ドレイファスで、その飛行機がウェストチェスターに到着したのは今朝の十時十分だ」

「兄弟でぐるになって強盗を働いたってことか」

「つまり、一人がすべてお膳立《ぜんだ》てして、もう一人と合流し、仕事をやって、その後数時間をかけて痕跡《こんせき》を消し――」

「ジュリアを殺した」ニックは重苦しい声でつけ加えた。

「おれはミッチに貸しがある二千ドルを賭《か》けてもいいが、兄弟はジュリアを殺したあと、今夜ここを飛行機で発《た》つつもりだ。だがそうはならない。だろ？」マーカスはにやりと笑った。「なぜならジュリアはだいじょうぶで、ちゃんと生きてるからさ」

「ありがとう」ニックはいった。

「感謝なんかするなよ。事実なんだから」マーカスは力強くうなずいた。「おまえはドレイファス兄弟の名前を手に入れたし、そのうちの一人の写真も手に入れた。それにヘニコット邸に押し入った強盗の一人の写真も手に入れた。おれがおまえだったら、それを持って警察に行くがな。強盗の話をして、やつらがかならずジュリアの命を狙《ねら》うことも伝えて捜査をはじめてもらいながら、おまえはおまえ自身で探すんだ」

ニックはにっこり笑った。

「頼みをひとつ聞いてくれるかい？」

「またかよ？　まったく切りがないな」

「一筆書いてほしいんだ」

「なに？　どうしてだ？」

「まだきみの助けが必要だからさ」

「助けならいくらでもなってやるさ。おまえを見捨てるつもりはないからな」

「わかってる」マーカスを友だちに持ったことがうれしくて、ニックは微笑《ほほえ》んだ。

「でも、つぎにまたきみに会うのは数時間前になるだろうから、そのときのきみは、この件をまったく知らないわけだ。またもう一度きみを納得させるなんてごめんだからさ」

「こんなのばかげてる」マーカスはすぐに机の引き出しを開けて、なかからイニシャル入りの便箋《びんせん》を一枚取り出した。

「きみしか知らないことを書いてくれ」ニックはいった。「ぼくが知ってることだとか、だれにでもわかるような内容だとしたら、きみは納得しないだろうから」

「やれやれだな」マーカスはなかばくすくす笑いながらそういうと、真顔になった。すぐに取りかかり、二分もかからずに書き終えた。その手紙にサインすると、机の引き出しを開けて型押しの社印を取り出し、手紙のサインの部分を隙間《すきま》に挟んで取っ手を握りしめ、社印を型押しした。

「サインの上に型押しするのが、おれのサインの仕方なんだ」マーカスはいった。

「このやり方をするのはおれだけだ。おれは会社の文書にしかこのやり方を使わないし、取引が本物だってことを証明するために、自分のサインの上にしかこの型押しをしない。つまりこんなサインの仕方は、ほかにないってことだ」

マーカスは手紙を折りたたむと、封筒を取り出して、そのなかに入れた。

「ちょっと待て」マーカスはコンピューターのほうに身体《からだ》を向けた。インターネットをクリックして、〈ウォール・ストリート・ジャーナル〉のホームページを開く。大見出しは502便の墜落事故で、その隣にダウ平均、S&P500種、ラッセル・インデックス、十年物国債といった株価指数の今日の終値に関する経済情報があり、下のほうには最新の経済ニュースの見出しが並んでいる。マーカスはすばやく印刷ボタンを押して、プリントアウトを取り出すと、それも同じ封筒のなかに入れた。

「過去の自分に未来のことを教えるんなら、儲《もう》け話につながりそうな証拠をひとつくらいくれてやってもいいだろ」マーカスはにやりと笑って、その封筒に封をし、宛名《あてな》にすばやく自分の名前を書いた。

「過去のおれがこれを読んだら、おまえもおれも頭がおかしくなったと思うだろうな」マーカスはそういってニックに封筒を手渡し、ニックはそれをジャケットの内ポケットにしまった。

「説得力さえあれば、きみがどう思おうとかまわない」

ニックは懐中時計を見た。四時五十九分。

「この街からジュリアを連れ出してくれ」ニックはいった。「それと約束してくれ、かならずジュリアを守ると」

「おいおい、おれをだれだと思ってる」マーカスはそういって、ニックを安心させようとした。

「万一ぼくの身になにか起こったら……」

「おまえの身になにか起こったら、おれは軍隊を組織してなにがなんでもそのクソ野郎どもを見つけ出し、そいつらに息をするたびに後悔させてやるさ」

ニックはにっこり笑って、親友への感謝で目を潤《うる》ませ、書斎をあとにした。玄関ホールに行き、すばやく玄関から外へ出る。

マーカスには出窓越しに、長い横庭を歩いて自分の家に向かうニックの姿が見えていた。そのときふとあることを思い出して、ニックを追って書斎を飛び出し、玄関ドアを開けた。

「おい、そういえば……？」

しかし、二人の家のあいだにある長い横庭はがらんとしている。

煙となって消えたかのように、ニックの姿はなかった。

第六章　午後三時

サリバンフィールド運動公園は、街の中心から三キロほど離れたところにある広い土地だ。さまざまなスポーツの競技場があるが、六年前、近くに広々した本社を持つ〈インターナショナル・データ・システムズ〉が、固定資産税を大幅に優遇してもらうのと引き換えに、街に寄付したものだ。会社は土地を提供したばかりでなく、建築家や建築作業員、造園業者まで雇って、アメリカでもトップレベルの公共運動施設を造りあげた。その唯一《ゆいいつ》の目的は、学齢児童にスポーツへの努力や情熱、娯楽の場を与えてやることだ。

ダグアウトや外野席を備えた野球場がいくつかあり、サッカー場やラクロス競技場、テニスコートやバスケットボールコートもいくつかあるし、フットボール競技場、トラック競技場、十一月から三月まで開いているアイスホッケー用の野外リンクもある。

中央管理棟には、ロッカーとバスルーム、自分の子どもたちが蹴《け》ったり打ったりボールを投げたりするのを親たちがゆっくり見たいときに、幼い兄弟を預けるための保育所まであった。

全面にスプリンクラーが設置された芝生はゴルフコースなみにきれいで、造園業者たちは、その芝生のまわりを縁取るように植えられたきれいな茂みや花を維持していた。

サリバンフィールドは、ウェストチェスター郡空港の北西約三キロのところにあり、毎日空港に離着陸する飛行機を見るのに理想的な、見晴らしのいい場所となっている。二百十二名が命を落とした悲劇の墜落事故に、不幸中の幸いなどありえないかもしれないが、今日は夏の金曜日だ。学校は夏休みだし、地元のキャンプ地は街の反対側にある。重さ八十トンもあるジェット機がサッカー競技場に激突し、深さ三メートルの穴をえぐって、バウンドしたりねじれたりしてあたりを破壊しながらその機体を八百メートル引きずり、野球場やフットボール競技場を突き抜けて、中央管理棟の四百メートル手前でようやく停まったとき、サリバンフィールドにはありがたいことに、人気《ひとけ》がなかった。

中央管理棟は、本来ならもっと楽しい目的で造られたものだが、いまや502便の遺体と遺品の、回収と後片づけの拠点となっていた。

郡じゅうから来た消防車が機体の残骸《ざんがい》のまわりを、幌馬車隊《ほろばしゃたい》のように取り囲んでいた。何千リットルもの水が、いまだに熱くて煙をあげている地面に放水されては、たちまち蒸気となって立ちのぼっていった。消防士たちは消防車のステップに腰かけ、困難な作業に心身ともに疲れ果てて、一人の命も救えなかったことに打ちひしがれていた。

墜落現場全体を監視している州兵の小さな派遣部隊は、アメリカ本土内での自分たちの兵役にこのような悲劇への対処まで含まれるとは、想像もしていなかった。

機体はばらばらに切り裂かれ、さながらなにかの生き物が炭酸入りの缶に牙《きば》を突き立てて嚙《か》みちぎったかのようだ。森の端には、地面から突き出したように見える白い尾翼部分があった。そこに描かれたノースイースト航空のロゴは炎をまぬがれ、N95301という機体番号も判読できる。この残骸だらけの野原にある物体がかつてジェット旅客機の一部だったことを示す、唯一の証拠だ。

鼻を刺すような刺激臭があたりに漂っていて、おぞましい光景の数々に吐かなかった人でも、焼けた死肉や溶けた金属、焦《こ》げた地面の臭《にお》いには、吐き気を催してしまうだろう。引火性の高いジェット燃料を満タンに積んでいた502便は、地面に激突した直後に火の玉となって、最初の爆発の炎熱が、四百メートル先の木々や草花を焼き尽くした。その火の玉は、何キロ先からも見える大きなキノコ雲となって立ちのぼり、黒煙が空を暗くして、何時間も太陽をおおい隠した。さらにその黒煙に取って代わるように、放水によって鎮火される過程で立ちのぼった蒸気の白い煙が、やはり空をおおった。奇妙なことに、残骸のほとんどは見分けがつかないほど焼かれたにもかかわらず、無傷で残っているものもいくつかあった。

アルミ製のねじれた大きな破片が泥だらけの地面に横たわり、乗客たちの荷物は蓋《ふた》を開けてあちこちに散乱していた。女もののブラウスや子ども用のスニーカーが落ちている光景は、事故の大きさと破壊の爪跡《つめあと》を如実《にょじつ》にあらわにしていた。

そして二百以上の、男や女、子どもの死体。身元を判別できる死体はなく、五体満足な死体もない。現場には端が泥で濡《ぬ》れた何百もの白いシーツが点在していて、そのシーツの下にある死、不意打ちのように襲ってきた死を、いやでも想像させた。

悲しみに暮れる家族たちは、街の地元民や家族に制止されていた。苦悶《くもん》の悲鳴、愛する者を失った人々の叫びがあたりに谺《こだま》して、それ以外には蒸気をあげる地面の音しか聞こえなかった。だれもが黙りこみ、たがいに目をあわせようとしなかった。

国家運輸安全委員会が機体の残骸を調べて、死の寸前までの生々しい瞬間を記録したブラックボックスを回収するあいだ、なにひとつ動かされなかった。

破片の横にはバーコードと数字が入った小さな黄色い旗が立てられ、破壊の状態を分類してあった。コンピューター上で墜落の瞬間を再現し、専門家たちが事故の原因を分析できるようにするためだ。国家運輸安全委員会は、残骸のどこかにあるブラックボックスを探す一方で、ひとつの謎《なぞ》を解くために、墜落までの瞬間を綿密に再構築しようとしていた。彼らが受けている指示は、いつものように、将来の事故を防ぐことであり、まだ特定されてない今回の事故の原因が、別のこういう事故につながらないようにするため、新たなガイドラインの策定をうながすことだった。

＊

ニックがサリバンフィールド運動公園に向かって車を走らせているとき、墜落現場がいやでも目に入ってきた。園内道路は谷間のようになった現場へと降りていき、周辺をぐるりとまわって、事故現場全体に広がる悲劇を見せている。百台以上の救急車が待機しているが、救急救命士や救急医療士の仕事は、激しく損傷した遺体を死体安置所に運ぶことだけだ。

ボランティアを乗せた車やトラックが道路に列をなし、そのところどころに軍のジープや数台のオフロード車の姿が見える。現場をあとにする人々は、一様に肩を落とし、頰に涙を流しながら、車の横を歩いていった。

サリバンフィールド運動公園の正式な入り口に続く最後のカーブを曲がったところで、肩にM－16ライフルをかけた緑色の軍服姿の州兵が、いきなりニックの車を停めた。片手をぐるぐるまわして、Uターンして引き返すよう指示している。ニックはそれには従わず、車のウィンドウを降ろした。

「失礼ですが」州兵は近づいてきた。「ここから出ていってもらわなくちゃなりません」

「警察の人間に会いたいんだ」年の若そうな州兵に、ニックはそう告げた。

「なにか問題でも？　よければ力になりますが」

ニックはその若いブロンドの予備兵を見た。年のころはせいぜい二十五、政府の学資貸付制度の助けを借りて大学へ行ったにちがいない。学資貸付制度で大学へ行くと、お返しに何年か兵役を務めなければならないのだ。

「警察の人間に会いたいんだ。それもいますぐ」

「わかるように説明してください」若くて熱心な兵士は、はじめて味わう権力の味を、明らかに楽しんでいた。「ここは立ち入り禁止ですから」

ニックは窓から人差し指を突き出すと、兵士に向かってくいくいと動かし、左胸にあるネームプレートが読めるまで近くへ呼び寄せた。そして小さな声で、静かにいった。

「マクマナス二等兵だね？」

「そうですが？」

「ファーストネームは？」

「ニールです」

「ニール、きみはそのライフルの使い方を知ってるんだな？」

「ライフルの授業ではトップの成績でした」

「そいつはいい」ニックはうなずいた。「じつは、ぼくの妻を殺そうとしてる人間がいるんだ、そのことでどうしても警察関係者に会いたいんだよ」

ニックの目に誠実さを見てとったマクマナスは、すぐにニックを墜落現場へと招き入れた。

「中央管理棟の前が警察本部になっています」

園内道路に広がりつつあるのが死のイメージだとすれば、何十台も並んだ緊急車両の横を通って第一駐車場に少しずつ近づいていくニックを出迎えたものは、地獄とそう変わらなかった。

＊

車から降りてあたりを見渡すと、ニックは一瞬、自分自身の状況を忘れた。戦争に行ったことはないけれど、素朴だったスポーツ競技場のあちこちに散らばっている焼け焦げた遺体を見ていると、戦争とはどんなものかわかったような気がした。

墜落現場には何百人もの人々が出ていて、さながら黒焦げの地表に群がる蟻《あり》のようだ。なかには白いシーツにおおわれた死体を見てまわり、シーツをめくっては、その黒焦げの遺体が大人なのか子どもなのか、男なのか女なのかを判断しようとする人もいれば、事故の手がかりを探しながら破片に印をつける人、無残な墜落現場の様子を写真やビデオに収める人もいる。

ニックは人波を掻《か》き分けながら進み、報道関係車両、災害対応チームに電力を供給する発電機、そして、巨大なハロゲンライトを積んだ平床トレーラーの前を通りすぎ

めだ。夜間の墜落現場を照らして、二十四時間ノンストップで作業できるようにするた

ようやく、レンガ造りの中央管理棟の前に設置された災害対策本部に到着した。ずらりと並ぶテントの下には、折りたたみ式のテーブルとパイプ椅子《いす》がレンガ壁に沿って整然と並べられ、州兵が運びこんだデスクトップやノートブックのほかに、近くの会社や地元の学校から急きょ運びこまれた電話やコンピューターがある。

ニックは、慌《あわ》てた文字で〝バイラムヒルズ警察〟と書かれた紙が貼《は》ってあるテーブルを見つけた。テーブルの向こう側に座っているのは肩幅の広い年配の男で、白髪《しらが》まじりの髪には黒い毛がかろうじて残っている程度だ。ニックはだれだかすぐにわかった。いまから六時間後に、ニックへの尋問を中断させる男だからだ。

「デリア警部ですか？」ニックは訊《き》いた。

「そうだが」警部は疲れた目をあげた。「なんの用だね？」

「ぼくは……」どう切り出していいかわからず、ニックは口ごもった。「あなたにとってもみんなにとっても今日がつらい日なのはわかってますが、じつはぼくのほうも、緊急に対処してもらわなくちゃいけないことがあるんです」

警部は中途半端《はんぱ》にうなずいて、先をうながした。

「今朝強盗事件がありました。それもかなりの被害額で、二千五百万ドル以上の価値がある骨董品《こっとうひん》や宝石が盗まれたんです。メープル通りのワシントンハウスから」

「聞いてないぞ、そんな事件」デリアは驚いて首を傾《かし》げた。

「ぼくの妻がワシントンハウスのオーナーの顧問弁護士で、妻は通報を受けて、たしかに品物が盗まれていることを確認したんです」

「よりによってこんなときに、くそ！」警部は立ちあがってあたりを見渡した。目から疲れた表情は消え、苛立《いらだ》ちに取って代わった。「といってもだれを現場に派遣できるか――人手はとっくに足りなくなってるんだ。現場は保存してあるか？」

「ええ」ニックは答えた。「でも、ぼくがここへ来たのはそのためじゃありません」

「それじゃ自首しに来たのか？」デリア警部はすぐに自分の発言を後悔して、汗塗《あせまみ》れの髪を顔から払った。「すまない。今日は冗談のひとつでもいわなきゃやってられないもんでな」

ニックは一瞬顔をそむけ、引き返せない一線を踏み越えるかどうか悩んで、ふたたび顔を戻した。

「その強盗事件の犯人たちが、ぼくの妻を狙《ねら》ってるんです」

「〝狙ってる〟ってのは、どういう意味だ？」警部は急に真顔になった。

「妻を殺そうとしてるんです」

「どうしてそういい切れるんだね？」

「犯人たちは、すでに妻のオフィスを破壊したからです」

デリア警部は少し考えこんでから、訊いてきた。

「犯人の見当は？」

ニックはプリントアウトした写真を取り出した。

「この男が関わってますが、どんなふうに関わっているのかも、何者なのかもわかりません」

「どこでこれを？」デリア警部は写真を見ながら訊いてきた。

「監視カメラの録画テープからコピーしました。ほかの顔が映る前に、監視カメラは妨害されて映像が真っ白になりましたが、これにはセキュリティ会社が関わっているんじゃないかと――」ニックはそこで間をおいて、警部が納得してくれるのを待った。

「とりあえず手がかりになりますよね？」

警部はなにもいわず、写真を見続けた。

「じつは、うちのまわりを青いシボレー・インパラがうろついているんです」ニックは未来で見た車について嘘《うそ》をついた。「ナンバーを調べたら、レンタカーでした。借りた男の名前はポール・ドレイファス。その男の会社は、強盗被害にあった邸《やしき》のセキュリティシステムを担当していました」

「きみは警察関係者か?」デリア警部は訝《いぶか》しげな顔で訊いた。

「いいえ」

「だったらどうやってこんなに速く、そこまで調べあげたんだ?」その声には疑いの色があった。

「だれかがあなたの奥さんを殺そうとしてたら、あなただって自分にこんな調査能力があったのかと驚くはずですよ」

デリア警部はニックの言葉を噛《か》みしめて、うなずいた。

「で、いま奥さんはどこに?」

「友人の家にいます」この時間にジュリアがどこにいるか、実際にはわからなかったが、この警部との信頼関係が生まれるまではあまりしゃべりすぎないことにした。

警部はテーブルから無線機をつかみ取ると、横のボタンを押した。

「ボブか?」

「ああ」雑音まじりで、うるさいほど大きな声が返ってきた。

「こっちに来てくれ」警部は怒鳴るようにいうと、テーブルに無線機を戻し、ニックに顔を戻した。「正直いうと、いまは一人の人員も割けない状態なんだ。奥さんの頭に銃が突きつけられてるわけじゃないんなら、対応すべき危険があるかどうかは判断がむずかしい。きみの心配はわかるが、おそらく強盗の犯人たちは――われわれが捜査して解決することだが――とっくに逃げているんじゃないのか。ふつうなら、いつまでもあたりをうろうろして捕まるような危険は冒さないもんだ」

デリア警部はまた椅子に座って、書類の記入に戻り、電話を取った。

ニックは振り返って、あたりを見た。中央管理棟の玄関ドアが開いていて、なかから深い悲しみの声が聞こえてくる。この建物は遺族用になっていて、朝起きてまさかこんな一日になるとは想像もしていなかったさまざまな人々が、郡じゅうから集まっていた。ニックには、彼らの心の痛みや苦しみが理解できた。顔が吹き飛んだジュリアの死体を見おろしながらも、その死に必死に耐えてきたからだ。

愛する者の突然の死に直面すると、人の心にはありとあらゆる想《おも》いが駆けめぐる。怒り、自己憐憫《れんびん》、罪の意識、悲しみ、この世の終わり。しかもありえないことまで考えてしまう。もしこうだったら、こうでさえあったらと。もし彼が交通渋滞に巻きこまれて飛行機に乗り遅れたとしたら？　もし彼女に行くんじゃないといって月曜日まで待たせたとしたら？　もし自分が来週海辺に行きたいからといって、彼の搭乗便を今日に変更させなかったら？

……もし彼女が急な仕事につかまって、飛行機をキャンセルしたとしたら？

自分が幸運で、恵まれているのはわかっている。自分もあの建物のなかにぽつんと立ったまま、二度と帰らぬジュリアを想って、見知らぬ人々と悲しみをともにしていたかもしれないのだ。競技場の向こうでばらばらになったジェット機に、もともとジュリアは乗っていた。搭乗手続きをして機内に手荷物を持ちこみ、シートベルトを装着して、死を目的地とする飛行機に座っていた。

だがジュリアの命は救われた。死ぬはずの運命から引き戻され、生き延びた。

——七時間だけ。思いもかけない強欲な犯罪が引き起こした運命のねじれによって、ジュリアの命が引き延ばされたのは七時間だけだった。飛行機事故からジュリアの命を救ったのは強盗たちの犯行だが、その強盗たちの凶弾によって、結局ジュリアは命を奪われてしまった。

ニックは、父親が家に帰る約束を守れなくなった子どもたちや、一人残された妻たちのすすり泣く声を聞きながら、ポケットのなかの懐中時計のことを思い出した。なぜ自分はこの倒錯した白昼夢のなかで、ジュリアを墓穴から引きずり出そうとしているのだろう？　妄想とも希望の夢ともつかないものにつかまって、そこから逃れられないのだろうか？　時間が逆行し、説明できないことが周囲で起こるのを、自分はこの目で見てきた。ジュリアが床で死んでいると思ったら、つぎの瞬間にはジュリアはキッチンで生きていた。その瞬間は、たしかに自分が生きている時間の流れのなかにあるのだが、周囲の人々の時間の流れとは逆なのだ。

　中央管理棟の玄関ドアがゆっくり閉じて、なかの悲しみの声が遠ざかったとき、ニックはいまの現実に自分を戻した。経験してきた不合理なこと、心の痛みをすべてシャットアウトしよう。アインシュタインによって優雅に構築された物理の法則とはちがって、時間のギャップを心で埋めるのだ。今日ジュリアを運命の牙《きば》から救い出すのはこれで二度めになるだろう。もしこうだったらを現実のものにさせるのだ。

　決意に満ちて振り返ると、デリア警部が背の高い筋肉質の男と話をしていた。男は窮屈そうな黒いシャツに身を包んで、青いジーンズのベルトにバッジと銃をぶらさげている。両手は煤《すす》で黒ずみ、汗の筋がついている。くしゃくしゃの黒髪が、男の今日一日を物語っていた。

「ミスター・クイン」警部がニックを呼んだ。

　ニックは警部に近づきながら思った。ようやく協力者が得られた。この男が話を聞いてくれ、ジュリア殺しの犯人を阻止する手伝いをしてくれるのだ。

「ミスター・クイン、ボブ・シャノンだ」警部はそう紹介した。

ニックは顔を向けて、その刑事の灰色がかった青い目をまっすぐ見つめた。自分がだれを見ているかわかったとき、全身に戦慄《せんりつ》が走った。

「ボブ・シャノンだ」刑事は握手の手を差し出した。

ニックは目眩《めまい》がした。目の前に立っているのは、未来に自分を逮捕し、自分をネズミ以下の人間として扱った男だからだ。取調室で警棒を振りまわし、怒鳴り声をあげてニックをジュリア殺しの犯人扱いしたうえ、ニックの頭に銃を向け、引き金を引こうとした男だからだ。

ここにいるボランティアたちの大半と同じで、シャノンの目には疲労や荒廃、絶望の色が濃かった。

「なにがあったんだ?」シャノンが訊いてきた。

ニックはシャノンの首もとに目を落とした。ぴたりと身体《からだ》を包む黒いシャツは、暑さでボタンがはずされ、筋肉質の胸が見えている。そこに聖クリストファーのメダルはない。おかげでニックの心は、少しは警察を信用する気になった。

しかし、どこから切り出していいかわからなかった。この男がなぜか未来の自分に気づいて、取調室から逃げ出したことで自分を撃つんじゃないかという恐怖を、なかなか振り払えずにいたのだ。取調室でのことはまだ起こっていないのだと自分にいい聞かせながら、ニックはいった。

「何者かがぼくの妻を狙ってるんです」

「どういう意味だ、狙ってるってのは」シャノンの声には疲れが滲《にじ》んでいた。

「殺そうとしてるんです」

「なんだって」とたんにシャノンは心配そうになった。「そうか。あんたの名前は？」

「ニック・クイン」

「奥さんのほうは？」

「ジュリア」

シャノンはテントの隅へニックを連れて行き、二つのパイプ椅子を引っぱり出して座ると、ニックにも座るように手ぶりでうながした。

「飲み物でも持ってこようか？　水かソーダかなにか」

ニックは首を振って、パイプ椅子に座った。

「どういうことか、事情を聞かせてもらえるか？」シャノンはいった。

ニックは強盗事件のこと、ジュリアのオフィスのコンピューターが盗まれたことを話し、強盗が自分たちの痕跡《こんせき》を消そうとしていることも説明した。未来のことに触れたりしないように、口から出る一言一言を注意して選んだ。

「いま奥さんがどこにいるか、聞いてもいいかな？」

「妻は——」ニックはためらった。シャノンは取調室のときのような凶暴そうな男には見えなかったが、まだ信じるわけにはいかない。真実のいくつかは隠しておいたほうがいいだろう。ジュリアがいまどこにいるか知らなかったが、ニックは嘘をついた。

「いまは友だちのところにいます」

「一人で？」

「ベドフォードにある同僚の家に、同僚たち何人かと一緒に」

「どうしてあんたと一緒に来なかったんだ？」

「怖くて外へ出たくないんです。ここに来るのもつらいからといって」

「その気持ち、わかるよ」シャノンは大惨事の現場のほうへ目をやった。

「無理もありません、妻はあの飛行機に乗るはずだったんですから」

「ほんとか」シャノンの目は驚きで皿のようになった。「そういうことはもっと早くいってくれ」

「妻が飛行機を降りたのは、強盗事件発生のメールを受け取ったからなんです」

シャノンの顔は、その皮肉に気づいたようだった。

「運命ってのは予測がつかないもんだなあ。奥さんはさぞ動揺してるだろう。せっかく生き延びたと思ったら、どこかのいかれた野郎に命を狙われるはめになるんだから」

シャノンが同情してくれているのがわかった。どうやらこの男、自分を逮捕したただの単細胞男じゃないらしい。

「あなたは結婚してますか？」

「していたことはある。女房が、警官との結婚生活に耐えられなくなったんだ。報酬が危険に見合わないといってな」

「すみません、悪いことを訊《き》いてしまって」

「なに、悪いのは女房さ」シャノンはすぐにいった。「あいつはわかってないんだ。人生は金だけじゃない。おれたち警官は、他人のために命を危険にさらすことで給料をもらってるんじゃない。他人のために命を危険にさらすのは、それが正しいことだからだ」

シャノンの視点から見える世界が、少しだけわかりはじめてきた。ニックを尋問したときのシャノンは、妻殺しの夫を尋問していると思いこんでいたのだ。そのときの迫力は恫喝《どうかつ》的なほどだったが、それが殺人事件の真相に迫るための彼の取調べスタイルであり、ニックがもう一人の刑事の銃をつかみ取ったときも、シャノンはだれもがやりそうな反応をしただけだったのだ。

「奥さんが危険な状況にあるとあんたが思ってるのはわかるし――」シャノンはいった。「おれはあんたのいうことを信じる。もしおれがあんたの立場だったら、おれもすぐに警察に行くだろう。それが一番正しいことであり、一番いいことだからだ。

そのセキュリティ会社の連中に関する情報まで教えてくれて、あんたはおれたちに、そいつらを捕まえてくれと頼んでいる。頭がまともに働きそうになくて、電力もおぼつかないこの日にな。そこであんたにいうが、たしかにおれは優秀だし、おれたち警官みんな優秀だ。だが優秀さにも限度ってものがある。あんたがいってたセキュリティシステムからして、その連中は相当なプロにちがいない。充分な情報を持ってるし、頭も抜群に切れる。連中がそこまで優秀なら、あとに残す証拠は最小限のものだろう。まったくないというわけじゃないが、それを探し出すには相当な人員が必要になる。ところがいまのおれたちには、そのあたりがまるで足りないんだ」

シャノンの言葉に嘘《うそ》はないと思った。ニックも頭のなかで同じ結論を導き出していたのだ。たしかにジュリア殺害犯を見つけ出せる可能性はごくわずかしかない。しかし、だったら墜落する飛行機から離陸直前に降りる可能性はどうなる？　ニックが経験してきたここ六時間にしても、想像をはるかに超えたありえないことだらけだが、それでも起こったことに変わりはない。今日なら少ない可能性に賭《か》けてもいいだろうし、そう簡単に諦《あきら》めるつもりもなかった。

「監視カメラの録画テープから、これをプリントアウトしました」ニックはシャノンに、監視カメラに映った黒髪の男の写真を手渡した。

「そのテープのほかの部分も見たいな」シャノンは写真をじっと見てから、ようやく顔をあげた。「ひとつ質問させてくれ。あんたはワシントンハウスのセキュリティシステムが無力化されて、奥さんのオフィスにあるバックアップが盗まれたといった。もしそれが本当なら、あんたはおれに隠してることがある」

ニックは内心、自分の愚かさを責めた。ジュリアのPDAのことは秘密にしておきたかった。ジュリアを殺した犯人が最終的に手に入れようとしていたのが、あのPDAだからだ。

「妻はコンピューターから、監視カメラ映像のバックアップを取ってあったんです」ニックは認めた。隠し事をしているように見えたら、不審に思われるからだ。

「そうか、じゃあそいつを見せてもらおう。どこにある?」

「車のなかです」実際にはポケットのなかにあったが、車まで歩けば、自分の行動が正しいかどうかを判断する時間が稼げると思った。

「それと、うちの前を青いシボレーが走っていったんです。ポール・ドレイファスが借りたレンタカーでした。強盗が起こった邸《やしき》のセキュリティを担当していたのは、彼の会社です」

「なるほど。あんたが持ってる監視カメラ映像のバックアップと、シボレーと、ドレイファスという男――それらをつなぎあわせるピースを探さなくちゃならないな。そうだ、一緒にワシントンハウスへ行こう。ひょっとして、ツキに恵まれないともかぎらないからな」シャノンは椅子《いす》から立ちあがった。

「なにも見つからないですよ」

「いつだって、なにかしら見つかるもんさ」シャノンが自信たっぷりにそういうと、二人のやりとりの最後の部分を聞いて、警部がやってきた。

「ダンスを一緒に連れていったらどうだ」デリア警部の口ぶりは、問いかけというより命令だった。

「おれ一人でいいですよ」シャノンは苛立《いらだ》ちをあらわにした。

「おまえに選択肢を与えた覚えはない。おまえの車のところで落ちあうように伝えておこう」

＊

「ここまでひどい悪夢は経験したことがない。こういう事態に備えろってほうが無理だ」シャノンはいいながら、グラウンドに機体の残骸《ざんがい》がちらばった競技場のあいだを通る道を歩いていった。「だれだって、自分の死に方についてぞっとするような想像をすることがあるだろ。めったに起こることはないんだが、世界の九十パーセントは飛行機事故で死ぬのを一番怖がってるはずだ。大きな金属の殻のなかに閉じこめられ、なすすべもなく気流にもまれて喉《のど》から心臓が飛び出しそうになるし、機体の窓からは自分に向かって地面が突進してくるのが見えるんだ。あんたの奥さんをここには来させるなよ。こんな光景を見たら、とても正気じゃいられないはずだ」

ニックは、黒く焼け焦《こ》げた地面のあちこちにある白いシーツにおおわれた遺体から、目を離すことができなかった。

「妻じゃなくたって、こんな光景は見るもんじゃないですよ」

「防げるものならどんなにいいか」シャノンはいった。「みんなからこの苦しみを取り除いてやれるのに――」

「この国では、交通事故で毎年四万人以上の人が死んでいます。一日あたり約百二十人。でもぼくらは気にも留めません。だけどこういう事故は、死ぬまで脳裏に焼きつきます」ニックは首を振った。「墜落の原因はわかったんですか？」

「それが大事なことか？」シャノンはいった。「噂《うわさ》はいろいろ聞いてるが、だからって結果は変わらないし、この人々が生き返るわけでもない」

二人は黙って、残り八百メートルを歩いた。赤い回転灯が空《むな》しく光っている何台もの緊急車両の横を通りすぎた。十四台の報道カメラが、十四人のよくしゃべるテレビリポーターに向けられていた。唇にコラーゲンを塗りたくり、髪を完璧《かんぺき》にセットしたリポーターたちは、死を伝えながらも、内心は夜のニュースの視聴率でたがいを出し抜こうとしている。

「くそ」ニックは思わずいった。自分の車が二台の消防車と、錯乱状態になった遺族をケアする一台の救急車に取り囲まれているのが見えたのだ。けれども、車をどかしてくれと急《せ》かすつもりはなかった。

「心配するな」シャノンはいった。「おれの車で行こう。とりあえず、セキュリティファイルのバックアップだけでも取ってきたらどうだ。おれの車はあそこにある黒のマスタングだ」シャノンは混んだ道の五十メートルほど先にある大排気量の洒落《しゃれ》たスポーツカーを指さした。

ニックはうなずいて自分の車のドアを開けると、グラブボックスからなにかを取り出し、ジュリアのPDAがすでに入った胸ポケットにしまうふりをした。ジュリアがいま置かれている状況よりもさらに危険にならないことを願ったが、シャノンが力になってくれるのなら、シャノンにはたいがいのものを見て知ってもらう必要がある。

「こんなことも一人でやれないのかよ？」安っぽいジャケットに趣味の悪いネクタイをした男が近づいてきた。

「ニック・クイン――」シャノンはいった。「イーサン・ダンス刑事に挨拶《あいさつ》してくれ」

ニックは手を差し出したが、ダンスはニックのほうを見ようともしなかった。

「ここには二百十二人の犠牲者がいる。こっちは機体の残骸と遺体を見てまわってるってのに、なんであんたと握手しに来なくちゃならないんだ？」ダンスはいいながら、二人の横をさっと通りすぎた。「どこかの生ぬるい犯行現場に行きたい気分じゃない。気分転換に署に行く。おれの助けが必要なら、署に来ることだな」

この男が自分を逮捕し、魅力と笑顔で尋問したあの「いい警官」だとはとても思えなかった。こめかみに集まった汗が頬を伝い、疲れきった身体で道を歩いてきたせいで息を切らしている。充血してしょぼついた目が攻撃的で、安物のローファーは泥に塗《まみ》れ、グレーのズボンはふくらはぎのなかほどまで泥がこびりついている。

「いいか」シャノンはニックを横に引っぱった。ダンスはどんどん先へ歩いていく。「ダンスは頭にくるやつだが、刑事としての腕は一流だ。あいつと一緒に署に行け。あんたのビデオファイルを見てもらうんだ。あいつならサハラ砂漠で水を見つけることができるし、ドレイファスという男の情報をもっと手に入れてくれるかもしれない。おれはワシントンハウスとあんたの奥さんの法律事務所に行って、なにが見つかるか確かめてくる」

ニックはうなずいて、駆け足でダンスに追いついた。ダンスは〈JCペニー〉のジャケットを脱ぐと、緑のフォード・トーラスの後部座席に放りこんだ。白いシャツの脇《わき》の下には、大きな汗染《あせじ》みが浮かんでいる。ニックは助手席のドアを開け、黙って乗りこんだ。ダンスはふてくされた顔で、運転席のドアを閉めた。

ダンスは無言でトーラスのエンジンをかけ、ぬかるんだ駐車スペースから発進すると、同じように駐車場から出ようとする車二台の前に割りこんで、災害対策用の集結地をあとにした。

この集結地に出入りしているのはボランティア、街の職員、州兵たちで、つい今朝までサッカーママや子どもたちをいっぱいに載せたバンやSUVしか走っていなかった園内道路を、静かに行き来している。

トーラスが進むにつれて駐車している車がまばらになっていったとき、ニックはわが目を疑った。駐《と》まっている車のなかに、青いシボレー・インパラがあったのだ。ナンバープレートを見て、ドレイファスの借りたレンタカーだと確信した。

「停まってくれ」ニックはいった。

ダンスは知らん顔を決めこんでいる。

「停まってくれ。さっきシャノンと警部に話してた車があったんだ。犯人はここにいる」

ダンスは無言でシートにあった無線を取ると、通話ボタンを押した。

「警部」

「おいおい、冗談だろ」デリア警部の声が返ってきた。「三分前に出たばかりなのに、もう問題が発生したのか？」

「地元ボランティアの駐車場になってる横道へ、見張りを一人送ってほしいんだ。青のシボレーで、ナンバーは――」ダンスはニックのほうを向いて、続きをいわせた。

「――Ｚ８ＪＰ９」

「この車をこっそり監視しろと伝えてくれ。こっそりって言葉の意味をちゃんとわからせとけよ。持ち主があらわれて走り去ろうとしたら、おれたちが戻るまで引き留めておいてくれ」

「わかった」デリアはいった。

「まあ落ち着け」ダンスはようやくニックに話しかけてきた。「ここにいるかぎり、そいつは逃げられやしない」

「けど、どうしてこんなところに？」

「それはおれたちが戻ったときに、あんたが真っ先にそいつに訊《き》くんだな」ダンスは白いシャツの袖《そで》で額の汗を拭《ぬぐ》うと、顔から濡《ぬ》れた黒髪を払った。

二人を乗せたフォード・トーラスは、ゆっくりと進む車列のなかを走った。ダンスはサイレンも回転灯もつけなかった。そんなことをしても、渋滞が解消するわけじゃないからだ。

「あんたに無愛想で悪かったな」ダンスは謝った。「シャノンはしょうもないやつでね。なにかとおれの癇《かん》に障《さわ》るんだ。今日で四回めだぜ」

「いいんだよ。今日はだれにとっても大変な一日だから」ニックはいった。

「しかし、あんたの奥さんはだいじょうぶなんだろ？」

ニックはうなずいた。

ダンスはネクタイを緩めて首からはずし、後部シートに放り投げた。シャツの上二つのボタンをはずすと、カーエアコンの噴き出し口を自分に向け、ひんやりした冷気に当たって溜息《ためいき》を洩《も》らした。

「今日あんたとあんたの奥さんの身に起こったことは、警部から全部聞いたよ。そういうことが起こるとまわりが見えなくなるもんさ。どんな悲劇に直面していても世界はあいかわらず動き続けていることを、忘れてしまうんだ」

ニックはダンスの短い演説に耳を傾けながらも、あらわになったその首もとを見て、つい聖クリストファーのメダルを探してしまい、疑心の暴走を戒めた。

二人はようやく長い園内道路から出て、22号線に入った。22号線は不気味なほどがらんとしていて、背後の大混乱とはひどく対照的だ。

「で、あんたは監視カメラ映像のコピーを持ってるそうだが」

「ああ」ニックはうなずいて、ジャケットの胸ポケットをぽんと叩《たた》いた。

「もう見たのか？」

「一部だけ。でも一人の顔は見えた。なんならそのプリントアウトもあるよ。けど、映像のほとんどは真っ白だった。強盗犯たちはある時点で監視カメラを無力化したらしい」

「わかった。そいつを署で確認しよう。先にシャワーを浴びてもいいか？」

ニックはうなずいて、すぐに後悔した。つぎのワープが刻一刻と迫っている。ダンスとのんびりしている時間はない。この一時間が終わってしまう前に、できるだけ多くの情報を集めなければ。

「身体《からだ》じゅうに死がべったり貼《は》りついてるような気分でね」

「いま何時かな？」ニックは懐中時計を出したくなかった。

フォード・トーラスは、緑の鉄橋に近づいた。ダム湖であるケンシコ貯水池の水面から約十五メートルの高さにある長さ四百メートルほどの橋で、バイラムヒルズでも一二を争う平和な場所だ。

「三時四十五分だ」ダンスは答えた。

「こんなこといいたくないけど……どうだろう、先にテープのほうを……その、妻のことを思うと——だれがどこにいるかわからないし……」

ダンスはニックに顔を向けたが、その表情は読めなかった。そしてようやくうなずいた。

「いいとも。さっぱりしたいのはやまやまだが、おれも気にはなってたんだ。署まではあと一分だし、発電機もまわってる。すぐにテープを確認しよう」

「ありがとう」ニックは微笑《ほほえ》んだ。もっと早く警察を頼りにすればよかった。そうしていれば、ジュリア殺しの犯人探しをもっと先へ進められたかもしれない。

「ちょっと頼んでいいかな」ダンスは車の後部に頭をくいっと向けた。「後ろにおれのジムバッグがあるんだ。そいつを取ってくれないか？」

「いいよ」ニックはシートベルトをはずして後ろを振り返ると、身体をぎこちなくひねって、あと少しで指がかかりそうなところにある小さなキャンバス地のバッグをつかもうとした。

するとダンスは、なんの前触れもなくブレーキを踏みこんだ。タイヤがロックし、横滑りを避けるためにアンチロックブレーキシステムが作動して、フォード・トーラスは橋の真ん中で急停止した。ニックは背中からダッシュボードに叩きつけられ、身体の半分がフロアにずり落ちた。すると額に、９ミリのグロックが押しつけられた。

「両手をダッシュボードに置け」ダンスは怒鳴った。

「どうしたっていうんだ？」ニックは起きあがってシートに座り、いわれたとおりにした。状況ががらりと変わったのと、頭に冷たい銃口を押しつけられているのとで、両手が慄《ふる》えている。

ダンスは右手に銃を握りしめながら、左手で手錠を取り出し、ニックの両手首にかけた。

「いったいなんの――？」

ダンスはニックの身体を前に倒して、ニックのズボンの腰からシグザウエルを奪い取ると、後部座席に放り投げた。

「どうして銃を隠し持ってるんだ？」ダンスは怒鳴った。

「落ち着けよ――」

「ドアを開けろ、ゆっくりとな。車から降りるんだ。ばかなまねはするなよ」

「心配ないって」ニックはほっとした笑みを浮かべた。「その銃は登録済みなんだ。脅かすなよ」

「いますぐ外へ出ろ！」ダンスは警察の回転灯をつけた。眩《まぶ》しいほど赤いストロボ光が点滅しはじめた。

「その銃は登録してあるっていってるじゃないか」ニックは手錠をかけられた手でぎこちなくドアを開けると、車を降りた。ダンスもすぐあとから車を降りてきた。

「欄干に両手をつけ」ダンスは怒鳴りながら車の後ろに歩いていき、トランクルームを開けた。

「ダンス、いったいどうしたんだ？　ぼくは妻を守るためにそれを持ってただけだ」

ダンスがなにをしているか見えなかったが、足首のあたりにいきなりなにかが巻きついてきた。二つの大きなプラスチック錠でくるぶしが縛られたのだ。

「いくらなんでもやりすぎだろう？」縛られた両脚を見て、ニックはいった。

ダンスはニックを自分のほうに振り向かせ、ジャケットのポケットに手を入れて、ジュリアのPDAを取り出した。

「ダンス、いい加減にしろよ。いったいなんのつもりだ？」ニックは身体を左に傾けて、開いたトランクルームのなかを見た。とたんになにもかも合点がいった。

なかにはダッフルバッグが二つ積んであり、ひとつはなかばジッパーが開いていて、そこから突き出ているのは、午後の日射《ひざ》しに輝く黄金の柄頭《つかがしら》を持つ剣だ。

「嘘《うそ》だろ、あんただったのか？」

ダンスは後部ドアを開けて座席からシグザウエルを取ると、ニックの襟首をつかんで車のなかに押しこみ、ドアを閉めて、ニック一人を車内に閉じこめた。

ニックは後部座席のほうから、ダッシュボードの時計を見た。LED表示された時刻は、三時五十分。

すべての状況が見えはじめてきた。なぜ自分が逮捕されたのか、なぜダンスが事件の捜査を担当していたのか。それはダンスが事件を操作してきたからであり、ダンスがワシントンハウスの強盗事件、ジュリア殺害、手がかりの隠蔽《いんぺい》工作、無実のニックに濡《ぬ》れ衣《ぎぬ》を着せること、そのすべてに関わっていたからだ。

最悪の状況に陥りながらも、ニックは思った。ジュリアが殺されたのはこの男のせいだったのだ。だれを制止しなければならないか、これでわかった。

とりあえずつぎの数分間は、生き延びることが先決だ。四時きっかりまで生き延びなければ。

時計の表示は三時五十二分。時間がこんなにも速く、こんなにも遅いと感じたことはいままでない。

ダンスが後部ドアを開けて、外へ出ろと銃で指図した。

「妻には絶対に近づくな、でないときさまを――」

ニックはそこで口をつぐんだ。装弾された銃の銃口を唇に押しつけられ、黙らされたのだ。

「PDAってのは便利だな。おまえの自宅の電話番号と、おまえの女房の同僚、友人、隣人の電話番号が見つかった。おまえの女房に電話して、署まで来てもらおう。おまえが怪我《けが》をしたとでも伝えるか――」ダンスはそういうと、腕を後ろに引いて、いきなりニックの口に拳《こぶし》を叩きこんだ。血が噴き出し、首が鞭《むち》のように後ろにしなった。

「これで女房も急ぐだろう。もちろんこっちは、ほかにだれが知ってるのか、おまえのどの友人が関わってるのか、突きとめる必要があるがな」

ダンスは車のトランクルームから、四十五キロはありそうなバーベル用の大きな鉄のプレートを取り出した。真ん中には、自転車のブレーキに使われる頑丈なケーブルが通っている。ダンスはよたよた歩いてそのプレートを橋の際《きわ》のほうへ運び、道路にがちゃんと落とした。

「おれたちは今夜まで待つつもりだったんだ」ダンスは話し続けた。「おまえの女房を殺して、おまえに濡れ衣を着せる計画だった。だがこうしておまえが首を突っこんできた以上、おまえの女房にはいますぐ死んでもらうしかない」

ニックは愕然《がくぜん》とした。ジュリアの命を救うどころか、自分の無力さのせいで、ジュリア殺害の時刻を繰りあげてしまったのだ。

「おまえがやったことは、きっとシャノンが突きとめるぞ」

「シャノンがなんだってんだ。紙袋のなかに放りこまれても出方がわからないようなやつさ」

ダンスは緑の欄干の下に、重いプレートを滑らせた。手を伸ばして自転車用ケーブルをつかみ、左手にしっかり持つ。立ちあがり、ニックの後頭部に銃を押しつけて前に出ろと命じながら、左手でケーブルを、ニックの手錠の真ん中の鎖に留めた。

「デジャヴのような感覚を持ったことはあるか？　たとえば前に同じことをしたとか、前に同じ場所にいたとか、時間がまるっきり逆行してるとか」ダンスは訊いてきた。

ニックはその質問に耳を疑った。

ダンスはプレートを足で押して、橋の際まで移動させた。すでにプレートの半分が、湖側へ落ちかかっている。

そのとき、ダンスの胸もとが見えた。重りを運んだことで下三つのボタンがはずれ、シャツが腰のあたりまで大きく開いている。この男がどんなに卑劣なことをしていたとしても、ジュリアを殺すといくら口でいったとしても、追いかけてきてジュリアを殺した犯人じゃない。首にはなにもぶらさがっていないし、胸には聖クリストファーのメダルもないからだ。

ニックは腹部を緑の欄干に押しつけて立ちながら、広いダム湖の湖面を見おろした。二キロも離れてないところで起こった大惨事や、この橋の上でいま行われようとしている凶行とはまったく対照的で、鏡のように静かで穏やかだ。ダンスは強盗一味の一人であり、もしかするとポール・ドレイファスを手下とする一味のリーダーなのかもしれないが、引き金を引いた犯人ではなかった。ジュリアを殺した男ではなかった。

ニックは振り向いて、憎しみに満ちた目でダンスを見た。ジュリアに向かって銃を撃った男ではないかもしれないが、ジュリアの死を望んだ共犯者にはちがいない。ニックはにらみ続けながら思った。この手が届くものなら、その喉笛《のどぶえ》をいますぐ引きちぎってやっただろう。

「あばよ」ダンスはにやりと笑って、プレートを蹴《け》った。橋の際を支点にしてプレートは一瞬落ちかけ、ゆっくりと起きあがったが、また下に傾いていった。

六十センチほど落下したところで、プレートはぴたりと止まった。手首に手錠が食いこむ。痛みを軽減するためにケーブルをつかもうとしたが、細すぎてつかめない。四十五キロの重りは、ダンスには扱いが大変だろうが、ふだんからウェイトトレーニングをこなしているニックにしてみれば、平均以下の重さだ。両手首に痛みが食いこんだが、肩と背筋を使ってプレートをあっさり引きあげ、身体を反らして欄干のこちら側に持ってこようとした、そのときだった。

足首を拘束したプラスチック錠をいきなりつかまれたかと思うと、そのまま持ちあげられた。足は浮いて、腹が金属の欄干にぶつかった。橋の際と同じように、緑の欄干は支点の役目をした。いまとなっては、スタウト先生の物理の授業を真剣に聞いていたのが恨めしい。プレートの重さのせいで、支点である欄干から先が重くなり、ダンスはいとも簡単にニックを抱えあげて、橋から落としてしまったのだ。

あっという間の出来事だった。ニックの身体は宙に投げ出され、バーベル用のプレートと一緒に、湖中の墓場へと落ちていった。

十五メートル下の水面に、頭から突っこんだ。まるでコンクリートの舗道に叩《たた》きつけられたかのようで、周囲に水しぶきが飛び散った。たちまちプレートはニックを水中へ引きずりこみ、ニックの身体は、暗い湖底へと沈んでいった。ダム湖の深さは六メートルから九十メートルまでいろいろだが、橋の下のあたりは八メートルほどしかない。といっても、ニックが生き延びる可能性にはなんの関係もなかった。

肺が灼《や》けるように痛み、沈んでいくにつれて、鼓膜にかかる水圧が増していく。ニックはみずからの死へと引きずりこまれていった。

プレートが湖底に着地した。ニックはまるで沈められたブイのように、水中に逆さまに浮かんでいた。水でぼやけた視野の周辺に、星が踊っている。水面から射してくる光の筋が水中で屈折し、沈泥におおわれた岩だらけの湖底を照らしている。

水泳選手だったおかげで、大半の人間よりも長く息を止めていられるが、正確に何分止めていられるかわからないし、実際のところ肺がどこまで持つかもわからない。

だがニックの頭にあったのは、水中の苦しさでも、避けられない突然の死でもなかった。ジュリアのことだった。自分の人生のすべて、人生の生きがいが、これで奪われてしまうことになる。ジュリアを殺される運命から救い出せなかったことが、ニックには胸がつぶれるほど無念でならなかった。あんなにもあっさり騙《だま》されて他人の助けをおめでたく受け入れ、そのあげく、人を守るために給料をもらっている人間から湖に投げこまれて、命を落とすことになるとは。

ニックは逆さまになったまま、鼻に水が入ることで早めに溺《おぼ》れてしまわないように、空気を少しずつ鼻から吐き出した。水面からの光でようやくまわりの状況が見えてきたとき、なにかが脚にぶつかった。身体をまわすと、目の前に死人の虚《うつ》ろな目があった。

それは、水中に直立して浮かんでいる死体だった。手首を手錠で縛られ、両脚を拘束しているプラスチック錠が、似たようなバーベル用のプレートにつながれている。その死体の三メートルほど先には、別の死体があった。よく見えなかったが、痩《や》せて赤い髪をした男の制服は、まちがえようがない。警官だ。水中に射しこむ白い光の筋のなかで、さらにもう一人の死体が見えた。青いシャツを着ていて、長い黒髪が水のなかで漂っている。ニックがいるのは水中の墓場、暗殺者の死体捨て場だった。

それらの死体を見て、なぜダンスがデジャヴのことをいったかがわかった。すぐ隣に浮かんでいる男は、死んだばかりだった。半開きの目は白目を剝《む》き、右目は腫《は》れあがって、青黒い痣《あざ》になっている。口はぽかんと開き、下唇の左端は、殺される前にだれかが顔の上でダンスをしたかのように膨れあがっていた。頭は白髪で、風になびく草のように顔のあたりを漂っている。

肺が灼けるように痛みはじめた。空気が減ってきたのだ。一分はたったはずだ。あと四十五秒……もしかすると六十秒で、意識がなくなるだろう。

ニックは自分と死の重りをつなぐ自転車用のケーブルをつかみ、自分の身体《からだ》を少し湖底のほうへ引っぱった。隣に漂う男のベルトをつかみ、手錠で縛られた右手で男のポケットを探って財布を取り出すと、しっかりと握りしめた。まるでそれが、自分を救ってくれるかのように。

だがそれは、無意味な最後のあがきだった。肺は火がついたように熱くなり、酸素を奪われた心臓の最後の拍動で、頭がずきずき疼《うず》いた。もう二分はたっただろう。死の甘い呼びかけに身を任せて、このまま死んでいくのだ。

最後に残ったわずかな酸素のおかげで頭に浮かんできたのは、ジュリアのことだった。ジュリアの美しさ、やさしさ――そのジュリアが、この世から奪われてしまう。

なぜなら……
なぜなら自分は、ジュリアを救えなかったからだ。

第五章

午後二時

ジュリアはパウンドリッジという町の、コロニアル調のスキップフロアがある質素な家の車寄せで、レクサスSUVに座っていた。バイラムヒルズの多くの人々と同じように、ひとたび飛行機墜落事故のことを知ると、いったんはジュリアも現場へ手伝いに駆けつけた。けれども機体の残骸《ざんがい》を見て、自分が乗るはずだった502便だとわかったとき、隣に座っていた乗客たちの顔や、自分がもう少しで彼らと同じ運命になるところだったことが、頭に浮かんでしかたがなかった。

そこでジュリアは、現場の仕事のかわりに、緊急時の手伝いに駆り出された元医者を迎えに行く仕事を引き受けた。三十分前にベドフォードまで来て車に給油し、いまは迎えに来た元医者の家の前で、医者が荷物をまとめて出てくるのを待っている。

一人で座っていると、いろんな思いが頭のなかを駆けめぐり、自分が墜落事故をまぬがれたことの重大さが、しみじみわかってきた。死ななくてすんだのは自分一人だけじゃない、そう思いながら、ジュリアはお腹《なか》に手を置いた。今日は二つの命が救われたのだ。

皮肉なのは、今日ボストンに向かう飛行機に乗った理由が、みんなに話していた依頼人との面会のためではなく、医者に診てもらうためだったことだ。

ジュリアとニックは、結婚後の一年間、マサチューセッツ州ウィンスロップに住んでいた。そこへ転勤になったニックにジュリアもついていき、ボストンの小さな法律事務所に職を見つけた。そのときの同僚の一人が、コルバーホームという医者を薦めてくれたのだ。評判がいいだけでなく、やさしさとユーモアの両方を兼ね備えた医者だった。

バイラムヒルズに戻ってきたあとも、ジュリアは医者を変えなかった。年に一度の検診を仕事の出張とあわせるのはたやすいことだったからだ。

その週、ジュリアがドクター・コルバーホームに電話して自分の推測を伝えると、ドクターは地元の医者を紹介してくれて、そこで妊娠検査をしてもらうようにといった。検査の結果は陽性で、妊娠六週間。ジュリアはいままで感じたことのない高揚感に満たされた。ニックに伝えたくてたまらなかったけれど、ふつうには伝えたくなかった。そこで、ドクター・コルバーホームから出産前の検診を受けるのと小さな胎児のエコー写真をもらうためにボストンへ飛行機で行くように準備し、今夜〈ラ・クレメレール〉でロマンチックなディナーの最中に、額に入れたエコー写真をプレゼントしてニックを驚かせるつもりだった。〈ラ・クレメレール〉はジュリアがニックからプロポーズされて二人の人生がはじまった記念すべきレストランだから、妊娠というこれ以上ないほど幸せと驚きに満ちた出来事も、記念に残るようにしたかったのだ。だから今朝、ニックをあれほど不機嫌にさせて喧嘩《けんか》の原因にまでなったディナーの予定は、じつはもともとなかった。ミューラー夫妻とのディナーというのは、つきあってからの十六年間でもっとも深く記憶に残るはずの出来事から一時的にニックの目をそらすための、作り話だったのだ。

二人とも子どもは作るつもりだったけれど、ジュリアはいつも来年になったら、来年になったらと先延ばしにしてきた。二人の生活は、仕事のことや、子どもをなに不自由なく育ててやれるだけの蓄えをすることでいっぱいで、本気で妊娠するつもりは、ジュリアの頭のなかにはまだなかった。けれどもそうこうするうち、二人ともある程度成功するまで働いてから子どもを持つという計画にばかり時間を使いすぎて、実際に子どもを生むという考えが他人事のようになっていることに、ジュリアは気がついた。

そんなときに妊娠を知らされて、ジュリアは心から驚いた。きっとニックも仰天するにちがいない。

ジュリアはパートナー弁護士になりたい一心で仕事にのめりこむあまり、数え切れないほどの友人を失った。彼女たちは、向上心を置き去りにして母親への道を歩んでいった。けれども自分の妊娠が決定的となった瞬間、ジュリアの考えはがらりと変わった。これは単純なホルモンの働きじゃない。専業主婦を夢見るあまり作られた偽《にせ》の感覚でもない。これこそ愛だ。

ジュリアとニックは一緒になって、いまや人生のなかばに差しかかろうとしている。必要以上のお金を稼いだし、夢の家を購入して改築したり、旅をしたりして、人生を楽しんできた。けれども心のどこかに隙間《すきま》のようなものがあって、休みの日にはとくにそれが強く感じられた。サンタクロースやイースターバニー、歯の妖精《ようせい》やハロウィーンキャンディが戻ってきてくれることを、ジュリアは心から願っていたのだ。

＊

飛行機墜落事故のことを思い、亡《な》くなったすべての命を思い、あの隣に座っていた親切な年配の女性のことを思うと、目に涙が込みあげてきた。ジュリアがあのジェット機から離陸直前に降りたのは、シェイマス・ヘニコットのワシントンハウスに何者かが侵入したことを伝える自動送信メールが来たからだった。そのメールのおかげで、ジュリアはまた一日生きることができた。死の手のなかから、二つの命が救い出されたのだ。

ジュリアはそれを、このお腹の子が生まれてくる運命にあるサインだと受け取った。ジュリアにしてみれば、これは奇跡だった。

もっとも、はじめは警報装置の誤作動だと思って腹を立てながら、飛行機を降りて自分の車に飛び乗り、ワシントンハウスへ行ったのだ。敷地のなかを歩いて、ドアと窓を残らず確認し、どれもちゃんと閉まっているのがわかった。

ところが邸《やしき》のなかに入ったとたん、なにかがおかしいことに気づいた。そして三十秒もすると、大きな音がして邸が揺れた。まるで地震が発生したかのように、食器棚のなかの磁器がかたかた鳴り、バーのグラスがカチャカチャ音を立てた。ニューヨーク花崗岩《かこうがん》の地下深くには断層がひとつあるものの、地震はバーミューダ諸島での雪合戦と同じくらいめったにありえない。照明が点滅しはじめて、やがて消えてしまった。

緊急時の照明がすぐについて、階段と非常口のドアを照らした。コンピューターのバッテリーバックアップから断続的なビープ音が鳴って、停電のためにシャットダウンに入ることを伝えた。そのときジュリアは腕時計を見た。十一時五十四分。本当なら、郡の地下深くにある断層がずれたせいで停電した人気《ひとけ》のない家のなかを歩きまわっていたりしないで、いまごろボストンに向かっているはずなのに、と思った。

ジュリアはキッチンに行くと、二十四時間のバッテリーバックアップで作動しているカードリーダーに自分の認証カードを通し、地下室へ通じる重い防火扉を開けた。ハロゲンライトの非常灯が階段を照らし、その眩《まぶ》しすぎる明るさのせいで、ヘニコットがせっかくパリから輸入した高価なユリの花柄の壁紙も、凡庸にしか見えなかった。ジュリアはキーパッドに自分の社会保険番号を打ちこむと、カードリーダーの上で自分の認証カードを三回振った。それから八角形の鍵《かぎ》を取り出し、Dのアルファベットが刻まれた面を上にして、大きな艶消《つやけ》しのスチールドアに差しこんだ。力をこめて鍵をまわし、ドアを開けると、暗闇《くらやみ》が出迎えた。椅子《いす》を引っぱってきてドアを押さえ、眩しいハロゲンライトの明かりが入るようにした。

目はすぐに、部屋の真ん中にある壊れた展示ケースと、壁にある場ちがいな赤いドーム型の箱に留まった。たちまち怒りが湧《わ》いてきて、まるで自分のことのように腹が立った。開け放たれたドアをいくつかまわって、なかを見た。空調システムのついた収蔵室には、非常灯がついていた。木箱はひとつも開けられた様子がなかった。最初の部屋に戻り、階段の上から注ぐハロゲンライトの光のなかを通って、シェイマスのオフィスのドアを開けた。壁にある隠し扉にまっすぐ向かうと、わずかに開いているのがわかった。ジュリアはその扉を押した。

なかはほぼ完全な暗闇だった。外の部屋の明かりがかすかに反射していたけれど、はっきり見えるほどの明るさではなかった。

その隠し部屋には二つのものしかない。暗闇に懸命に目を慣れさせながら、慎重に前へ二歩進むと、金庫に行き当たった。片手をひとつの金庫に滑らせ、扉が閉じているのがわかったものの、もうひとつの金庫は……触って確かめるまでもなかった。開いた分厚いドアの影が見えたのだ。

そのときふと、恐怖に全身がすくんだ。

ワシントンハウスが強盗被害にあったことを確かめるため、邸に入ってすぐ、この地下室に降りてきた。腹立ちのあまり、危険が潜んでいるかもしれないのに、無謀にも暗闇のなかを走りまわってきた。閉所恐怖症に襲われたことは一度もないけれど、そのときばかりは暗闇がまわりから押し寄せてくるような恐怖を感じた。だれかがこの地下室にいるのか、何者かが戸口の後ろに隠れているのかはわからなかったけれど、その何者かがいるとしたら、追い詰められた野獣よろしく、逃走するために自分を殺そうとしているかもしれない。

今日は死ぬにはいい日じゃない。

ジュリアはすぐさま部屋から飛び出して、階段を駆けあがった。細い八角柱状の鍵を取り出して、食料貯蔵室の偽の壁の後ろに隠されたセキュリティルームを開けた。サーバーが破壊されているのがすぐ目に入った。ハードディスクドライブも引き抜かれてなくなっている。強盗に入った一味は、自分たちの痕跡《こんせき》を消す方法までちゃんとわかっていた。

自分が勤める法律事務所のオフィスに予備のバックアップがあることを、ジュリアは感謝した。自分のコンピューターのなかにあるだけでなく、会社のサーバーにもある。この強盗一味は、そっちを探すなんて頭にないだろう。

セキュリティルームから食料貯蔵室に戻るときには、恐怖心は落ち着いていた。強盗一味はもうここにはいない。この内通者の犯行は、おそらく数分のうちに、なんの痕跡も残さずに行われたのだろう。

ジュリアは食料貯蔵室の棚から懐中電灯を取ると、車からデジタルカメラを持ってきて、ふたたび地下室に戻った。なくなっているものの目録を作り、壊された展示ケース、開いた金庫の写真を撮った。この強盗にはある特徴があった。意外にも収蔵室には手をつけていないのだ。なかにある木箱には、それぞれ何千万ドルもする絵画が入っているというのに、武器の骨董品《こっとうひん》と単純な金庫ひとつの中身しか盗んでいなかった。

シェイマスが年に数回更新する骨董宝石芸術品類の目録をジュリアは持っていたが、二つの金庫の中身に関してはよく知らなかった。ダイヤモンドが入った小袋がいくつかと、ほかに個人的な品をしまってあること以外、二つの金庫の中身は謎《なぞ》のままだった。

地下室から上に戻ると、シェイマス・ヘニコットに悪い知らせを報告するため、マサチューセッツ州にあるシェイマスのサマーハウスにさっそく電話をかけた。ためらいはなかった。悪い知らせをあとまわしにしちゃいけないのは、若いうちに学んであった。

シェイマスの秘書のタリアが、いまシェイマスは家族に急を要することがあって手が離せないと告げたとき、ジュリアはタリアに、できるだけ早くシェイマスに折り返し電話させて、ワシントンハウスで事件が起きたの、といった。どんな問題が起こっても、ジュリアはシェイマスの指示に忠実にしたがうことにしていた。シェイマスはなにが起ころうと、みずからが事実を把握して最善の対処法を決めるまで、警察には絶対に知らせたがらない。それがシェイマスの方針であり、ジュリアはここ三年そうしてきたように、彼の知慮を尊重することにした。

シェイマスはここ数週間ずっと体調を崩していたが、体調の悪い九十二歳にしては、ジュリアが三十一のときよりも元気だった。二週間前、二人は彼のモネのコレクションをニューヨークのメトロポリタン美術館に貸し出す件について話しあったが、いつものことながら、話は家族や人生のほうにそれていった。ジュリアはシェイマスとその功績を尊敬し、彼の助言や忠告に全面的な信頼を置いていたので、なにかとシェイマスに打ち明けては、仕事とは関係ない問題についても彼の意見を求めた。

子どものいないシェイマスは、人生で本当に重要なもの——愛、家族、成功の真の遺産、幸福の秘訣《ひけつ》といった話を、いつもわが子に語るように話してくれた。ジュリアはニックに妊娠を知らせたくてたまらなかったけれど、シェイマスに話すのも楽しみにしていた。シェイマスなら心から喜んでくれるはずだからだ。ジュリアの両親は、ジュリアが生まれた年にはいまのジュリアより年が上で、数年前に他界していた。そしていつしかシェイマス・ヘニコットは、両親を亡くしたジュリアの心の隙間を埋める代理祖父のような存在となり、温かい笑顔と陽気な声で、ジュリアの仕事ぶりを褒め、知恵を貸し、人生の道しるべとなってくれていた。

シェイマスの無私の心、慈善の精神、高潔さは、ジュリアの胸を打つものだった。紳士という言葉が死語となった時代のなかで、シェイマスは本物の紳士だ。いまも書き言葉を大切にしていて、個性のないEメールの世界は避け、流麗な筆記体の手書き文字でジュリアに手紙を送ってくる。

ワシントンハウスが強盗にあい、何年にも渡って家族に受け継がれてきた貴重な品々が盗まれたことをシェイマスに告げなければならないのが、ジュリアには心苦しかった。シェイマスが「心配しなくていい。私の人生で本当に貴重なものは金属や石やカンバスじゃないからな」とこともなげにいうのはわかっているけれど、シェイマスが事件に心を痛めるんじゃないか、彼のコレクションには目録にないものがあったんじゃないだろうか、と思った。

邸をあとにするとき、PDAが小さく唸《うな》りをあげて、オフィスからメールが送信されてきた。驚いたことにそれは、ヘニコット家の各種ファイルとセキュリティデータだった。が、すぐにそれが、停電が発生したときのダウンロード手順であることを思い出した。勤務する法律事務所のオフィスも、ヘニコット邸の界隈《かいわい》と同じく停電に陥っているのだ。

レクサスSUVに乗って車寄せから出るとき、パトカーと消防車が猛スピードで通りすぎていった。信号も消えていて、人々が路上をうろうろしながら、一様に南の方角を見ていた。そこでジュリアも南に顔を向けると、刺激性の異臭を放つ巨大な黒煙が立ちのぼっていた。

いま、飛行機墜落現場の二十四キロ北でレクサスに座っているジュリアからも、南の地平線で漂いながら散っていく黒煙が見える。ダッシュボード上の時計を見た。午後二時を過ぎたばかりで、まだニックとは連絡が取れていない。またかけてみようと携帯電話を取ったとき、助手席のドアが開いて、一人の老人が入ってきた。

「迎えに来てくれてありがとう」老人はシートベルトを締めながらいった。「私はドクター・オライリーだ」

「ジュリア・クインです」ジュリアは右手を差し出した。

握手しながら、ジュリアはその老人をまじまじと見た。髪こそ真っ白だが、眉毛《まゆげ》は闇夜のように真っ黒で、それが老人を少しだけ若く見せている。好奇心に駆られて首を傾《かし》げながら、ジュリアは訊《き》いた。

「どこかでお会いしましたっけ?」

「そうは思えないな」オライリーは首を振った。「きみが五年以上前に検視局と仕事上の関係があったとすれば別だが。寂しいことに、私の引退生活も今日の悲劇で終わりだよ」

そこで医者は黙りこんで窓の外を見やり、物思いに沈んだ。これから目にする悲惨な光景を想像しているとしか考えられない。

ジュリアはなにもいわずにレクサスを発進させ、車寄せから出ると、バイラムヒルズに戻った。

＊

ニックは自分の家の書斎で、机を前にして革椅子に座っていた。びしょ濡《ぬ》れで、激しく息をつき、頭のなかはなにがなんだかわけがわからず、ひたすら混乱している。ダム湖の湖底で頭が真っ白になって、最後にジュリアを救えなかったと観念したとき、自分は死んだとばかり思っていた。

自分を落ち着かせて、手に握りしめた財布を見る。それは子牛革の黒いグッチだった。ケンシコ貯水池の底で隣に漂っていた死人のポケットから取ったものだ。開くとなかには百ドル紙幣がぎっしり詰まっていて、アメリカンエキスプレスのブラックカードとビザのゴールドカードも入っていたが、そんなものには目もくれなかった。探していた運転免許証は、一番上にあった。

しかし、死んだ男の身元がわかっても、「わかった！」という気分じゃなかった。一時間前に抱いていたよりも、多くの疑問が生まれたからだ。免許証をもう一度見る。住所はペンシルベニア州ハーバーフォード・メインラインのメリオン通り十番地。誕生日は一九五二年五月二十八日。身長一七八センチ、目は茶色、臓器提供の意思表示カードには、チェックボックスにチェックが入っている。シェイマス・ヘニコット邸のセキュリティシステムを担当したセキュリティ会社のオーナー、ポール・ドレイファスは、死んでいた。ケンシコ貯水池の底で、溺死体《できしたい》となって。

ニックは二階にあがって濡れた服を脱ぎ、すぐに別のジーンズと白いシャツに着がえた。別の黒っぽいジャケットをクローゼットから取り出し、濡れたズボンとジャケットのポケットのなかにあるものを取り出した。マーカス宛《あ》てにマーカスが書いた手紙と、取調室で白髪まじりの男から受け取った手紙。外の封筒のインクがわずかに流れている。それから懐中時計を取り出して、パチンと蓋《ふた》を開けた。造りがよくできていて、どうやら水中に落ちてもなんの影響も受けないらしい。秒針が二時五分の12のところを滑らかに通りすぎていく。だが携帯電話は話がちがって、完璧《かんぺき》にショートしている。実際のところ、携帯電話が壊れたのはうれしかった。ジュリアが死んだ証拠写真をこの世から消し去ってくれたからだ。財布と鍵《かぎ》、聖クリストファーのメダル、金の懐中時計、二通の手紙をつかんで、着がえたズボンとジャケットのポケットに押しこんだ。

下に降りて書斎に戻り、金庫を開ける。シグザウエルとマガジンがなかにあるのを見て、思わず大きな笑みがこぼれた。魔法でもなんでもない。ダンスの車のなかから時空を飛び越えてここに来たわけでもない。いまは二時五分。シグザウエルは、まだ金庫から出ていないのだ。

ニックはマガジン数本と一緒にシグザウエルをつかむと、ジーンズの腰の後ろに差した。机の上の書類をどかすと、まったく濡れていない私用の携帯電話が、いつでも使える状態で見つかった。思わず声をあげて笑ったが、おかしさはすぐに消えた。自分に腹が立ってきたのだ。もう少しで死んでしまうところだったし、もし自分が死んでしまえば、ジュリアも道連れになるのだ。時間を逆行するだけで簡単にジュリアを救えると思っていたなんて、浅はかでうぬぼれもいいところだ。

いままでは、未来に関して知っていることを使って過去を変えたことがなかった。

これはゲームのようなものなのに、ニックはそのやり方が下手で、偶然出会った見知らぬ人間に助けてもらおうと駆けずりまわってばかりだった。けれどもそれじゃだめだ。いまこそ変化をもたらさなければならない。期限は刻々と迫っていて、ジュリアの命を救うための時間はどんどん尽きかけているのだ。

ニックは湖底の溺死体のポケットから抜き取った濡れた財布をつかむと、ジャケットのポケットにしまった。

偶然の成り行きに任せるような受身でいるつもりは、もうない。頭のなかにはひとつの計画があった。

ポール・ドレイファスに会いに行くのだ。

＊

ニックは飛行機の墜落現場に行き、バリケードの外に車を駐《と》めた。青いシボレー・インパラのすぐ後ろだ。ジュリアを殺した男を乗せる車、いまから数時間後に、ニックが追跡して路肩の立ち木に激突させることになる車だ。

ニックはマクマナス二等兵のほうへ急ぎ足で歩いていった。ここに来てシャノン刑事に会ったとき、墜落現場の入り口でニックを制止した州兵だ。

「どんなご用でしょうか？」マクマナスはいった。

「墜落事故の証拠を持っていくんだ、デリア警部のところに」ニックは立ちどまらずに、濡れた財布を掲げて見せた。

ニックの声か態度に威厳を感じたのか、若いマクマナスは疑問を抱かず、うなずいて通してくれた。

＊

ニックは墜落現場を見た。消防士たちが懸命にホースを繰り出している。まだ消防車のステップに腰かけて休憩できるような状態じゃないのだ。中央管理棟には、遺族が続々とバスで運びこまれている。愛する者の遺体の近くにいるため、墜落原因に関する最新の情報を知るため、あるいは、奇跡の生存者に関する噂《うわさ》を聞くためだ。

墜落事故の悲惨さは、ニックがかつて経験したことのないものだった。自分の時間軸で一時間前に見ているのだが、酸鼻の極みともいえるその光景には、決して慣れることができなかった。悲劇は広範囲に及んだ。尾翼部分をのぞけば、ドア一枚より大きな機体の破片はひとつも見えない。何百人ものボランティアが緊急対策チームの手伝いをしたり、悲しみに暮れる遺族の力になったりしている。それは人間らしい善意の最高の証左であると同時に、人間の命が最悪の運命をたどった証左でもあった。

このどこかに、この大勢の人々のどこかに、ポール・ドレイファスがいる。

ニックはドレイファスのまだ濡れた財布を取り出して、名刺を一枚見つけ、そこにある携帯電話の番号にかけた。

「もしもし」深い声が答えた。

「ミスター・ドレイファスですか?」ニックは大勢いるボランティアを見渡した。

「ええ」

中央管理棟の横にある本部テントの人々に目をやる。

「ぼくはニック・クインです」

「それで?」その声にはなんの感情も感じられないし、改まった口ぶりでもない。

ニックは警察の立ち入り禁止テープが何キロも張りめぐらされたサリバンフィールドに目を走らせ、死の焼け野原で携帯電話を耳に押し当てているその男を、ようやく見つけた。電話を切り、男から目を離さずにまっすぐ向かっていく。

ドレイファスは思ったよりがっしりしていて、かつては岩のような体格だったにちがいない。体重は以前ほどじゃないにしても、いまもたくましそうだ。ケンシコ貯水池の湖底で見た死体のゆらゆら漂っていた髪とちがって、白髪まじりの髪はきれいに分けられている。

ドレイファスはラテックスゴム製の手袋をはめ、シャツの袖《そで》をまくりあげて、つぎつぎとシーツをめくっては、その下の遺体を確かめていた。

「ミスター・ドレイファスですね？」ニックは近づきながら声をかけた。

ドレイファスは、ニックを邪魔者扱いするかのように、白いシーツの下を見るのをやめなかった。

「ニック・クインです」ニックは手を差し出した。

ドレイファスはその手を無視した。手袋をしたままでは失礼だと思っているのか、それとも相手にしていないからだろうか。

「ここには今日飛行機で？」ニックは訊いた。

「きみとは知りあいだったかな？」

「どう説明したらいいか――」ニックはいい淀《よど》んだ。話の進め方がわからなかったのだ。

「お遊びにつきあってる暇はないんだ。単刀直入にいってくれ」

「あなたはやつらに殺されます」うっかり口走ってしまった。

「だれに？」ドレイファスはシーツをめくる手を止めず、目もあげなかった。まるで聞こえていないか、関心がないかのようだ。

「あなたの仲間に」

「仲間？」ドレイファスはようやく顔をあげた。「いったいなんの話だ」

ニックはドレイファスの両肩をつかんで、自分のほうに向けた。

「そのあとでやつらは、ぼくの妻を殺すつもりなんです」

ドレイファスの表情がふと和らいだ。

「だったら私なんかにかまわないで、奥さんを守りに行ったほうがいい」

「イーサン・ダンスを知ってますか？」ニックはなおも質問を繰り出した。

「きみは警察官か？」

「やつはあなたの目と口を殴るでしょう。強烈な右フックを持ってますから」ニックは自分の唇をさすった。「それからあなたのくるぶしをバーベル用の鉄のプレートに縛りつけて、貯水池に沈めるつもりです」

「私を脅かそうとしているのか？」

「ええ、そうです」ニックはまじめな調子で答えた。

「これを全部見たあとは——」ドレイファスは手袋をした手でまわりの白いシーツを示した。「すまないがきみを無視させてもらう。そういう無駄話につきあってる暇はないんだ」

ドレイファスはニックをにらみつけて、歩き去った。ニックは一瞬立ち尽くして、ドレイファスの警戒心を解いて話をさせるにはどうしたらいいだろうと思った。

それからすぐにドレイファスに追いつき、隣に並んで、焦《こ》げた地面を歩いた。一歩ごとに、AS300ジェットライナーだったものの破片を避けなければならなかった。ドレイファスは白いシーツの前で立ちどまっては、丁寧にお辞儀をして、ゆっくりシーツの端を持ちあげている。

北ウエストチェスター病院から急遽《きゅうきょ》運ばれてきたシーツは、もともとの用途とはちがう使われ方をしていた。遺体をおおっているのはわかるものの、地獄さながらの光景に点在する白い衣の海の下にどんな遺体が横たわっているのか、ニックは実際にはわかっていなかった。こうして間近に見ると、安らかな格好の遺体はひとつもない。激しく損傷し、身体《からだ》の一部が欠けていて、識別できないほど焼け焦げている。シーツの下には上半身しかなかったり、四肢の一部しかなかったりして、胃がねじれて胸がつぶれるほど見るに耐えない光景だ。ドレイファスがどうしてこのなかを探し、遺体の顔を見ることができるのか、理解できなかった。

「ここでなにをしてるんです？」ニックは訊《き》いた。

「私はベトナム戦争で軍医をしていたんだこんなひどい光景は二度と見ることはないだろうと思っていたんだ。が」

「ここに来てボランティア活動をすれば、自分の魂を浄《きよ》めることになるとでも思ってるんですか？」

「きみは自分がなにをいっているかわかってない。一度だけいうが、そうやって私につきまとうんなら警察を呼ぶぞ」

「平気ですよ、あなたはそんなことしたくないはずだ」ニックは間をおいた。「いったいなにを探してるんです？　罪の贖《あがな》いですか？」

ドレイファスは立ちどまり、怒りと苦痛の入り混じった目でニックのほうを振り返った。

「私は弟を探しているんだ」

ニックはドレイファスをじっと見つめた。卑劣な男だとばかり思っていたのに、墜落した飛行機に弟が乗っていたとは、予想外だった。

「すみません」ニックは謝った。「そうとは知らなくて」

「わかったら、私を一人にしてくれるか？」

「今朝ワシントンハウス——つまりヘニコット邸で、強盗事件が発生しました。あの邸《やしき》のセキュリティを担当したのはあなたです」ニックはやむをえず話を続けた。「犯人一味はダイヤモンドや剣、短剣、銃を盗みました。彼らはいま自分たちの痕跡《こんせき》を消しているところで、じきにあなたを追ってくるでしょう。だからここから逃げたほうがいい。ぼくも力になりますが、その前にだれが強盗に関わっているのか教えてください。妻を救うために、犯人たちの名前をすべて知る必要があるんです」

ドレイファスはようやくニックを、いままでとはちがう同情的な目で見てくれた。

「きみの奥さんのことはすまないと思うが——」ドレイファスの同情はそこで消えた。「彼女はまだ生きている。だが私の弟は、もうこの世にいないんだ。わかったら、放っといてもらおうか」

ドレイファスはかがみこんで、また別のシーツをめくった。

「ミスター・ドレイファス？」背後から声がした。

「やれやれ、今度はだれかな？」

「イーサン・ダンス刑事です」

ニックが振り返ると、ダンスの横には四人の制服警官が立っていた。

「一緒に来てもらいましょう」ダンスはドレイファスの腕をつかみ、制服警官の一人が、もう一方の腕をつかんだ。ニックは警官たちをすばやく見まわして、そのうちのだれがケンシコ貯水池の湖底で手足を縛られて漂っていたか確かめた。しかし、髪の赤い男は一人もいないし、四人とも、とても痩《や》せているとはいえない。

腰の後ろに差した銃に手をやったが、もしこの銃を抜いたら、逆に撃ち殺されてしまうか、少なくとも手錠をかけられるかしてしまうだろう。

「その人を放せ」ニックはわけもわからずに叫んでいた。

「おまえはだれだ?」ダンスはいった。

「あんたには思いやりってものがないのか?」ニックはいった。「この人は弟さんを探してるんだ」

「この男が探してるのは、それだけじゃないのさ」ダンスはそういって背を向け、ドレイファスを連れ去った。

＊

遺体となって白いシーツにおおわれた男や女、子どもたちを見ながら、なぜ罪もない人たちが死ななければならないのかと、ニックは戸惑うばかりだった。彼らの死にどんな意味があるというのだろう？　いったいどれほどの人が、愛する人に先立たれ、悲しんでいるのだろう？　この世で最愛の人を失う気持ちは、ニックにもわかった。

この悲しみを終わらせ、すべて取り去ることができたらどんなにいいだろう、残りが五時間以上あったらどんなにいいだろう、とニックは思った。ジュリアを救って犯罪を解決するのに十二時間かかるとしたら、二百十二人を救うためにはいったいどれくらいかかるのだろう？　はたして自分は、時間を逆行して一人一人に、あの飛行機に乗っちゃいけないと伝えることができるだろうか？　墜落事故の原因を突きとめて、阻止することができるだろうか？　自分にはこの苦しみを終わらせることができないとわかると、ニックの胸は無力感でいっぱいになった。

しかしドレイファスは、強盗事件になんの新しい光も当てないまま、ダンスによって連れ去られ、逃れられない死へと向かっていった。ドレイファスは弟の遺体を探しているところだった。ドレイファスが強盗事件以外のことに関わっている可能性なんて思いも寄らなかったし、考えもしなかった。

それにしても、ダンスはどういう意味で、ドレイファスが探しているのは弟の遺体だけじゃないといったのだろうか？　ドレイファスは、ほかのなにかを探していたのか？

実際にはニックは、少し意外に思っていた。深い悲しみに満ちたドレイファスに、好感が持てる気がしたからだ。しかも医学を学び、国のために戦争に行って、ビジネスで大成功を収めたという。

そのときニックは気づいた。ドレイファスは死ななくてもいい人だ。二百十二名の乗客を救うことはできないかもしれないが、ポール・ドレイファスを救うことはできるかもしれない。しかもそうすることによって、あるいはいくつか答えが得られるかもしれない。

ダンスがどこへ向かうかはわかっていた。まだ時間はある。

＊

ポール・ドレイファスを緑のフォード・トーラスの後部座席に座らせると、ダンスは下っ端《ぱ》の警官たちに、持ち場に戻れと伝えた。

それからドレイファスの隣に乗りこみ、銃を抜いて、ポールの腹部に押しつけた。

「どうだ、二百人以上の人間を殺した男の兄貴の気分は？」

ポールはダンスをにらみつけたが、黙ったままだった。

「あいつはおれたちを裏切った。はなからそれがおまえらの計画だったのか？　あの箱がどこにあるのか教えてもらおう」ダンスの興奮と怒りが高まった。「それもいますぐだ！」

ポールは、ダンスの質問に答える気はなかった。だれにも話すものか、とくにこの悪徳刑事には。

一九七二年のラオス国境で、ポールはリース小隊の生き残った兵士たちを手当てしているとき、ベトコンに捕まってしまった。彼は簡易独房として掘られた深い穴に放りこまれ、五日間尋問を受けた。食事は与えられず、水しかもらえなかった。木の枝やライフルの銃床で背中を叩《たた》かれたが、ポールはひとことも口を割らなかった。自分の名前も階級も、シリアルナンバーもしゃべらなかった。六日め、ネイビーシールズのチームが救出に来てくれたが、その前にポールは、死んだベトコン兵士からライフルを奪い取り、尋問していた男たちの頭を撃って吹き飛ばした。

あのときも尋問には答えなかったが、いまも尋問に答えるつもりはない。

七五年にアメリカに戻ると、ポールはセキュリティ会社をはじめた。最初は小さな店で、友人たちの家のドアや窓の警報器を扱う程度だったが、やがては地元の家族経営店の監視カメラを扱うようになり、それが一流会社のセキュリティを任されるまでに急成長した。運と努力と、寝る暇も気を緩める暇もない日々によって、ポールは会社を、アメリカ屈指のセキュリティ会社にまで築きあげた。

一方、弟のサミュエル・ドレイファスは、兄とはかけ離れた道をひた走った。ポールがジョージア大学に進んで医学の勉強に励んでいたとき、サムはハイスクールをドロップアウトし、女たちの尻《しり》を追いかけまわしていた。ポールが軍に志願したとき、サムは徴兵を拒否した。ポールがベトナムへと飛んだとき、サムはカナダに逃亡した。ポールは子どものころからスポーツが得意で、運動と食事によって肉体をマシーンのように作りあげ、ジョージア・ブルドッグズではディフェンシブタックルとして敵クオーターバックにタックルをかまし、東南アジアでは、負傷した兵士たちを戦場から担《かつ》いで運び出した。一方サムは、啓示と真実を見つけるため、自分の身体を薬物漬けにするほうを選んだ。

戦場であまりに多くの傷とあまりに多くの血を目《ま》の当たりにしたあと、ポールは医学の道を捨てて、自分でも思いも寄らなかった道へ進んだ。それが成功して、フィラデルフィア郊外にジョージ王朝風コロニアル様式の立派な邸を手に入れた。二人の娘にはアイビーリーグの大学教育を受けさせ、結婚して三十五年になる妻のスーザンには贅沢《ぜいたく》な生活を与え、自分は車よりも船や飛行機が好きなので、ちょっとした船と飛行機を手に入れた。父の血を受け継いだのか、空を飛ぶのは十四のころから大好きだった。父は月に二度、兄弟をリーハイバレーあたりまで飛行機で連れて行き、ポールとサムに交互に操縦桿《そうじゅうかん》を握らせてくれた。それまで経験したほかのものにはない爽快《そうかい》感を教えてもらったことで、空を飛ぶことは、生涯続く喜びとなっていった。

人はポールの人生のすべてを、羨望《せんぼう》の眼差《まなざ》しで見た。弟以外のすべてを。サムは、カーター大統領が徴兵拒否者に対する恩赦を決定したあと、世間には自分を養う義務があると考えて、アメリカに戻ってきた。世間じゃないにしろ、少なくとも兄のポールには。

サムはいろんなことをしてきたかもしれないが、それでもポールの弟であり、ポールの家族だった。犯した犯罪もせいぜい徴兵拒否とドラッグ程度だし、どれも若いころの話だ。人の気に障《さわ》るとか無礼で自己中心的だとかは、重罪に値する行為じゃない。もし重罪に値するとしたら、サムはとっくに刑務所に入っていただろう。

ポールはここ二十年間、自分の会社で弟を雇ってやり、なんの仕事もしていないのに年に百万ドル以上も給料を払ってきた。サムが自分の子どもたちになにか残してやれるようにという同情心から、会社の所有権の一部も与えてやった。それがサムに、なにがしかの誇りとやる気を与えてくれることを期待していたが、それまでのいろんな努力と同じで、まったくの無駄に終わった。サムはろくに会社に貢献せず、契約ひとつ取ってこないし、仕事にまったく興味なさそうだった。ポールは弟のことを完全に見放したほうがいいだろうかと、真剣に思いつめるほどにまでなっていた。

しかし去年になって、大きな変化が見られた。サムが毎朝八時にはオフィスに出社して、丸一日ちゃんと働くようになったのだ。アイデアを持って本社にあらわれるようになったし、従業員たちにも敬意を払うようになった。四十九歳にしてようやくサム・ドレイファスは、大人になったのだ。責任感が増したことで、サムは家族の名に恥じなくなったし、失った信用と家族の絆《きずな》を取り戻した。ポールは企業へのプレゼンテーションで、誇りを持って弟を紹介した。やがてサムは、数百万ドル規模の大きな契約を半年で三つも取ってきた。ただ仕事をしているだけではなく、報酬に見合う有能な働き手となったのだ。

ところがそれが、まったくの見込みちがいだとわかった。

ポールが今朝六時四十五分にオフィスに出勤すると、自分が特許を取得した細い八角柱状の鍵《かぎ》のレシートが床に落ちていた。どこのばかが落としたんだと内心毒づきながら、黙ってそのレシートを拾ったとき、一番下のサインが見えた。たちまち、サムがしでかしたことに気づいた。

自社のセキュリティシステムが破られ、ヘニコット家のファイルと見取り図が消えているのがわかったとき、ポールは激しい憤《いきどお》りを覚えた。暗証番号は盗まれ、金庫や錠の数字の組みあわせも読み取られ、認証カードは新しく作られて有効化されていた。ポールはすぐにサムのコンピューターに侵入した。弟はここ一年、模範的な仕事ぶりでポールの新たな信頼を勝ち取ったが、ポールは弟が万一以前の性格に戻ったときのために、サムのファイルに〝裏口〟からアクセスする方法を残しておいたのだ。ポールは弟を心から信じてやろうとしないことに後ろめたさを感じていたが、その後ろめたさは、弟の個人的ファイルを開いたときに見つけたものによって、すっかり消えてしまった。プリントアウトしてサムのメモを読んだときは、やりきれない思いにとらわれた。サムは会社に対する背信行為まで、平気でやるようになってしまったのだ。

妻にさえ一言もいわずに、ポールは緊急用のブリーフケースをつかんだ。なかには暗証番号をリセットする装置と五十万ドルの現金、スミス&ウェッソンが入っていた。ポールは弟のコンピューターからプリントアウトした三枚のメモをそのブリーフケースに押しこむと、自分のセスナ400を格納してある小さな飛行場へと駆けつけた。二十年のつきあいになる航空管制官のトニー・リヒターに二万ドルを払って、自分のセスナ機が午前七時十五分に離陸するのを見たことを忘れてもらい、ポールのセスナ機は格納庫に入ったままだと周囲にいうように頼んだ。ポールは自分がセスナで飛び立ったことをだれにも知られたくなかったし、自分がなにをするつもりか、サムに知られたくなかったのだ。

ダンスの拳《こぶし》が右目に叩きこまれた衝撃で、ポールは物思いから覚め、いまの瞬間に引き戻された。

「箱はどこだ？」

ポールはパンチをあざ笑いながら、ダンスをにらみつけてなじった。

「あの男は、あんたがそうくるだろうといってたよ」

「あの男ってのはだれだ？」

「あんたが強盗事件に関与しているといっていた」ポールはそうつけ加え、それがダンスを激しく動揺させたのを喜んだ。「あんたが私を貯水池に放りこむつもりだともな。彼の言葉に耳を傾けるべきだったよ」

「だから、だれなんだ？」

「わからないが、かなり頭に来ているようだった」ドレイファスは間をおいた。「人を殺しかねないくらい」

「さっきおまえと一緒にいた男か？」

ポールは微笑《ほほえ》み返しただけだった。

するといきなりダンスは、ポールの口を殴りつけた。

「あいつはおれがこうするといってたか？」

それからダンスは、ポールの腹部にパンチを食らわせた。

「こいつはどうだ？」

ダンスはそれ以上いわずに後部座席から飛び出すと、運転席に乗りこみ、エンジンをかけて、混雑した道に車を出した。

「おまえが泳ぎ方を知ってるかどうか見てみよう」

＊

いままでこんなに全速力で走ったことはない。ニックは中央管理棟の前を通りすぎ、ラクロス競技場を横断して、森に入った。園内道路は、サリバンフィールド運動公園全体を取り囲むように走っている。足さえ速ければ、車のほうは渋滞につかまっているし、直線距離のほうが短いので、ダンスに追いつくことができる。

右手の小さな森に入って、ニックはいっそう激しく腿《もも》を動かした。マラソンのラストスパートのように、乳酸が脚に溜《た》まってくる。

森のなかで低い緑の天蓋《てんがい》の下を走り続けながら、ニックはジュリアのことだけを思って、丸太や藪《やぶ》を跳び越えた。森を抜けてさらに速く脚を回転させながら、園内道路に隣接する丈の高い草地を走った。

走りを緩めることなく、背中に手を伸ばしてシグザウエルを引き抜く。安全装置を解除すると、ダンスの車が視界に入ってきた。

車は四百メートルほど先をゆっくり走っていて、マクマナス二等兵が警備する地点に近づいている。マクマナスは、だれも入れないようにしてはいるが、出て行く人間を阻止することになるとは考えてもいない。

「マクマナス！　マクマナス二等兵！」ニックは叫びながら、マクマナスのほうへ息せききって走っていった。

マクマナスが振り向いた。この距離からでも、その目に困惑の色がありありだ。

ニックは近づいてくるダンスの車を指さして、若いマクマナスに叫んだ。

「あの車を停めろ！」

「え？」マクマナスは叫び返して後ろを向き、近づいてくる緑色のフォード・トーラスを目でとらえた。

「あいつらは墜落現場で盗みを働いたんだ！」そういえばマクマナスが聞いてくれると思って、ニックは叫んだ。

「どうしてわかるんです？」マクマナスが叫び返した。

「きみはライフルの授業でトップの成績だった。そいつを証明しろ」

「どうしてそれを？」マクマナス二等兵は叫びながら、近づいてくるトーラスのほうを見た。

「ライフルをかまえろ。そいつらを通すんじゃない」このときにはもうニックは、マクマナスから三十メートルも離れていなかった。

するとトーラスがいきなりアクセルを全開にし、警察車両の大きなエンジンが唸《うな》りをあげて加速した。

バリケードに阻《はば》まれているため、通行可能な車線は一台分の幅しかない。マクマナスはその車線に立ってM-16をかまえ、一・三トンの車とのチキンレースに入った。

ニックもマクマナスの隣に並んでシグザウエルをかまえ、運転しているダンスを狙《ねら》った。

トーラスは百メートルまで近づいてきたが、依然として加速している。

「きみならタイヤを撃てる。しっかり狙いをつけろ」ニックはいった。

「ほんとに当たるでしょうか？」マクマナスはライフルをかまえ、狙いをつけた。

「きみならやれる。射撃場だと思え」

五十メートル。

「撃て」ニックはいった。

マクマナスは照準をあわせて引き金をくいっと引き、発射した。

トーラスの後輪が黒いゴム片となって吹き飛び、アルミホイールが路面に接触して、火花を散らせた。

ニックはダンスに狙いをつけた。マクマナスは隣でかまえ、つぎの一発を撃とうと指を動かしかけた。するとトーラスは、ブレーキをロックさせてスピンし、横滑りしながらゆっくりと停止した。タイヤと剝《む》き出しのアルミホイールが、抗議の悲鳴をあげた。

ニックとマクマナスは、二人ともダンスに狙いを定めた。ダンスは銃を探しかけて、思い直した。

「なんなんですか、これは？」マクマナスはダンスに狙いをつけたまま、嚙《か》みしめた歯のあいだから訊《き》いてきた。

「後部座席の男を見てみろ。血を流してるだろう」

マクマナスはいわれたほうに目をやり、血だらけのドレイファスを見ると、今度は決然とした様子で、ダンスの頭にライフルの狙いをつけた。

「車を降りろ、いますぐ」

「若いの」ダンスはドアを開け、中途半端《はんぱ》に両手をあげた。「おまえは人生を変えるとんでもないまちがいを犯してる」

ニックはトーラスの内部に手を伸ばして親指で集中ドアロックを解除し、ポール・ドレイファスをトーラスから出してやった。

「そいつの話に耳を傾けるな。トランクルームのなかになにがあるか見てからにしろ。ここにいるいわゆる刑事は、たったいま墜落現場からバッグを二つ盗んだんだ。中身は骨董品《こっとうひん》の剣や短剣、ダイヤモンドだ。こいつのものじゃない。事故で亡《な》くなっただれかの所有物だ」その嘘《うそ》は、真実より説得力があったが、苦いものだった。

「そいつは嘘をついてる」ダンスはそう怒鳴って、ニックをにらみつけた。

ニックは答えるかわりに、トランクルームのラッチをはずした。

「なかには盗品のほかに、バーベル用の鉄のプレートが何枚かと、自転車のケーブルが何本か入ってる。それを使ってミスター・ドレイファスを縛りあげ、ケンシコ貯水池に沈めるつもりなんだ」

ダンスの頭が、びっくりしたようにニックのほうを振り向いた。

トランクルームの蓋《ふた》がゆっくりとあがって、二つのダッフルバッグと鉄のプレートが見えた。ニックが手を伸ばしてバッグのジッパーを開けると、黄金の輝きが見えた。短剣、剣、金が埋めこまれた三丁の銃。さらにニックは、決定的な証拠を取り出した。黒いベルベットの小袋。開けると、眩《まばゆ》いばかりのダイヤモンドが詰まっていた。

「なんてやつだ」マクマナスはダンスの頭にライフルの銃口を押しつけた。「車に手をつけ」

ダンスはしぶしぶ従った。

マクマナスがライフルをかまえているあいだ、ニックはダンスの銃と手錠、手錠の鍵を取りあげ、ボディチェックをして、くるぶしのホルスターに収まった小さなリボルバーを見つけた。つぎにダンスの両手を前に出させ、手錠をかけた。

ニックは自分のアウディのほうへ行き、ドアを開けて、ダンスの銃二丁を座席に放り投げた。ダンスの視線が、ニックの動きのひとつひとつをじっと見ている。

「おまえは自分がなにをしたか、まるでわかっちゃいない」炎のような目でにらみつけながら、ダンスはニックにいった。「かならずおまえを探し出して、そのことを思い知らせてやる。おまえをどこまでも追いかけて、その胸から生きたまま心臓をえぐり取って——」

そこでライフルの銃床を腹部に叩《たた》きこまれ、ダンスはたまらず身体《からだ》を折った。

「黙れ」マクマナスはもう一度ライフルを振りあげたが、今度は殴らずに、ダンスを車のなかに押しこんだ。「そこにいろ。刑務所行きにしちゃ減らず口が多すぎる」

ダンスはトーラスの後部座席で、苦痛に悶絶《もんぜつ》した。

「この鍵を持ってますか？」マクマナスはダンスの手錠を指さして、ニックに訊いてきた。

ニックが手錠の鍵を渡すと、マクマナスはポケットのなかにしまった。

「おれが入隊署名をしたときは、州兵のパンフレットにこんなことがあるとは書いてませんでした」

「ふだんはなんの仕事をしてるんだい？」

「じつをいうとMBAを取ったばかりなんですが、この景気じゃあんまり価値がないみたいで。いまだにバーガーショップでパテを引っくり返してますよ」

ニックはうなずいて、話の先を急いだ。

「いいかい、ぼくはこの人を医者に診せに行かなくちゃいけない」ニックはドレイファスを指さしながら嘘をついた。「きみはいい人だ。協力に感謝するよ。ぼくにできることがあったら……」

「ええ」社交辞令だと思ってか、マクマナスは笑いながら答えた。

「本気でいってるんだ」マクマナスが本気にしていないのが目でわかって、ニックはいった。「きみの携帯番号を教えてくれ」

「914－285－7448」

ニックは自分の携帯電話に、その番号を打ちこんだ。

「約束する。きっと連絡するから」

マクマナスはニックの申し出を信じはじめて、にっこり笑った。

「きみの隊から何人かここに来させてくれ」ドレイファスが、口の血を拭《ぬぐ》いながらいった。「この男の警察仲間は呼んじゃだめだ。連中は一緒になってきみを騙《だま》すに決まってる、この男は無実だといって」

「部隊長のウェルズ大佐に無線で連絡します。このことは大佐に任せましょう」マクマナスはドレイファスの顔の血をまじまじと見た。「だいじょうぶですか?」

ドレイファスはニックを見やって、うなずいた。

「ああ」

＊

ニックはアウディで22号線を走っていた。助手席にはドレイファスが乗っていて、膝《ひざ》にブリーフケースを置いている。サリバンフィールドの園内道路にまだ駐《と》まったままの、青いレンタカーから持ち出したものだ。

「ありがとう」ポール・ドレイファスはいった。「きみには命の借りができたようだ」

「どういたしまして」ニックはうなずいて、備えつけの救急キットからアイスパックを取り出して割り、ポールに手渡した。「あらためて、弟さんを失《な》くしたことにお悔やみをいわせてもらいます」

「あのダンスという男が私をどうするか、正確に知っていたな」

「お定まりの手口なんですよ、あの男の」ニックは自分の腫《は》れた唇に親指を向けて、自分が未来を知っていたことを疑問に思われないように願った。

「じつはあまり時間がないんですが、なにがどうなっているのか、ぼくは知る必要があります」ニックは続けた。「この強盗事件に関してあなたが知ってることを、ぼくに話してください」

ポールは窓の外の、がらんとしたバイラムヒルズの街を見やった。

「やつらは、ぼくの妻を殺そうとしてるんです」ニックは心から訴えた。

ポールはアイスパックを目に押し当てて、うなずいた。

「あの強盗事件をやったのは、私の弟だ。弟は私の個人ファイルから必要な情報をすべて引き出した。ほかにいいようがないんだが、弟が事件のブレーンだ。私が弟の計画に気づいたのは、つい今朝のことだった。弟は飛行機に乗って、こっちには十時十分に着いた。ダンスが弟を空港で拾い、一味は盗みを働くためにヘニコット邸へ向かった。私は弟が人生で最悪のまちがいを犯す前になんとか止められたらと思って、飛行機で飛んできたんだ」

「そうでしたか」血を分けた弟から裏切られたポールのいまの気分が、ニックには想像もつかなかった。

「犯人グループは、弟も含めて全部で五人。弟がほかの四人をこの仕事に引きこんだんだ。やつらはすんなりと押し入って、ほしいものを手に入れたが、とたんに計画全体が狂いはじめた。ダンスとその仲間たちは弟が裏切ろうとしていると思いこみ、弟は弟で、感謝の気持ちが足りないといってダンスたちをなじった。力と欲による崩壊のお手本だよ」

「あの地下室には、何億ドルもの価値を持つものがありますよね」

「ああ、そしてだれもそのことには気づかなかった。知っているのはヘニコットと彼の弁護士、私だけのはずだったが、残念ながら弟にも知られてしまった。弟を手伝ったあのダンスという男とほかの仲間たちは、それで顔を殴られても、あの価値に気づかないだろう」

「どうして弟さんは、あの邸《やしき》への侵入方法をわかっていながら、ほかの人間に声をかけたりしたんです？」

「セキュリティにはかならずバックアップがある。悲しいことに私の弟は、考えることが愚かでね。侵入したら警察署でも警報が鳴るんじゃないかと思って、この仕事を首尾よくやるには内通者が必要だと考えた。そこでダンスにチームを作らせたんだ。連中はじっくりと計画を練り、邸を下見したうえで、見張りを立たせ、盗品を運び出した。弟は連中に、眩《まぶ》しいほどの黄金やダイヤモンドを約束した。正確には、それを餌《えさ》にして誘いこんだんだ。自分が手に入れようとしているものは、連中には関心がないだろうと思って内緒にしていた。そして弟は、ダンスとその仲間たちに短剣や剣を盗ませているあいだに、金庫に向かった」

「連中は、壁のモネを奪うことができなかったんですか？」

「芸術がわかる人間に会えてうれしいよ。弟が雇った愚か者たちは、おそらくあれを子どもの描いたお絵かき程度にしか思ってなかったにちがいない。弟はあの絵の価値を知っていたが、弟のほしいものはほかにあった」

「ほかにって、どういう意味です？」

「金庫のなかにはダイヤモンドのほかに、あるものがあったんだ」ポールはそこでためらった。

「というと？」

ポールはゆっくりと答えた。

「弟はヘニコット家の、鍵のかかったマホガニーの箱がほしかったんだよ」

「箱の中身は？」

「弟は、なかになにが入っているかも知らなかった。噂《うわさ》を聞いたことしかなかったが、危険を冒すだけの価値があるものだと思った」

「黄金やダイヤモンド、モネの絵よりも、それを？」ニックはわけがわからなかった。

「なかにはなにが入ってたんです？」

「価値認識の概念という言葉を聞いたことは？」

「いえ」ニックは首を振った。

「もし私が絶対に手放そうとしない箱を持っているとしたら、きみはその中身に好奇心を持ってくるだろう。私がそれを百万ドルでも売ろうとしなかったら、きみはきっと価値のあるものにちがいないと確信する。だがその価値は、じつは個人的なものにすぎないかもしれないんだ。たとえば、なかに入っているのが死んだ父親の灰とかね。風に舞い散っていく、ただの塵《ちり》だよ。きみにはなんの価値もないが、私にとっては、それが死んだ父のすべてなんだ。金には換えられない価値がある」

ポールはニックに背を向け、ポケットに手を入れてなにかを探しはじめた。小銭を鳴らしてそれを取ると、ニックに身体を戻した。

ポールは両手を差し出した。片手は固く握りしめ、もう一方は手のひらを見せて、その真ん中に二十五セント硬貨を一枚乗せてある。

「この手を見ろ」ポールはいった。「どっちか選んでくれ。ひとつだけだ」

ニックは二十五セント硬貨を見て、その目をポールの拳《こぶし》にやり、そっちをぽんと叩いた。

「十人中九人がそうする。謎《なぞ》めいたほうを選ぶんだ。なぜか?」ポールは修辞疑問でいった。「理由はやまほどある。そこになにがあるか知るためだ。すでにわかっているものよりも、わからないもののほうが価値があると、決まって考えるのさ。

いまを生きている人が何人いると思う？　ほんの少しだろ？　明日のために今日を犠牲にしている人が何人いる？」ポールはそこで拳を開いた。その手にはなにもなかった。「……明日という日が保証されているわけでもないのに」

ポールの言葉に打ちのめされるようにして、ニックはジュリアのことを思った。二人はいつも、現在《いま》を犠牲にして未来を追い求めていたからだ。

「この拳がその箱だよ。弟はそのせいで命を落としたんだ。連中も、私がその箱を探すのを手伝わなければ、私を殺すだろう。きみの奥さんだって、連中の痕跡《こんせき》を消すために殺されてしまう。ところが連中は、箱の中身がそもそもなんなのか知らないんだ」

「ダンスはトランクルームいっぱいの宝飾品をせしめておきながら、それと引き換えにしてでもその箱を手に入れようとしてるんですか？　中身も知らずに？」

「計画全体が悪い方向に進んでしまった。ダンスとその一味は、もともとは骨董品《こっとうひん》とダイヤモンドを盗むつもりで、それだけで万々歳のはずだった。ところが連中はあの箱を見てしまった。中身も知らないのに、弟がその箱をひどくほしがる姿だけを見て、連中はその箱が、自分たちの盗んだものよりはるかに価値があると思って、騙されたと思いこんだ。じつは安い見返りで雇われたんじゃないか、とな」

「ひとつの箱でそこまで？」

「私たちはみんな、特別な箱を持っている。私たちにとって大切ななにかをしまっておく箱を。どんな値をつけられても、その箱を手放そうとは思わないものだ。きみにとってはそれが奥さんであり、私にとっては子どもたちだ。シェイマス・ヘニコットにとっては、箱のなかに入ったものがそうだった。重さは約十一キロ、祖父から父親、そしてシェイマスへと代々受け継がれてきたもので、なかには彼らの哲学というか、家族の秘伝が入っていたそうだ」ポールはそこで深々と息を吸った。「私たちは心にこだわる。心を温かくしてくれるもの、希望を与えてくれるものにこだわるんだ。それさえ見ていれば、世界はいつかまたよくなると思えるからな」

「重さ十一キロで、ほかのなにより大切にされるものって、いったいなんです？」ニックは訊《き》いた。

「ほらな、好奇心は伝染《うつ》りやすいだろ？　きみはその箱を見てもいないのに、中身を知りたがっている」

「あなたは中身を知ってるんですか？」ニックは訊いた。

ポールは訳知り顔で微笑《ほほえ》んだ。

「きみは今回の強盗事件が、ひとつかみのダイヤモンドと古い剣だけに留まるものだとは思ってなかったんだな?」

*

トーラスの後部ドアは開いていて、ダンスは両手を手錠で拘束されたまま後部座席に座りながら、怒りを抑えられなかった。

トーラスの外には若い州兵が立っていて、M-16を片手で持ち、もう一方の手で携帯電話を耳に押しつけながら、部隊長が電話に出るのを待っている。

ダンスは頭をフル回転させてあたりを見まわし、週末だけのアルバイト兵士たちがやってきて自分を連行する前に、選択肢を天秤《てんびん》にかけた。失敗するためにこんなところへ来たわけじゃない。

ダンスは欠けた薬指を見た。あの連中はこれを、命の頭金と呼んだ。

だれも知らないが、じつはダンスには、今夜十二時までしか時間の猶予《ゆうよ》がなかった。それをすぎれば殺されてしまうのだ。殺されるのは予定に入っていなかった。

ダンスはいままで、本業とは対照的な副業にあれこれ手を出してきた。刑事の六万ドルの年収では、この金持ちばかりのウェストチェスターで生活していけなかったのだ。彼らは警察に守ってもらうのを当てにしているくせに、警察を二流市民として扱うのである。

だから細かい副業で収入を補った。あちこちで泥棒を働いたし、若いドラッグディーラーたちを強請《ゆす》ったり脅迫したりした。大金持ちの親を持ち、十四の子どもになにを売りさばいているか親にばれたら、勘当されるにちがいないガキどもだ。

金で雇われれば、ダンスは強盗でも盗みでも、放火でさえもやってのけた。二度ほど人殺しもした。一人一万ドルで、ドラッグ絡《がら》みの殺しだ。死体をナイロン強化された飼い葉袋に入れ、それを鎖できつく縛り、約五十キロの鉄の重りを死体に縛りつけて、マンハッタンのイースト川に放りこんだ。きっちり沈めたので、たとえ見つかったとしても、何年も先のことだろう。

ダンスが裏でやっていることに勘づいている人間はシャノンだけだが、シャノンはしゃべるようなばかなまねはしない。それと、あと数ヵ月で引退する先輩のホレース・ランドール。盗品はすぐに買い取ってもらうし、証拠が見つかったこともない。もし法的な疑惑がかかってきそうだったら、そのときは刑事の知識を駆使して捜査を別の方向へ誘導するまでだ。

しかし、すべての仕事がスムーズに運んだわけじゃない。

一年と二ヵ月前、ダンスは若者数人を使っていた。自分が逮捕して、刑務所に入りたくなかったら手下になれと脅した十代の少年たちだ。そのうちの二人がブロンクスのイースト・トレモント通りで、コンピューターをいっぱいに積んだ小型トラックを乗っ取り、ダンスが待っているヨンカーズの倉庫にそのトラックを運転してきた。盗品のノートブックと高性能のデスクトップモデルを買ってくれるバイヤーは、ダンスに現金で四万ドル払った。二人の少年には五千ドルを渡し、つぎの仕事まで大人しくしてろといい聞かせた。一週間後、二人の少年は裏路地で死体となって発見された。頭を撃たれて処刑されたのだ。

翌日ダンスが、二世帯住宅である自宅の車寄せで車から降りてきたとき、肩幅の広い二人の用心棒につかまった。二人はフラットブッシュの機械工場にダンスを連れて行き、そこで重たい木製椅子《いす》に縛りつけた。

二人の用心棒にじっと見張られながら暗い工場に三時間座っていると、だれかが入ってくるのが聞こえた。

「よくもおれのトラックを盗んでくれたな」背後から強い訛《なま》りのある声が、そういった。

ダンスはじっと座ったまま、まっすぐ前を見つめていた。男を見る必要はなかった。その声には心当たりがあった。

「あんたとしたことがなあ」短い黒髪の男が椅子のまわりを歩いて、ダンスの前でようやく立ちどまり、顔をのぞきこんだ。「おかげでガキどもは死んだぜ」

そのアルバニア人は左目が見えず、身の毛がよだつほどの傷跡を頬に持つ男だった。相手に恐怖を植えつける外見で、とりわけ夜には恐ろしげに見える。その男、ゲシュトフ・ルカジュは、東ヨーロッパ系犯罪組織のボスのなかでもニューウェーブの一人であり、戦術に恐怖を取り入れて縄張りや敵を支配するほうを好み、名誉もコーザノストラ的な古い犯罪者も、まったく意に介さなかった。

「あれはおまえのトラックじゃなかった」ルカジュの見えるほうの目をにらみつけて、ダンスはいった。

「おれはあのトラックをちゃんと下調べしてあったんだぜ」ルカジュはいった。「あそこはおれの縄張りで、ここにいるおれの二人の仲間があのトラックをいただくつもりだったんだ。ところがあんたとこのガキどもが、おれたちを出し抜きやがった」

「一線を越えたらどうなるかわかってるのか？　おれは刑事だぞ」

「刑事さんとやら、あんたこそどうなるかわかってんのか？　まさか警察が盗みを働いて、盗品を売りさばいてるとはなあ」

ルカジュがこくりとうなずいたのを合図に、二人の岩みたいな男たちが前に出てきて、ダンスの両脇《りょうわき》に立った。ダンスは肩をつかまれ、身体《からだ》を椅子に押しつけられた。

それから手首をつかまれ、木製の肘《ひじ》かけに押しつけられた。

ルカジュはダンスの前のテーブルに腰かけてポケットに手を入れ、大きな飛び出しナイフを取り出して、ぱちんと刃を出した。

「おれたちが選んだ生き方には、代償がつきものだ」ルカジュは指で左目を差し、その指で頬の分厚い傷跡をなぞった。「おれたちのエゴ、無敵さは、ときとして現実把握が必要だ」

ルカジュはナイフの刃を、ダンスの右手薬指の第二関節に置いた。

「刑事さんよ、百万ドルあるかい？」

ダンスは黙ったままだった。その顔の表情は決して読めないが、額には汗が浮かびはじめていた。

「あんたのせいでおれは五万ドルの損だ。そいつを返してもらいてえ。それと損害賠償ってやつだ。警察には押収したドラッグマネーやドラッグ、盗品があるだろ？」ルカジュは粘つくような訛りでいった。「これは質問じゃあねえ」

ダンスの目は火がついたように燃えあがり、ルカジュを喧嘩腰《けんかごし》でにらみつけた。ルカジュはそれ以上なにもいわず、ドラマチックな間もおかずに、ナイフの刃に一気に体重をかけた。ダンスの指はすっぱりと切断された。

ダンスはあまりの痛みに首をそらして、喉《のど》の奥から叫び声をあげた。

「好きなだけ悲鳴をあげろ。恥ずかしいことじゃねえ。内緒にしといてやるからよ。約束だ」

ルカジュは血染めの刃をダンスのズボンで拭《ふ》くと、その刃をたたんで、ナイフをポケットにしまった。

「あんたは利用価値のある人間だ、イーサン・ダンス。そこであんたの命を、百万ドルと交換してやろう。慌《あわ》てねえようにあらかじめいっておくが、一年の猶予をやる。それだけありゃあいろいろとチャンスもめぐってくるだろう。分割だろうが一括だろうが、好きな方法で払ってくれりゃあいい。こいつは一種の——」ルカジュは切り落とされたダンスの指を突き出した。「頭金だと思え」

それが一年と二ヵ月前のことだ。いまダンスは、ルカジュから毎日のように催促され、これ以上の延期も猶予も認めないと念を押されていた。

「もう時間切れだ。金を払うか死ぬか、どっちかにしやがれ」ルカジュは毎朝そういってきた。

いま、ダンスは囚《とら》われの身となって車のなかに座り、トランクルームには骨董品とダイヤモンドが詰まっている。その一部だけでも、充分命の代償になるほどだ。これほどの怒りはいままで感じたことがない。サム・ドレイファスに裏切られた。莫大《ばくだい》な価値を持つ箱を持ち逃げされた。こっちは九時五時のアルバイト兵士に逮捕されたうえに、この身体をバラバラに切り刻むのを待ちきれない男に狙《ねら》われている。

ダンスは、警官気取りの若い二等兵をにらみつけた。月曜が来ればふだんの職場に戻り、悪徳警官を逮捕して盗品を取り返したことを自慢げに話すのだろう。

「もしもし、大佐ですか？」上司がようやく出たため、マクマナスは携帯電話に向かって話しかけ、ダンスに背を向けた。

その瞬間、ダンスはトーラスの開いたドアから飛び出し、背後からマクマナスの顔の前に両手を振りおろすと、手錠で縛られた手首を力任せに引いて、マクマナスの気管をつぶした。

マクマナスは携帯電話を取り落とし、M‐16を離して、両手を喉にやった。州兵として戦闘訓練もライフル射撃の訓練もしたが、戦争に近い状況は見たことも経験したこともなかった。若いマクマナス二等兵は、バーで喧嘩をしたことすらなかったのだ。

ダンスは九十キロの全体重をかけて身体を後ろにそらし、マクマナスのつぶれた喉を手錠の鎖でぐいぐい締めあげ、つぶれた気管の軟骨を柔らかな喉笛の肉にめりこませると同時に、脳への血流を遮断した。それからトーラスの車内に背中から倒れこみ、マクマナスの足を地面から浮かせて、車のなかに引きずりこんだ。マクマナスの両手は首の鎖を必死に引っぱろうとし、蹴《け》りつけようと脚をじたばたさせたが、いまでは真っ青になった唇から、ごぼごぼという死の音が洩《も》れてきた。暴れる身体がようやく静かになり、両手がだらりと落ちる。右足が痙攣《けいれん》しはじめた。

マクマナスは、死んだ。

飛行機の墜落現場に通じる道路の脇で、ニール・マクマナス二等兵は、サリバンフィールドの二百十三番めの犠牲者となった。

ダンスは死んだ二等兵のポケットに手を突っこみ、手錠の鍵《かぎ》を取り出すと、両手から手錠をはずした。

人目につかないように死体を後部座席に放りこむと、ダンスはトランクルームからジャッキとスペアタイヤを取り出して、サーキットのピットクルーさながらにすばやくタイヤ交換をした。二分後には、マクマナスのM-16と携帯電話を拾いあげ、トーラスのなかに投げ入れていた。運転席に乗りこんでエンジンをかけると、道の真ん中にジャッキとホイールを置きっぱなしにして、急発進した。時間があればマクマナスの死体はケンシコ貯水池に投げ捨てるつもりだが、いまはもっと差し迫った問題がある。

時速百キロに達する前に、ダンスは警察コンピューターのキーボードを降ろし、覚えておいた車のナンバーを打ちこんだ。青いアウディA8の持ち主が画面にあらわれた。ニコラス・クイン、住所はバイラムヒルズのタウンゼンド通り五番地。顔写真は、いきなり森から走り出してきて、ダンスに手錠をかけ、刑務所送りにしていったあの男とぴったり一致する。しかもあの男、どういうわけかトランクルームの中身を正確にいい当てた。

ポストイットに書いてダッシュボードに貼《は》りつけておいた住所に、ダンスは目をやった。それはヘニコットの顧問弁護士の住所だった。その女弁護士のオフィスにはヘニコット邸の監視カメラ映像のバックアップがあって、おそらくあの女はそれを見たにちがいない。

すでにあの女とは話をしてあって、信頼を得ている。あの女の夫が、ニコラス・クインだ。

＊

ニックは22号線を走っていた。州間高速道684号線をまたぐ高架道に入ったとき、引っ切りなしに車が走っている下の高速道が見えた。そこはまるで別世界で、二キロも離れていないところで飛行機墜落事故が起こったことも知らずに、人々は車のなかでおしゃべりしている。まるでバイラムヒルズが隔離されたゴーストタウンで、墜落事故のことも、とっくに世界じゅうの人々の頭の外へ追いやられたかのようだ。

ニックはがらんとした街のなかを走り続け、友人がやっているレストラン〈ヴァルハラ〉の空っぽの駐車場に車を駐《と》めた。

「本当に病院に行かなくていいんですか？」ニックは車を駐車場に入れながら、ポールに訊《き》いた。

「私ならだいじょうぶだ。フラッグフットボールの試合のほうがよっぽどひどい目にあう」

「それじゃ、どこか連れてってほしいところは？」ニックは訊きながら、車の時計を見た。「ぼくは三時になったら行かなくちゃいけないところがあるんで」

「飛行場には戻れない、このままでは」ポールは答えた。

「じゃあこうしましょう」ニックは提案した。「ぼくは家の前で車を降りますから、この車を使ってください」

「それはできない」ポールは首を振った。

「そんなことないですよ。べつにこの車を差しあげるわけじゃありません。使い終わったら電話してください。弟さんを亡《な》くしたり、ほかにもいろいろなことがあったりして、あなたはぼく以上に車が必要なはずだ」

ポールは感謝の気持ちをこめてうなずいた。

「どうせ十分後には、うちにこれに似た車がもう一台あるんですから」自分にしかわからない皮肉めいた口ぶりで、ニックはいった。

「感謝するよ」

「でもお返しに、ぼくの力になってください」ニックはポールを見た。「ダンスの部下の一人がぼくの妻を殺そうとしているんですが、それがだれだかわからないんです」

「知らなかった。まさかきみが……きみがジュリアのご主人だとは。私は彼女に会ったことがあるんだ、ニック。それも一度だけじゃない。彼女はすばらしい女性だ。へニコットも彼女が大好きだし、彼女のことを自分の娘のように思っている。そして私の見たところ、あの老人以上に人を見抜く才能を持った人はいない」

「そうですか。とにかく、もしぼくがだれかの助けを借りなければ――」ニックはいった。「ジュリアの命は今日にはなくなってしまうんです」

ポールは膝《ひざ》の上からブリーフケースを取って開け、三枚の紙を取り出した。

「さっきもいったように、私は弟がなにをするか、今朝はじめて気づいた。そしてすぐに弟のファイルを調べて、これを見つけたんだ」ポールはニックにその紙を手渡した。

ニックはすばやく目を通した。それは大雑把なチェックリストで、強盗計画のメモを急いでタイプしたものだ。

「たいして情報のないただのメモだが、名前が書いてある」

ニックは侵入方法の詳細にはざっと目を走らせただけで、サムが書いた簡潔な基本情報に注目した。

ドロップデッド――7月28日

ダンス――イーサン・ダンス。三十八。刑事。卑劣。二つの顔。

三人の部下

ランドール——警官。五十八。デブ。

ブラインハート——警官。新米。ガキ。クズ。

アリリオ——警官。三十代。

故買屋——確認ずみ——中国人。銃剣骨董《こっとう》の買値は現金五百万ドル、ダイヤの買値は詳しく見てから。

ルカジュ——警官じゃない。何者？　昼飯の最中にこの男から電話がかかってきたとたん、ダンスは落ち着きをなくしてびびっていた。ダンスはこの男から借金してるのか？　借りでもあるのか？

「もし何者かが奥さんの命を狙っているとすれば」ポールは名前を指さしながらいった。「このなかの一人にちがいない」

「死《ドロップデッド》ぬ？」紙の一番はじめを見て、ニックはいった。

「決行日《ドロップデッド・デイト》、つまり今日のことだ」

「このルカジュというのは？」

「はっきりとはわからないが、おそらくゲシュトフ・ルカジュだと思う。アルバニア人で、ニューヨークで組織犯罪に手を染めている男だ。だがきみにはこういおう。もしその男がダンスを脅しているとしたら、その男はそんなに悪いやつじゃない」

「でなければ――」ニックは忌《い》まわしそうにいった。「逆にもっと悪いやつか」

「私だったら、ダンスから目を離さないだろう」ポールはいった。

「たしかにあいつは異常だけど――」ニックはいった。「あの男が殺《や》ったとは思えません」

「いま殺《や》ったと過去形でいったか?」ポールは戸惑いを口にした。

「殺《や》る、です」ニックはすばやく訂正した。ポールのいうことはもっともだとは思うが、ポケットのなかには証拠がある。ジュリア殺害犯の首には確かに聖クリストファーのメダルがかかっていたが、ダンスの首や剝《む》き出しの胸にはなにもぶらさがっていなかった。サムのリストにある五十八歳のデブ警官ランドールが殺した男じゃないのもわかっている。ジュリアが撃たれたまさにその瞬間、ランドールが青いシボレー・インパラに乗りこむところをこの目で見たからだ。撃ったのはほかの三人――ブラインハート、アリリオ、ルカジュ――のうちの一人にちがいない。

「今朝強盗をしたあと、ダンスは弟を追いかけてきた。もし弟が飛行機事故で死ななかったとしても、連中は弟を殺しただろう。ダンスはあの箱が大変な価値を持つと思って、手に入れるためには情け容赦しなかった。自分につながる手がかりをすべて消して絶対に捕まらないようにするためにも、情け容赦しないはずだ」ポールはそういって、ジュリアの身に迫る危険をあらためて繰り返した。

「強盗一味に起こったことをどうしてそこまで知ってるんです？」ニックの声に疑いがにじんだ。

すると、人の死を打ち明けるときのようにためらってから、ポールはいった。

「強盗事件が起こったあと、私は弟を見つけ出した。そのとき、ヘニコットの金庫から奪われた箱が見えたんだ。私は弟を、力になってやるからと説得しようとした。その箱にはおまえが思っているようなものは入ってない、その箱はおまえの人生にぽっかり開いた穴を、埋めてくれはしないんだとな。それに対して弟は、もう手遅れさ、ダンスが追ってきて、見つかったら殺される、といった」

「最後に弟さんと会ったのは？」ニックは訊《き》いた。

「空港だ」

「そうでしたか、お気の毒に」

ポールはニックを見た。その目は、まだ話してないことがあるという目だった。

「ニック、弟はあの飛行機墜落事故で死んだが、502便には乗っていなかったんだ」

「ええ? どういう意味です?」

「弟は盗んだ警察の車に乗って、空港に姿をあらわした。あのマホガニーの箱を脇《わき》に抱えてな。私はなんとか弟を説得して……」

「説得して?」

「やめさせようとした」ポールの声は、つらい後悔の念に満ちていた。

「そうとは知りませんでした」

「だが弟は、私の飛行機を盗んだ」ニックと目をあわせられず、窓の外を見ながら、ポールは続けた。「私の頭に銃を突きつけてキーを奪い、私の飛行機を盗んだんだ。なにかいい考えがあれば、弟を思いとどまらせただろう。あんな大惨事を引き起こすくらいなら、弟を殺していただろう」

喉《のど》から言葉を絞り出すように話すポールを、ニックはただじっと見ているしかなかった。この会話がどこに向かっているのか、まるでわからない。

「私が見ている前で、弟は私の飛行機を操縦して、あのジェット機に――あの502便に突っこんでいった。私は二機が空から落ちるのを、この目でじっと見ていたんだ」

　ニックは驚愕《きょうがく》のあまり言葉を失った。バイラムヒルズで起こった二つの恐ろしい出来事には、つながりがあったのだ。

「胸中お察しします」ニックはようやく口を開いた。ポールの目にあったのは、裏切られた恨みよりも、悲しみと無念さ、そして圧倒的な罪の意識だった。自分の弟が、なんの罪もない二百十二名の死を引き起こしたからだ。

　それからは二人とも無言だった。ニックは駐車場からアウディを出すと、自宅までの二キロ半の道のりを走らせた。

　自宅の前にアウディを駐めると、二人は車を降りて、厳粛な面持ちで握手した。

「車を貸してくれて感謝するよ。それとニック――」ポールは深刻な表情で続けた。「もし連中が、きみの奥さんに正体がばれてしまうと考えるなら、奥さんが実際に監視カメラの記録映像を持っているんなら、連中は奥さんの口を永遠に封じるまでやめないだろう。私がきみだったら、いますぐ奥さんをこの街から連れ出すし、信頼できる友人がいるなら、彼らを頼る。警察署の人間はだれ一人信用しない」

「ぼくも同じ考えです」

　ポールはうなずいてアウディの運転席に乗りこみ、ドアを閉め、窓を降ろした。

「幸運を祈ってるよ、ニック」

ポールを乗せた車が車寄せを出て、角を曲がって消えるのを、ニックはじっと目で追った。それからポケットの懐中時計を取り出して、時刻を確認した。二時五十七分。ジュリアのレクサスはまだ車寄せに戻ってきていない。いまこの瞬間ジュリアがどこにいるのかわからないが、この瞬間がすぐに終わってしまうのはわかっている。

ニックは携帯電話を取り出して、マクマナスの番号にかけた。若い二等兵から電話番号を聞いておいてよかった。ポールからもらった、ほかの警官たちの名前がある紙に目を落とす。

「もしもし、マクマナス二等兵かい？」電話がつながると、ニックは声をかけた。

「ニック・クインだけど」

「なんでしょう？」

「ダンスと一緒に強盗事件に関与した警官が三人いる。ランドール、アリリオ、ブラインハートだ。きみの部隊長に、そいつらを連行するよう伝えてくれ。もう一度いう。ランドール、アリリオ、ブラインハートだ」

「ミスター・クイン、正直にいうが、ミスター・マクマナスはもうこの世にはいないんだ」それはダンスの声だった。

「いまどこだ？　自宅か？」ダンスは間をおいた。「いいことを教えてやろう。おれはおまえをどこまでも追いかける。おまえを見つけ出して、その首をへし折ってやるんだ」

「よく聞けよ——」ニックはいいかけたが、ダンスの怒りの爆発にたちまちさえぎられた。

「いいや、そっちこそよく聞け！　奥さんはジュリアだろう？　ジュリアが死ぬところを想像できるか？　え、できるか？」

ニックはショックで凍りついた。脳裏に焼きついた画像が瞼《まぶた》に浮かんでこないようにしたが、無理だった。

「頭に一発ぶちこんでやろうか」ダンスは続けた。「それともナイフはどうだ？　腹をかっさばいて、内臓がこぼれ出すところがジュリア自身にも見えるようにするのさ。部下たちがすでにジュリアを探している。そいつらがジュリアを見つけたら——そうだな、そこから先はおまえの想像力の暴走に任せるとしよう」

A・パイパー
佐藤耕士訳
キリング・サークル
創作サークルで朗読された邪悪な物語から連続殺人鬼が生まれた？　最愛の息子を守るため、作家は……。本格派サイコ・ミステリ。

K・グリムウッド
杉山高之訳
リプレイ
世界幻想文学大賞受賞
ジェフは43歳で死んだ。気がつくと彼は18歳――人生をもう一度やり直せたら、という窮極の夢を実現した男の、意外な、意外な人生。

J・アーチャー
永井淳訳
ケインとアベル（上・下）
私生児のホテル王と名門出の大銀行家。典型的なふたりのアメリカ人の、皮肉な出会いと成功とを通して描く〈小説アメリカ現代史〉。

J・アーチャー
永井淳訳
ゴッホは欺く（上・下）
9・11テロ前夜、英貴族の女主人が襲われ、命と左耳を奪われた。家宝のゴッホ自画像争奪戦が始まる。印象派蒐集家の著者の会心作。

J・アーチャー
永井淳訳
プリズン・ストーリーズ
豊かな肉付けのキャラクターと緻密な構成、意外な結末――とことん楽しませる待望の短編集。著者が服役中に聞いた実話が多いとか。

J・アーチャー
永井淳訳
誇りと復讐（上・下）
幸せも親友も一度に失った男の復讐計画。読者を翻弄するストーリーとサスペンス、胸のすく結末が見事な、巧者アーチャーの会心作。

J・アーヴィング
筒井正明訳
ガープの世界
全米図書賞受賞（上・下）
巧みなストーリーテリングで、暴力と死に満ちた世界をコミカルに描く、現代アメリカ文学の旗手J・アーヴィングの自伝的長編。

ホテル・ニューハンプシャー（上・下）
J・アーヴィング
中野圭二訳
家族で経営するホテルという夢に憑かれた男と五人の家族をめぐる、美しくも悲しい愛のおとぎ話——現代アメリカ文学の金字塔。

サーカスの息子（上・下）
J・アーヴィング
岸本佐知子訳
医師で脚本家のファルークは、自作映画を真似た連続殺人事件に巻き込まれ——。混沌のインドを舞台に描く著者異色の長編小説。

第四の手（上・下）
J・アーヴィング
小川高義訳
ライオンに左手を食べられた色男。移植手術の前に、手の元持ち主の妻が会いに来て——。巨匠ならではのシニカルで温かな恋愛小説。

ロゼッタストーン解読
L・アドキンズ
R・アドキンズ
木原武一訳
失われた古代文字はいかにして解読されたのか？　若き天才シャンポリオンが熾烈な競争と強力なライバルに挑む。興奮の歴史ドラマ。

コンラッド・ハーストの正体
K・ウィグノール
松本剛史訳
あの四人を殺せば自由になれる。無慈悲な殺し屋コンラッドは足を洗う決意をするが……。驚愕のラストに余韻が残る絶品サスペンス！

E・ガルシア
土屋 晃訳
レポメン

人工臓器の支払いが滞れば合法的に摘出されてしまう近未来。腕利きの取り立て人だった〝おれ〟は追われる身に——血と涙の追跡劇。

S・キング
山田順子訳
スタンド・バイ・ミー
—恐怖の四季 秋冬編—

死体を探しに森に入った四人の少年たちの、苦難と恐怖に満ちた二日間の体験を描いた感動編「スタンド・バイ・ミー」。他1編収録。

S・キング
浅倉久志訳
ゴールデンボーイ
—恐怖の四季 春夏編—

ナチ戦犯の老人が昔犯した罪に心を奪われた少年は、その詳細を聞くうちに、しだいに明るさを失い、悪夢に悩まされるようになった。

S・キング
白石 朗他訳
第四解剖室

私は死んでいない。だが解剖用大鋏は迫ってくる……切り刻まれる恐怖を描く表題作ほかO・ヘンリ賞受賞作を収録した最新短篇集！

S・キング
浅倉久志他訳
幸運の25セント硬貨

ホテルの部屋に置かれていた25セント硬貨。それが幸運を招くとは……意外な結末ばかりの全七篇。全米百万部突破の傑作短篇集！

S・キング
白石 朗訳
セル（上・下）

携帯《セル》で人間が怪物に!? 突如人類を襲う恐怖に、クレイは息子を救おうと必死の旅を続けるが——父と子の絆を描く、巨匠の会心作。

チャイルド44（上・下）
CWA賞最優秀スリラー賞受賞
T・R・スミス
田口俊樹訳
連続殺人の存在を認めない国家。ゆえに自由に凶行を重ねる犯人。それに独り立ち向かう男――。世界を震撼させた戦慄のデビュー作。

グラーグ57（上・下）
T・R・スミス
田口俊樹訳
フルシチョフのスターリン批判がもたらした善悪の逆転と苛烈な復讐。レオは家族を守るべく奮闘する。『チャイルド44』怒濤の続編。

ぼくを忘れたスパイ（上・下）
K・トムスン
熊谷千寿訳
危機の瞬間だけ現れる鮮やかな手腕――認知症の父が元辣腕スパイ？ 謎の組織が父子を狙う目的とは。謎が謎を呼ぶ絶品スリラー！

羊たちの沈黙
T・ハリス
菊池光訳
若い女性を殺して皮膚を剝ぐ連続殺人犯〈バッファロゥ・ビル〉。FBI訓練生スターリングは元精神病医の示唆をもとに犯人を追う。

ハンニバル（上・下）
T・ハリス
高見浩訳
怪物は「沈黙」を破る……。血みどろの逃亡劇から7年。FBI特別捜査官となったクラリスとレクター博士の運命が凄絶に交錯する！

ハンニバル・ライジング（上・下）
T・ハリス
高見浩訳
稀代の怪物はいかにして誕生したのか――。第二次大戦の東部戦線からフランスを舞台に展開する、若きハンニバルの壮絶な愛と復讐。

M・レディング
務台夏子訳
ノストラダムス
封印された予言詩
（上・下）

あの予言には続きがあった！ 58編もの未発見の四行詩の謎と真実とは――。ノストラダムス研究の第一人者が描く歴史冒険ミステリ。

D・L・ロビンズ
村上和久訳
カストロ謀殺指令
（上・下）

暗殺史の専門家ラメック教授が、完全無欠な暗殺計画に引きずり込まれていく。その驚きの犯人とは？ 史実を基にしたサスペンス。

L・M・ローシャ
木村裕美訳
P2
（上・下）

法王ヨハネ・パウロ一世は在位33日で死去した――いまなお囁かれる死の謎、闇の組織P2。南欧発の世界的ベストセラー、日本上陸。

D・ベイジョー
鈴木恵訳
追跡する数学者

失踪したかつての恋人から〝遺贈〟された351冊の蔵書。フィリップは数学的知識を駆使してそれらを解析し、彼女を探す旅に出る。

ポー
巽孝之訳
黒猫・
アッシャー家の崩壊
―ポー短編集Ⅰ ゴシック編―

昏き魂の静かな叫びを思わせる、ゴシック色、ホラー色の強い名編中の名編を清新な新訳で。表題作の他に「ライジーア」など全六編。

ポー
巽孝之訳
モルグ街の殺人・
黄金虫
―ポー短編集Ⅱ ミステリ編―

名探偵、密室、暗号解読――。推理小説の祖と呼ばれ、多くのジャンルを開拓した不遇の天才作家の代表作六編を鮮やかな新訳で。

Title : THE 13TH HOUR (vol. I)
Author : Richard Doetsch

13時《じ》間前《かんまえ》の未来《みらい》(上)

新潮文庫　ト - 23 - 1

Published 2011 in Japan
by Shinchosha Company

平成二十三年三月一日発行

訳者　佐《さ》藤《とう》耕《こう》士《じ》
発行者　佐藤隆信
発行所　株式会社新潮社
郵便番号　一六二―八七一一
東京都新宿区矢来町七一
電話　編集部(〇三)三二六六―五四四〇
読者係(〇三)三二六六―五一一一
http://www.shinchosha.co.jp

価格はカバーに表示してあります。

乱丁・落丁本は、ご面倒ですが小社読者係宛ご送付ください。送料小社負担にてお取替えいたします。

印刷・二光印刷株式会社　製本・株式会社植木製本所

ISBN978-4-10-217831-7 C0197